Mychèle DUPUIS

De guerre(s) lasse

© 2023 Mychèle Dupuis
Édition : BoD - Books on Demand, info@bod.fr
Impression : BoD – Books on Demand,
In de Tarpen 42, Norderstedt (Allemagne)
Impression à la demande
ISBN : 978-2-3222-7444-4
Dépôt légal : Janvier 2021

A tous les miens.

« *Ecrire comme un travail de deuil. Une effraction et une floraison. Une respiration entre deux apnées.* »

Jean-Luc Coatalem

Préface

« *La femme qui avait existé avant de m'enfanter, je n'y avais pas accès. A mes yeux, Catherine ne serait jamais qu'un personnage. Aussi je lui attribuais mon fantasme de ce qu'avaient pu être son histoire, ses pensées, ses choix. Certes, sa vie elle me l'avait racontée par le menu, mais pour l'incarner il fallait l'imaginer, l'interpréter. Il fallait que j'en devienne la narratrice à mon tour pour lui rendre son humanité.* » *Violaine Huisman.*

Ainsi parle Violaine Huisman de la mère dont elle raconte l'histoire dans son roman « Fugitive parce que Reine ». Ces phrases résonnent en moi pendant que j'écris ce livre.

Que sais-je des trente huit années de vie de mon père avant ma naissance ? Si peu de choses : une photo sur la plage de l'Aiguade, une capote militaire suspendue derrière la porte du grenier qui nous servait d'appartement, une couverture grise, un ceinturon, quelques mots lâchés étourdiment et aussitôt occultés par ma mère, le secret qu'elle exigeait de son premier mariage. Taiseux, disparu trop tôt (j'avais 12 ans) il ne m'a rien raconté de sa vie d'avant. J'ai donc dû tout recréer, tout retisser, avec la trame de l'Histoire et les impressions fugaces qui sont pour toujours dans ma mémoire.

Ma peine de l'avoir perdu reste immense tant d'années plus tard. Cette peine me constitue, insoluble dans l'eau des années, quels que soient les bonheurs qui m'ont été donnés par la suite. Ce poids de mémoire est devenu le mien.

Comme l'acte d'amour donne la vie, j'ai voulu ce long et tendre récit pour lui rendre la sienne.

Première partie : Hélène

Modane, juillet 1913

Une femme est entrée que Momo ne connait pas. Elle passe devant lui sans le voir, encombrée d'une imposante robe noire et d'un volumineux sac en cuir. Elle se dirige aussitôt vers la chambre où, depuis le matin, sa mère a disparu.

Momo a erré dans l'appartement. Il a pris son pouce entortillé d'un mouchoir en guise de petit déjeuner. Il s'est caché sous la table de la salle à manger et a surveillé les allées et venues des voisines à travers les franges de la nappe. Il s'est assoupi puis réveillé. Il a eu faim.

Le soleil a tourné. La lumière a changé. Il n'y a plus d'ombres à poursuivre sur le parquet.

Il grelotte autant de peur que de froid dans sa chemise de petit garçon. Personne n'a pris soin de l'habiller ce matin.

La femme en noir est ressortie de la chambre et se dirige vers la cuisine où elle fait s'entrechoquer les marmites. Elle secoue les cercles en fonte du fourneau et tisonne les braises. Elle ajoute des bûches et verse un broc d'eau dans le réservoir. Elle vérifie que la louche est bien là, accrochée sur le côté.

Momo la voit ensuite près de l'armoire. Elle en sort un drap et des linges puis repart vers les marmites d'où s'échappe une vapeur grise qui se pose sur les vitres.

C'est alors qu'un cri s'élève, un cri de bête qu'il n'a jamais entendu. Momo cesse de pleurer. Les larmes tièdes se glacent sur son visage. Ses yeux s'écarquillent en précipices prêts à engloutir toute sa peur. Son corps entier se réfugie dans ses yeux. Il devient absent à toute autre perception, se plaque les mains sur les oreilles. Surtout, ne plus entendre. Ne pas savoir qu'elle souffre. Ne pas sentir son ventre se nouer et sa gorge s'étouffer. Disparaître.

Comment, par la faute de qui, ce hurlement a-t-il pu sortir de sa mère ?

Il en est sûr maintenant. Il n'a plus de mère. Un animal a pris sa place, féroce, hurlant, dément. Elle ne chantera plus. Elle ne se penchera plus jamais sur lui pour l'embrasser dans le cou. Elle va mourir. La femme en noir est là pour lui voler sa mère.

Soudain, une main vient le saisir et l'extrait de sa cachette.

Il reconnait Blandine. Elle l'attrape contre elle, vite, vite et le conduit dans l'alcôve. Vite, vite, elle arrache sa chemise de nuit et lui passe ses sous-vêtements, sa culotte courte, son chandail, ses chaussettes et ses galoches. Elle l'entraîne loin des cris.

Blandine est blonde et rose. Et ronde. Elle a 16 ans. C'est une voisine. Momo l'aime d'amour impossible. Ce jour-là, pourtant, il n'aime pas qu'elle lui tienne la main. Il n'aime pas son air heureux.

- Allez, Momo, viens vite. On va s'acheter une brioche chez le boulanger de la Place Sommeiller. On la mangera sur le banc, au soleil. Puis, tu iras tremper tes mains dans la fontaine. Tant pis si tu mouilles tes manches. Je ne te gronderai pas. Ensuite, on ira voir les trains ! Des trains électriques, tu imagines ?

- Et, maman ?
- Maman te prépare une surprise. Ne t'inquiète pas !
- Mais elle a crié très fort. Elle a mal.
- Mais non, tu as cru qu'elle avait crié. Tu as dû mal entendre. Allez, viens !
- Et, la Dame en noir ?
- Elle est là pour la surprise. Viens je te dis.

Momo traîne les pieds. Il refuse d'avancer, de s'éloigner de la maison. Il résiste, arcbouté, les talons rivés au sol. Il grince et pleure à chaudes larmes.

- Momo, si tu continues à faire ce caprice, je vais chercher le martinet !
- Non, pas le martinet !

Tant bien que mal, Blandine réussit à le tirer jusqu'à la place.

L'air est doux en ce mois de mai, à Modane. L'air est acide, l'air est sucré. Un intense flux de vie traverse les corps et les arbres. Contre le ciel d'un bleu laiteux, léché de gaze, s'élève la masse grise du sommet du Thabor où l'on aperçoit encore quelques plaques de neige. Plus bas, les prés sont d'un vert cru. Les cerisiers s'ébrouent dans les jardins.

Blandine marche d'un bon pas, la taille redressée. Son corsage, en poupe rebondie, se remplit du vent frais et des senteurs du printemps. A chaque pas, ses jupons froufroutent et caressent ses mollets. Elle a conscience de sa beauté et l'affiche avec une nonchalance mêlée d'excitation. Elle se sait regardée. Il y a là un cocher qui attend perché sur le siège d'un landau, un mitron qui part en livraison un panier à chaque bras, un beau militaire. Elle sent le courant chaud qui traverse l'espace et va de leurs yeux à son corps désirable. Elle n'a pas d'amoureux. Le quinze août est bien loin où elle pourra danser et peut-être en rencontrer un. Elle soupire d'impatience.

Momo trottine à ses côtés. Il a cessé ses pleurs.

La clochette de la boulangerie tintinnabule. Elle achète la brioche promise.

Les voici à l'hôtel des Voyageurs, près de la gare. Ils passent un moment à observer les porteurs et les belles dames chapeautées qui arrivent d'Italie. Puis, elle l'entraîne au bord de l'Arc. La rivière, gonflée par la fonte des neiges, gronde et roule ses galets. Tout occupé à jeter des pierres, Momo a oublié la maison, les cris de sa mère et la Dame en noir. Son bonheur est de lancer les pierres le plus loin possible et de les regarder disparaître dans les remous. Il en jette tant et tant qu'il s'imagine pouvoir combler le lit. Blandine n'est pas en reste. Elle en perd son chapeau ! Des galopins du village les ont rejoints. On crie et on parie. On se mouille d'eau glacée. On s'essouffle. La fête est belle et dure longtemps.

Soudain, Blandine prend l'enfant sur son cœur et l'embrasse à l'étouffer.

- Mon petit Roi de cœur, il nous faut rentrer maintenant.

Momo, contre le coton rose de la robe, respire la lavande et le foin des seins de Blandine. Lorsqu'elle desserre son étreinte, il rouvre les yeux. Il y a des étincelles brillantes derrière ses paupières, des feux de Bengale allumés pour lui. Il les guette jusqu'à la dernière. Les voici déjà éteintes.

Blandine chante tout le long du chemin du retour. Et, Momo sautille au rythme des chansons. Sur le pont d'Avignon, Il était une bergère…

A l'approche de la maison, Momo se sent plus lourd. Blandine cesse de chanter.

- Elle est arrivée la surprise ? interroge-t-il.

- J'espère bien ! Allons voir !

Sur le seuil, ils croisent la Dame en noir. Elle remporte son gros sac et répond à peine à leur salut.

Il y a aussi le père de Momo, le Caporal Jacques Rodier.

Blandine, un peu trop rouge, réajuste sa coiffure et Momo se cache dans sa jupe. La présence de son père, à cette heure-là est inhabituelle. Est-ce là la surprise ? Momo craint son père, sa haute stature, son uniforme et sa voix de commandement. Il a déjà vu son couteau, son fusil et la longue lame de sa baïonnette. Il l'a entendu chanter, avec ses soldats, des couplets qui donnent envie de marcher au pas et aussi de se battre. Il le craint et l'admire. Aujourd'hui, est-il venu chasser la Dame en noir ? Il a l'air fier et heureux. Il est le plus fort des pères. Il le protègera toujours.

- Viens voir Maman, mon petit Momo, dit-il en souriant.

Momo sort des jupes de Blandine qui bredouille un au-revoir et s'en va puis il suit son père dans la chambre.

Dans le grand lit, Hélène se repose. Ses beaux cheveux noirs s'échappent du chignon serré qu'elle porte habituellement et se répandent sur l'oreiller brodé.

Momo ne voit pas tout de suite la petite boule brune nichée au creux des bras de sa mère. Il s'approche.

- Un chat ? Un chat dans le lit de Maman ? Un chat qui grifferait ses bras blancs ? Ou une poupée ? Momo n'a nulle envie de jouer à la poupée ! Ce qu'il veut, c'est une baïonnette comme Papa !

- Viens voir ta petite sœur, mon grand.

Momo s'approche encore plus près.

Un petit visage apparaît sous un casque de cheveux noirs, un petit visage très vivant, avec des yeux qui tentent de s'ouvrir et une bouche qui se tord un peu. Il y a aussi deux poings qui émergent du lange serré et qui s'ouvrent comme deux fleurs nacrées.

- Ferme ta bouche, Momo, les abeilles vont venir te butiner la langue !

Jacques est radieux. Il couve du regard le tableau parfait de sa chère Hélène apaisée, de son fils et de sa minuscule fille.

- C'est ta petite sœur, elle s'appelle Michelle. Te voilà grand frère, Maurice.

Momo ne sait quelle attitude adopter. Tout cela est tellement surprenant. Hélène l'attire à elle et le cale sur son sein gauche.

- Elle te plaît ? Elle est jolie ? murmure-t-elle.

- Oui, jolie, petite et jolie…

- Elle va grandir et vous pourrez jouer tous les deux.

- Quand ? Demain ?

Jacques et Hélène éclatent de rire. Momo se dit qu'il est temps de rire aussi. Michelle ouvre les yeux.

Si ce n'est pas le bonheur, ça lui ressemble.

Modane, août 1913

Les matins d'été en Maurienne sont exubérants. A la plus discrète lueur du jour, les oiseaux vocalisent, les coqs s'égosillent. Les chiens se chamaillent. Les chats se déchirent. Les vaches renâclent dans les étables, du mufle et des sabots.

Puis le soleil monte dans le ciel encore mâchuré du gris de l'aube.

Toutes les bêtes se taisent alors, rassurées, persuadées peut-être, d'avoir dissipé l'inquiétante obscurité. Les hommes, dans leurs maisons, tentent de rassembler un peu de sommeil et enfoncent leur tête dans les oreillers écrasés par la nuit, pour ce moment béni où affleurent à la conscience les projets pour la journée et les menus soucis de la veille mais où l'on peut se permettre de les chasser, importuns, et s'autoriser à raccrocher un rêve.

Aujourd'hui, Jacques n'a plus envie de dormir. Il s'étire et ouvre les yeux sur Hélène qui repose. Une fine sueur ourle sa lèvre. Sa poitrine pleine se soulève au rythme de sa respiration. Il l'aime tant.

Tout près d'eux, dans le berceau, Michelle dort aussi, repue de lait, les pouces dans les poings. Aujourd'hui n'est pas un jour ordinaire : on doit baptiser sa fille.

Jacques ne croit pas beaucoup au Bon Dieu mais il lui fait confiance. Et surtout, il respecte la foi d'Hélène. Hélène ne manque jamais la messe du dimanche. Elle aime ce moment solennel, le parfum de l'encens, les chants, les vêtements liturgiques et les reflets du soleil à travers les vitraux sur le ciboire en or. Elle aime l'odeur de son livre de messe aux pages fines et craquantes comme une pellicule de sucre refroidi. Chaque année, le jour des Rameaux, elle change le bouquet de buis béni sur le crucifix de la chambre. Elle se confesse à Pâques, récite ses neuvaines avec son chapelet, fait sa prière du soir. Les rites ont si bien accompagné sa vie de petite fille qu'ils sont ancrés en elle pour toujours. Elle n'imagine pas sa vie sans religion.

Hier, elle a repassé la longue robe blanche qui a déjà servi à Momo et, avant lui, à Alphonse, à Marthe et à Francine, les cousins d'Auvergne. A l'aide de la pince chauffée sur le poêle, elle a tuyauté les mètres de dentelle qui courent le long de la jupe en linon et a arrondi les minuscules manches du corsage. A lui seul, le bonnet lui a pris une heure d'effort. Blanchi au « bleu », amidonné, reformé, c'est une merveille de petit bonnet qui va enserrer la tête de sa fille. Elle l'a posé avec la robe sur la commode, en face du lit. Jacques l'aperçoit dans la lumière du jour qui se lève.

Mais voici des pieds menus qui frottent le plancher.

- Chut ! Momo, Maman dort encore.

Momo, ébouriffé, se glisse près de son père.

Petit homme veille avec lui sur le sommeil des femmes de la maison.

Un peu plus tard, c'est l'effervescence. Il est temps de partir. Momo arbore sa tenue de jeune montagnard. Jacques est en uniforme. Hélène porte une robe neuve en taffetas bleu et un chapeau ornée de pervenches. Elle peine un peu à fermer une jaquette cintrée sur sa taille alourdie.

Devant l'église, Blandine, plus rose que jamais, attend sa filleule. Le Caporal Bastien sera le parrain. La mère de Blandine et quelques amis se joignent à eux.

Blandine porte l'enfant tandis que le prêtre officie. La robe blanche se déploie sur les bras de la jeune fille. Tous les regards sont vers elles. Des paroles saintes sont prononcées auxquelles parrain et marraine répondent puis on ôte le bonnet et on penche la petite tête vers le baptistère pour laisser couler l'eau bénite dans la vasque par trois fois. Momo observe les gestes, avec une légère inquiétude, les petites croix tracées sur les yeux et les lèvres de sa sœur, l'huile sur son front. C'est à lui qu'on demande de porter le cierge allumé. Il prend son rôle très au sérieux.

Soudain, les cloches se mettent à sonner à toute volée. Le sérieux qui était de mise dans l'assistance s'envole avec les cloches. C'est un groupe joyeux qui sort de l'église sous un beau soleil d'août.

Un repas est prévu sur la terrasse de l'Auberge du Replaton. Monsieur le Curé est de la fête. Ils s'en vont tous par les rues, bras dessus-dessous, devisant et plaisantant, des bulles de bonheur s'échappent sous leurs pas, les enveloppent et grimpent au ciel pour accompagner leur danse.

Ils vont festoyer longtemps, boire le vin de Savoie en décortiquant les écrevisses, manger avec les doigts les poulardes grasses et se sucrer la bouche de crème jaune. Lorsque les lourds cumulus des fins d'après-midi arriveront sur eux, lorsque toutes les assiettes auront été vidées et les bouteilles aussi, ils reprendront la route. Bastien prendra le bras de Blandine. Hélène, sa petite Michelle dans les bras, s'appuiera un peu plus au bras de Jacques. Momo traînera un peu en arrière et gardera dans sa mémoire le souvenir de ce beau jour-là. Il a joué avec le chien de l'auberge, un inlassable berger qui rapportait la balle qu'il lui lançait au fond du pré.

Jacques couve sa femme du regard comme jamais. Lorsqu'il l'a rencontré, dans leur Auvergne natale, il est aussitôt tombé amoureux de son visage calme et plein, de ses cheveux bruns, toujours un peu dénoués sur la nuque et sur le front, et de son sourire. Lorsqu'elle sourit ses yeux s'étrécissent jusqu'à ne dessiner qu'une ligne sombre où flambent des tisons sous le rideau des cils.

C'était le jour du Certificat d'Etudes. Tôt le matin, les pères avaient accompagné leurs rejetons à Brioude. Il en venait de tous les villages environnants. Hélène n'avait que onze ans mais son instituteur avait déclaré qu'elle était prête. Son orthographe était parfaite. Elle connaissait sur le bout des doigts la liste des départements, les préfectures et les sous-préfectures et savait réciter de toute son âme ses poésies. En outre, elle réussissait tous les points de couture requis, de magnifiques reprises, des points de tige et des points de chausson. C'était une petite rieuse, vive et espiègle. Ce jour-là cependant, elle montrait un visage sérieux.

Filles et garçons avaient été installés aux bureaux de bois sombre dans la salle de classe dont les hautes fenêtres, ouvertes sur le ciel de juin, laissaient entrer des odeurs de tilleul en fleurs. On n'entendait que le crissement des plumes Sergent Major sur le papier et le frottement des galoches sur le plancher. Un maître solennel ne perdait pas de vue la petite troupe d'enfants. A midi, les épreuves écrites étaient terminées. Dans la cour, filles d'un côté, garçons de l'autre, déballèrent de copieux repas. Les mères avaient mis un point d'honneur à bien nourrir leur progéniture en ce jour exceptionnel. Les rations devaient être à la hauteur de l'événement !

Hélène avait refermé son panier. Elle était assise sur les marches du perron, sa jupe rassemblée sur ses jambes, son châle brodé bien serré sur sa poitrine. Elle rêvassait en se berçant doucement. Des taches de lumière effleuraient son visage. Un peu du rouge des cerises tardives était resté accroché à ses lèvres.

De l'autre côté de la cour, les garçons se poussaient du coude, lançaient des œillades et multipliaient les grossièretés en patois et les rires épais en direction de la bande de filles rassemblées sous les arbres.

Jacques ne voyait que la petite, à l'écart du groupe. Il avait tout juste quatorze ans, un visage sérieux, une ombre de moustache et un corps déjà rompu aux travaux de la ferme. Et il était amoureux.

A l'oral, l'après-midi, il confondit l'Afrique équatoriale et l'Afrique occidentale. Il bafouilla pendant la lecture et eut un trou de mémoire pendant la récitation mais, heureusement, l'honneur fut sauf !

Au soir, il put grimper dans la carriole de son père le cœur léger et le Certif en poche. Il souleva son béret pour saluer Hélène, qui répondit à son salut, toute rose et folle de joie d'avoir réussi, elle aussi. Il claqua de la langue et chatouilla le cheval du bout de son fouet.

En arrivant à la ferme, à Pouzol, il se sentit différent de celui qu'il était le matin-même, sûr de lui désormais, confiant en l'avenir, léger et grave à la fois. Ses jambes le portaient mieux, il rebondissait et cabriolait comme un poulain dans la lumière chaude et les odeurs de foin de juillet. La vie circulait de son ventre à ses bras qu'il agitait en moulinets désordonnés. Il attrapa sa sœur Aline par la taille et l'entraîna dans une sarabande. Leur mère, les mains occupées à distribuer le grain aux poules dans la cour, souriait, fixant ce moment en son cœur, économe du bonheur, soigneuse à le ranger dans sa mémoire comme les belles dentelles au coffre.

Quelques années s'écoulèrent. Il y eut des veillées, des feux de la Saint Jean, des mariages. Toujours, Hélène regardait Jacques et Jacques regardait Hélène. Les autres garçons avaient compris et ils avaient eu tôt fait d'abandonner la partie !

Les deux familles se connaissaient de longue date et, d'un village à l'autre, avaient déjà échangé quelques cousins pour des mariages solides. Les deux pères s'estimaient. Dès que la nouvelle de l'attachement de leurs deux enfants l'un pour l'autre parvint à leurs oreilles, ils se rencontrèrent. C'était en novembre, pour la Saint Martin, à la foire aux veaux d'Allègre. Ils débattirent de la noce et de la dot, convinrent d'une date pour célébrer l'évènement. Puis ils se frappèrent dans la main en buvant la goutte.

On choisit septembre. Les foins seraient rentrés. Pas de vendanges en ce pays et le bûcheronnage de l'automne attendrait.

La suite fut l'affaire des femmes. Cérémonie, tenues de fête, repas de fête, tout était prétexte à rencontres et à babillages sans fin autour du feu, le soir, pendant la traite ou même au lavoir.

Hélène commença à broder son trousseau. Elle remplit au point de bourdon les lettres entrelacées de son Jacques avec les siennes sur les lourds draps de chanvre. Elle s'essaya à la dentelle avec sa future belle-sœur Aline qui était habile à piquer les épingles et à lancer les fuseaux pour croiser les fils sur le métier. Il en surgit d'étonnants dessins qui pourraient aller orner une nappe ou un bonnet.

Et puis un jour, elle pleura.

Jacques avait décidé de s'engager. La France l'appelait ! Il ne doutait pas de sa vocation et de son devoir. Son enfance avait été bercée par la nécessité de «reprendre l'Alsace et la Lorraine aux Boches »

A l'école du village, il avait eu pour livre de lecture « Le tour de France par deux enfants » qui ne cessait d'exalter le sentiment patriotique et revanchard des jeunes garçons. Il avait appris à marcher au pas dès ses six ans et, à chaque récréation, à manier des armes en bois, taillées par les pères pendant l'hiver. Il était sûr de tenir la revanche, de devoir sauver l'honneur. Il se devait d'être un bon soldat. Il murmura des promesses à l'oreille d'Hélène, embrassa ses yeux mouillés et s'en alla.

Depuis la Savoie où il était cantonné, il envoyait des lettres quotidiennes où il tâchait de lui faire partager son enthousiasme. Il prit rapidement du galon.

Hélène se sentait partagée. Elle aurait préféré qu'il soit près d'elle pour poursuivre leur vie au village. Elle serait passée de la maison de ses parents à celle de ses beaux-parents, pour les mêmes tâches familières. Aline y vivait déjà, avec son époux et leurs trois enfants tôt arrivés. Cependant, la ferme n'était pas grande et on peinait à nourrir toutes ces bouches. Jacques avait sans doute pris la bonne décision en choisissant l'armée et elle ne détestait pas ce petit vent d'aventure qui soufflait, lui promettant mille découvertes.

Elle attendit son Jacques, tout un hiver, tout un printemps et encore un été.

Elle cacha son inquiétude, lut et relut les lettres qui racontaient la neige et les montagnes, les sources vives. Après tout, tentait-elle de se rassurer, tout cela n'était pas si loin de ses paysages d'Auvergne.

A la mi-août le Sergent-major Jacques Rodier revint au village !

Plus large d'épaules, plus sûr de lui, parlant fort et portant beau. Il fanfaronnait à plaisir auprès des copains qui ne lui en tenaient pas grief, tout heureux d'écouter le récit de ses aventures militaires.

Hélène était radieuse.

Les amoureux partaient bras dessus bras-dessous, le soir, lorsque la chaleur de la journée laissait la place au serein et que montaient de la terre des parfums sucrés. Ils allaient vers la forêt. Le long du chemin, Jacques cueillait des digitales déployées en conques rose vif qu'il s'amusait à poser au bout des doigts d'Hélène, comme une troupe de marionnettes. Hélène jouait, leur donnait les noms de leurs futurs enfants et animait toute leur famille à venir de paroles et de rires. Dans l'obscurité de la sapinière, ils se donnaient des baisers, s'enlaçaient, éprouvaient la chaleur de leurs corps, en découvraient le pouvoir, en réprimaient l'impatience. Puis, ils rentraient chacun chez eux, avant la nuit noire et comptaient les jours qui les séparaient de la noce.

Ah ! Ce fut une jolie noce ! A la sortie de l'église, le cabretaire précéda le cortège. En tête venaient les mariés, Jacques en grand uniforme, Hélène la taille bien prise dans son corselet lacé. Sa large jupe brune était surmontée d'un tablier brodé des mêmes motifs que son châle. Les rubans de son bonnet flottaient, caressant ses joues rondes. Derrière venaient les parents et toute la parentèle, les amis, les voisins. Pour le repas, il avait fallu installer des échelles posées sur des plots pour remplacer les bancs pas assez nombreux. Les plus jeunes durent manger sur leurs genoux. Puis, on dansa dans l'herbe. Au soir, Hélène distribua des morceaux de ses rubans en échange de belles pièces d'argent.

Oui, ce fut une belle fête !

En ce jour de baptême de son deuxième enfant, Jacques retrouve en son cœur le même sentiment de plénitude qu'alors. Comme il les prend tous les trois dans ses bras, il se sent maison. Il est rempart, il est coque solide et bel ouvrage, garde-feu et garde-fou. Il est invincible par eux et pour eux. Hélène se fond en son odeur et y ajoute celle de son bébé, petite tête déplumée et celle de Maurice qui a couru tout le jour dans les prés. Ça sent la terre, les genoux écorchés, le lait caillé et le drap militaire, ça sent la vie.

Modane, décembre 1913

Hélène s'est réveillée en sursaut. Des rivières de lait coulaient de ses seins. Elle a su tout de suite, avant d'avoir vu son enfant, avant de s'être penchée sur le berceau de bois. Elle a su que le malheur venait d'entrer dans la maison. Elle s'est glissée hors du lit et a touché la petite. Son corps, à peine tiède, ne répondait plus à son appel. Elle ne respirait plus.

Hélène l'a juste soulevée, tellement légère, et l'a posée contre sa chemise trempée de lait. Elle a marché jusqu'à la fenêtre. Des fantômes de sapins se détachaient sur la neige, sous la lumière blanche de la lune du solstice. Le paysage laqué, vitrifié. Et, Hélène immobile, glacée, muette. Seule pour quelques instants à connaître l'irréparable. Seule à éprouver le corps sans vie de celle qui avait été sa petite fille si chaude, pleine de larmes chaudes, pleine de son lait chaud, sa petite fille à langer, à changer, à accrocher à ses bras, à nicher dans son cou, à tendre à son père, sa petite fille de quelques mois, déjà absente, pour toujours envolée. Hélène, au-delà du chagrin, n'a pas pleuré. Elle est restée statue de pierre portant un enfant mort au pied d'un autel inutile, sourd à toute prière.

Jacques a senti son absence dans le lit. Il s'est redressé et a aperçu sa femme à contre jour devant le rectangle blafard de la fenêtre. Pourquoi n'était-elle pas adossée aux oreillers, son beau sein blanc hors de la chemise pour nourrir leur enfant ? Il aime ce moment de la nuit où il ouvre à peine les yeux puis se laisse reprendre par le sommeil en gardant sur sa rétine l'image d'un globe miraculeux. Il aime les petits bruits de succion et l'odeur animale du bébé affamé. Cette nuit là, pas de bruit.

Il chasse son désir de se rendormir et appelle :

- Hélène ! Que se passe-t-il ? Tu vas prendre froid.

Hélène attendait ce moment comme un signal pour laisser déborder son désarroi. Elle sanglote.

Il se jette hors du lit. Il prend le corps inerte de l'enfant et tente de lui rendre vie en frappant sur son dos, en soufflant sur sa bouche.

- Ma petite ! Comment est-ce arrivé ? Comment est-ce possible ?

- Je l'ai trouvée sans vie dans son berceau...

- Il faut la ranimer, vite. Je vais chercher la sage-femme !

- Il est trop tard Jacques. Reste avec moi, je t'en supplie.

Hélène s'accroche à lui. Ils sont murailles autour de la petite morte. Ils sont enclos dans leur douleur si neuve, tranchante comme couteau aiguisé sur la pierre. Ils sont si vieux dans ce matin d'hiver.

La Dame en noir est revenue. Momo l'a reconnue. Sa grosse jupe bruyante quand elle marche. Son sac. Il n'a pas entendu pleurer Michelle ce matin. Sa mère était dans la chambre mais elle n'a pas crié comme la dernière fois. Un silence épais est tombé sur la maison. Momo s'est caché sous la table et a guetté à travers les franges de la nappe. Il a vu les chaussures cloutées de son père qui passaient et celles de sa mère et puis la jupe longue de la Dame en noir. Il a entendu la porte qui se fermait et, il est resté seul.

Cette fois, Blandine n'est pas venue le chercher pour l'emmener jouer.

Il est sorti de sa cachette et s'en est allé voir si une nouvelle petite sœur était arrivée. Mais il a trouvé le berceau vide.

Il a réfléchi.

C'est la Dame en noir. Celle qui a apporté le bébé. Elle est revenue pour le reprendre. Elle l'a emporté dans son grand sac.

Momo a le cœur gros. Elle était jolie sa petite sœur. Pas encore très bavarde ni très joueuse mais Momo aimait se blottir avec elle, contre la poitrine de leur maman, pendant la tétée. Michelle était concentrée, le nez écrasé, appliquée et sérieuse. Parfois Hélène chantait en leur chatouillant le nez chacun à leur tour :

« Nez cancan, Bouche d'argent, Menton de buis, Joue brûlée, Joue rôtie, Petit œillet, Toc-toc maillet »

Elle terminait en frappant de son doigt replié sur leurs fronts. Momo hurlait de rire et Michelle ouvrait ses yeux violets.

Momo se sent fatigué soudain. Il se glisse dans le berceau vide, se roule en boule, le dos contre le bois. Ses jambes pendent en dehors. Il prend son pouce entortillé d'un mouchoir et s'endort.

C'est là que ses parents vont le retrouver. Ils le prennent dans leurs bras.

- Ta petite sœur est partie au ciel, murmure Jacques.

- Au ciel ? Avec la Dame en noir ?

- Au ciel avec le Bon Dieu, précise Hélène.

- Elle va pleurer là-haut. Il fait froid dans le ciel.

Hélène et Jacques se taisent, s'assoient, prostrés, au bord du lit défait, tandis que Momo s'en va au jardin.

Il va passer du temps le nez en l'air. Certains nuages ont bien une forme de bébé joufflu. Mais il en est sûr, c'est la Dame en noir qui lui a pris Michelle.

Hélène sait qu'elle reposera, revêtue de la robe de baptême qui ne servira plus, dans le carré des Innocents, à Modane, sous la neige en hiver, sous les fleurs au printemps.

Modane, 1913/1914

L'hiver n'en finit pas. La neige recouvre tout. Il fait encore nuit, au matin, lorsque Momo s'éveille. Il trotte jusqu'à la chambre où Hélène dort encore, épuisée de chagrin. Il se blottit près d'elle et se rendort aussitôt. Ses rêves sont de soleil et de lait. Il rêve qu'il vole. Il roule et il culbute dans des nuages crémeux qui caressent délicieusement son corps. Il se saisit d'insaisissable écume. Il rit. Puis, tout à coup, ses mains s'ouvrent sur le vide. Il tombe comme une pierre.

C'est son hurlement qui le réveille en même temps qu'il réveille Hélène. Ils se prennent tous deux, bras emmêlés au chaud du lit et restent ainsi, longtemps, sous l'édredon rouge. La vie pulse d'une poitrine à l'autre échangeant les terreurs, la peine, le désespoir mais aussi l'indestructible essor qui va les rendre à eux-mêmes.

Dans un instant, ils seront joyeux ! Ils vont rire dans la cuisine en trempant des tartines dans le café au lait. Ils vont jouer à deviner les formes des cristaux sur les vitres prises par le gel. Le feu rallumé aura tôt fait de les dissiper en laissant une flaque au bas de la fenêtre.

Puis Momo ira glisser sur sa luge dans les champs de neige derrière la maison tandis qu'Hélène, chaudement couverte, partira, un grand panier au bras, acheter les provisions du jour. Les voisines connaissent son deuil mais ne sont-elles pas, elles aussi, des mères qui ont porté des enfants aujourd'hui disparus ? Il leur suffit d'un regard pour se reconnaître entre elles. Et, Dieu, qu'elles sont nombreuses ces femmes lourdes de grossesses incertaines et hantées par des petits corps sans vie ! Pour être connue, pressentie, fréquente, la mort des enfants n'en est pas moins douloureuse. Les petits baptisés iront au Paradis. Ils deviendront des Anges qui sauront protéger leurs frères et sœurs à venir. On leur donnera parfois le même prénom pour assurer leur propre salut.

Pierrette n'a pas eu le temps de mener son petit à l'église. Elle pleure sa mort mais encore plus le fait qu'il soit relégué dans les limbes, cet endroit incertain, ni purgatoire, ni paradis où elle est sûre de ne jamais le retrouver.

Jacques hausse les épaules lorsqu'Hélène lui raconte cette histoire. Il est bon et prend garde de ne pas la blesser par des paroles impies mais il ne croit ni aux limbes ni au paradis.

Lorsqu'il rentre, la nuit est toujours noire au rectangle de la fenêtre.

Momo espère autant qu'il les redoute ces heures passées à l'attendre. Hélène s'installe près de la lampe à pétrole qui éclaire juste assez ses mains et son ouvrage à broder. La lumière projette des ombres vacillantes sur les meubles de la pièce. L'armoire bouge, douée de vie propre. Les tasses du vaisselier envoient des signaux impossibles à déchiffrer et de sombres grottes s'incrustent dans les endroits les plus familiers le jour, et les plus effrayants la nuit. Parfois, un éclat allume en orange les mèches d'Hélène penchée sur sa toile. Momo ne s'éloignerait pour rien au monde des jupes de sa mère. Il est assis sur le plancher et la supplie de lui raconter encore Barbe Bleue et le Petit Poucet. Aux passages terrifiants, elle hausse la voix, rajoute un détail nouveau et plus horrible encore. Momo s'accroche fort au tissu de laine et le fourre contre son nez.

Les fines barbules du lainage le font tousser. Ses yeux pleurent mais, l'histoire terminée, ils vont rire tous les deux.

Jacques rentre tard. Hélène sait ce qui retient son homme au Cercle.

Elle les a entendues, ces conversations houleuses et de plus en plus hostiles aux Allemands.

- L'Alsace et la Lorraine doivent redevenir françaises coûte que coûte !

- Ils se croient tout permis ces sales Boches !

- Vous avez lu ce que ce Forstern a dit de nos frères Alsaciens à Saverne ? L'un d'eux a été blessé au couteau par un Fritz et ce putain de Forstern voulait le récompenser et accorder 10 marks à qui ferait la même chose !

- Il les traite de Wackes !

- Il a outragé le drapeau !

- Les amis ont foutu le feu à sa baraque !

- Oui ! Et les pompiers n'avaient plus d'eau pour éteindre ! Le tuyau avait été coupé !

Des éclats de rire saluent cette ruse. Les hommes s'échauffent saoulés de paroles et de vin.

Un autre ajoute :

- Et ce pauvre cordonnier boiteux et débile qui a eu le malheur de rire sur le passage du défilé militaire ? Vous avez-vu ce qu'il lui a fait ? Toujours ce même Forstern ?

- Un coup d'épée dans la tête à ce pauvre innocent !

- Il a tout de même été condamné à 43 jours d'arrêt par le Tribunal militaire.

- Tu parles ! La sentence a été levée en seconde instance. Légitime défense qui zont dit ! Il avait rigolé le cordonnier, tu parles d'une arme !

- Ça a assez duré ! Il nous faut la revanche !

- Qu'est-ce qu'on attend pour aller leur mettre la pâté aux Fridolins !

- En deux semaines on est à Berlin !

Et ainsi de suite, tard dans la nuit de l'hiver, on s'esclaffe, on boit et on se sent très fort, de plus en plus sûr d'avoir la victoire au bout du fusil.

C'est pour cela qu'ils ont quitté leur famille et leur ferme, tous ces jeunes paysans. Les voici bien chaussés de solides brodequins, eux qui n'avaient connu que les sabots ou qui couraient pieds-nus dans les champs. Ils arborent le pantalon rouge-garance, la capote bleue et un képi rouge et bleu comme une oriflamme. Ils sont beaux. Ils sont entraînés aux longues marches et au maniement des armes. Ils sont prêts. Pas un seul ne pense à mourir.

Souvent, Hélène et Momo iront se coucher sans avoir revu Jacques. Il rentre en titubant et en jurant lorsque le sol glacé se dérobe sous ses pieds.

Lyon, 1914

- J'ai de l'avancement ! Je suis muté à Lyon !

Voici ce que claironne Jacques en arrivant ce soir là.

- Lyon !

Hélène se fige, ne sachant si elle doit trembler ou applaudir. En l'espace d'un instant, elle imagine du bruit, de larges places, des voitures prêtes à l'écraser mais aussi des boutiques de mode et même un cinéma !

Bien vite, les questions se bousculent à ses lèvres :

- Quand devons-nous partir ? Je pourrai emporter notre lit ? Et, où allons nous vivre ? Dans un immeuble ? A quel étage ? On aura l'électricité ? Il y aura des cabinets à l'étage ? Comment faire pour déménager ? En train ? C'est possible ?

Jacques rit, la prend dans ses bras pour un tour de danse et sa jupe tourne déjà comme celle d'une dame de la ville.

Momo n'a entendu qu'un mot : « lion ! »

Il va partir au pays des lions ! Il en a vu dans son imagier, des féroces, à belle crinière. Heureusement, son Papa est armé, il saura le défendre.

- Et des tigres, il y aura des tigres aussi ?

- Des tigres, des ours et des singes ! affirme Jacques. Promis, on ira les voir à la Tête d'Or.

Momo ouvre des yeux de plus en plus ronds. Une tête en or, des singes…

Il reste à Momo un long mois pour rêver. Et à Hélène, un petit mois pour emballer son trousseau brodé, ses belles assiettes, quelques livres de prix et le gros album capitonné de velours rouge où elle a enfermé, dans d'épaisses pages de carton, les photos de ses parents et celles de son mariage. Il y a aussi une image de petite fille en robe de baptême. Ce jour-là, ils avaient posé, tous les quatre, chez le photographe. Sans bouger et l'air sérieux.

Les meubles resteront à Modane. Une autre famille de militaire va prendre leur suite.

Eux, vont s'installer non loin de la Caserne de la Part-Dieu où va être cantonné Jacques. L'appartement est au premier étage d'un modeste immeuble, une fenêtre sur la rue Chaponnay, une sur la cour, un escalier de bois qui grince et qui pue le pipi de chat, quelques meubles d'adoption.

Hélène cache sa déception comme elle peut. Momo se poste à la fenêtre et regarde. Pas le moindre lion en vue. Seulement le cheval du laitier et celui du marchand de vin et de limonade qui passent en faisant claquer leurs sabots sur les pavés.

Le soir venu, il a du mal à s'endormir dans ce lit trop grand où il respire une odeur inconnue. Soudain, un cri lui glace le sang. Un long « Aaaaa » guttural suivi d'un bref « i » suraigu résonnent entre les immeubles et s'approchent. Momo se dresse et saute hors du lit. A la lumière tremblante du réverbère, il voit surgir une forme couverte de haillons. Sorcier ? Monstre ? Animal ?

L'apparition pousse devant elle un landau d'enfant couvert des mêmes fruques. Hélène s'est approchée en hâte. Elle non plus n'a jamais vu le « patti » mais il lui rappelle le marchand de peaux de lapins de son village. Celui-ci transporte les « pattes » ces vieux chiffons qui serviront au ménage. Elle rassure Momo, le raccompagne jusqu'à son lit pour le border en l'embrassant et lui tient la main jusqu'à ce que le sommeil l'emporte.

Il va lui en falloir des « pattes » dans son nouveau logis !

Elle s'active du matin au soir, passe les planchers à la paille de fer puis les lessive à quatre pattes, à grands renforts de seaux d'eau bouillante. La réserve d'eau chaude est sur le côté du fourneau où elle entretient le feu tout le jour. Le bougnat, noir jusqu'aux sourcils, leur a livré du bois et du charbon qu'elle a remisés dans la cour. Ensuite, elle cire et elle frotte. Elle s'est fabriqué une paire de patins de laine. Elle les fixe à ses pieds. Momo s'accroche à sa jupe et ils s'élancent tous deux en folles glissades. A la fin, riant et soufflant, les patineurs s'écroulent sur le divan pour contempler leur œuvre, les lattes brillantes et odorantes du parquet remis à neuf.

A la cuisine, les murs sont couverts de graisse et de poussière. Hélène passe et repasse une grosse éponge imprégnée de lessive Saint-Marc et, peu à peu, ils retrouvent leur couleur jaune d'or.

Un jour, Hélène et Momo sont alertés par de drôles de bruits. Quelqu'un grimpe l'escalier en jurant et en se cognant aux murs. Ils ouvrent la porte. Deux costauds sont là. Ils viennent livrer à Hélène une machine à coudre ! Une Singer ! Un trésor ! Une merveille au piétement de fer forgé d'un noir absolu. D'élégantes lettres dorées proclament la marque et un bouquet de fleurs du même or décore le plateau. La petite roue sur le côté est douce sous la main. Entraînée par le mouvement régulier des pieds sur la pédale, la courroie de cuir ordonne et l'aiguille obéit.

Hélène n'a jamais rien eu de si beau !

Le soir, Jacques rentre à la maison, l'air innocent et l'œil qui frise. Il feint la surprise. Hélène le gronde. Et l'embrasse.

La machine trônera au milieu de la salle à manger et il ne se passera pas un jour sans qu'elle fasse entendre sa chanson régulière. Momo trouvera, aux pieds de sa mère, un endroit idéal pour jouer avec ses soldats de plomb, bercé par le « tac à tac » du mécanisme.

En famille, ils iront faire l'emplette de métrages de cretonne fleurie au « Tissu Chic » de la rue Paul Bert et les fenêtres s'égaieront de ramages roses et verts.

L'appartement devient un cocon douillet pendant ce mois d'avril glacé. Dans les rues de Lyon, souffle une mauvaise bise qui transperce les manteaux. Lorsque le vent tourne, c'est le brouillard qui monte du Rhône et qui encapuchonne la ville de tristesse. Hélène hâte le pas lorsqu'elle va au marché de la Place Voltaire. Elle ne s'est encore jamais risquée très loin de l'immeuble.

Jacques est souvent retenu plusieurs jours de suite à la caserne. Il est de plus en plus préoccupé par la lecture de son « Progrès ». Il est à la fois inquiet et excité à l'idée que le grand jour n'est pas loin où sonnera l'heure de la revanche. Où se concrétiseront enfin ces images patiemment construites dans son cerveau d'enfant : une guerre glorieuse, des acclamations aux vainqueurs, des défilés dans les villes d'Allemagne défaites, des médailles sur les poitrines fières, le retour des héros auprès des femmes et des enfants éperdus d'admiration, des fleurs, des musiques, des promotions…

Parfois, il embrasse Hélène avec emportement, il l'enlace à lui faire mal comme s'il voulait imprimer en lui le souvenir de sa chair tendre et de son parfum. Hélène l'accueille en souriant et lui dispense toute la tendresse possible. Elle rejette loin de son esprit les idées de départ et de solitude, ne prenant de ces élans que la chaleur réconfortante d'un corps aimé. Que deviendrait-elle toute seule avec Momo dans cette ville inconnue ? Elle ne veut pas y penser.

Un beau jour, l'air s'amollit. On ouvre les fenêtres. Le soleil du matin entre jusqu'au lit de Momo. Des pousses tendres surgissent aux branches des marronniers de la Place Voltaire.

- Il est temps d'aller voir les lions ! s'exclame Jacques.

Le dimanche qui suit est radieux. Comme sont radieux ces trois là, élégants, souriants. Hélène porte une robe de fin lainage beige et son nouveau chapeau, une petite cloche penchée sur le côté sur laquelle elle a cousu une fleur en tissu grenat. Momo arbore des culottes neuves et un gilet assorti juste terminés pour l'occasion. Et Jacques est en grande tenue militaire. Ils ont fière allure dans le tram 4 qui les amène à la porte principale de Parc de la Tête d'Or. Ils empruntent la grande allée à pas lents comme s'ils étaient à la parade, comme si tous les regards étaient sur eux. Hélène jette des coups d'œil à droite et à gauche pour s'assurer qu'elle est bien au diapason de l'élégance des dames lyonnaises. Elle se tient très droite au bras de son homme pour fouler le sable fin. La voilà rassurée. Rien de plus élégant que ses bottines neuves. Et tant pis si elles lui mordent un peu les pieds !

Ils longent le lac où canotent les couples endimanchés. Momo caracole devant ses parents avec des troupes d'enfants qui font rouler des ballons ou poussent des cerceaux. Il voudrait bien aller courir dans l'herbe mais elle est emprisonnée derrière de petits arceaux métalliques et s'appelle pelouse dans ce pays là… Interdite de surcroît !

A la ménagerie, deux ours bruns tournent dans la fosse. De temps en temps, ils jettent un regard torve aux spectateurs agglutinés autour de la cage ronde. Momo pince son nez, surpris par l'odeur puissante qui monte vers lui. Et les lions ? En voici un, affalé à l'ombre dans le coin le plus reculé de la cage. Il dort. Dans la cage voisine, la lionne tourne en rond, en suivant invariablement le même chemin, usé à force de passages. A l'approche des grilles, elle tourne ses yeux indifférents vers les visiteurs et continue son périple obstiné.

Momo est déçu… jusqu'au moment où il découvre les singes. Peu soucieux des barreaux de la cage, ils voltigent d'un coin à l'autre et semblent bien s'amuser. Ils multiplient les cabrioles et les grimaces, tapent le creux de leurs mains en signe de requête.

- Des cacahuètes ! Ils veulent des cacahuètes ! s'exclame Jacques.

- On va en acheter un cornet ? propose Hélène.

- Chiche !

Une marchande en vend, non loin de là.

Quelle fête pour Momo ! Il va découvrir les coques pelucheuses et ce qu'elles renferment de grains délicieux. A condition de les débarrasser de la fine peau rose qui chatouille la gorge. Qui en mangera le plus ce jour-là, de l'enfant ou des chimpanzés ? Jacques est champion au lancer de cacahuètes et Hélène championne au décorticage. Momo champion à la dégustation !

Le cornet englouti, ils se dirigent vers la clairière où se tient le spectacle de Guignol.

Hélène installe Momo au premier rang, à côté d'une petite fille aux longues « anglaises » et s'éloigne, repassant la barrière qui sépare les parents des enfants. Il se retourne, inquiet, mais se rassure en voyant ses parents, le regard rivé sur lui. Lorsque le rideau s'ouvre, il oublie tout, entièrement captivé par le spectacle. Il hurle à l'unisson d'une bande d'enfants surexcités lorsque Guignol feint de ne pas apercevoir le gendarme et il applaudit comme un fou si le gendarme prend des coups de bâton !

Hélène et Jacques sont les plus heureux du monde. Ce petit qui vibre devant eux est leur amour incarné. Des ailes au fond des yeux, des larmes au bord du cœur, des chansons sur les lèvres, ils volent plus qu'ils ne marchent sur le chemin du retour.

La belle nuit de mai va tomber sur la ville. Jacques enlace Hélène et lui murmure :

- Je voudrais un autre enfant de toi.

Tandis que Momo est tombé endormi sur les épaules de son père pour rêver de lions en liberté.

Le Valdahon, 1914

Le Valdahon, Le 27 juillet

Sommes arrivés le 25 à 12 heures en gare et étions installés vers 15 heures.

Quel temps ! Que de services ! Les petits sont mangés par les gros. Tout le régiment est là, toute la brigade est là et les chefs aussi. Le camp est très vaste et fort bien compris. Les baraquements sont bien construits et neufs mais les lits sont inconnus.

Me voilà encore dans le « sac à viande » et mes épaules sont meurtries le matin au réveil. Heureusement que nous n'y restons guère dans le pieu car il y a réveil à 4 heures et appel le soir à 9 heures. Quant aux siestes journalières, elles sont plutôt rares.

Écris-moi bientôt et une longue lettre pour me distraire.

Reçois, en attendant mes plus grosses bises et mes plus grandes caresses. Fais mimi à Maurice pour moi et dis lui que papa lui apportera des bonbons.

Mille baisers de ton petit vieux.

Jacques Rodier 158ème régiment d'Infanterie Camp de Valdahon (Vosges)

Fraize le 28 juillet 1914

Ma chère Hélène

Ai reçu ton télégramme ce matin à 2 heures en arrivant de Valdahon.

Je comprends ton inquiétude et en suis très touché.

Nous ne savons rien ou peu de choses. Nous sommes arrivés dans la nuit par un temps plutôt froid et entassés comme des sardines.

Le wagon de 36 contenait 50 hommes et notre départ a été des plus brusqué. C'est un brouhaha indescriptible.

Nous sommes maintenant sur le pied de guerre et attendons les événements qui semblent se calmer au moment où j'écris ces mots. Je crois pouvoir te conseiller de continuer ton voyage peut-être même le malheur voudra que j'irai te rejoindre plus tôt à la condition que les affaires s'arrangent et que nous ne retournions pas au Valdahon.

Dans tous les cas, sois calme, rien n'est moins sûr que la guerre ; nous sommes revenus par mesure de précaution mais sommes persuadés que rien ne bronchera.

Je t'engage à poursuivre ton voyage. Je vis au mess et y resterai jusqu'à ce que j'aille te rejoindre ou jusqu'à ce que ?...nous allions à Berlin.

Pardonne mon gribouillage, si tu savais la vie que nous menons ici.

Gros baisers et bien des choses à Maurice.

Ton petit vieux.

Jacques

Hélène vient de recevoir ces deux lettres. Elle a cru devenir folle d'inquiétude depuis ce jour du 23 juillet où Jacques est parti.

La sourde menace qui rampait comme une vouivre maléfique entre leurs jours et leurs nuits s'est dressée, oh combien vigoureuse. La mobilisation n'a pas encore été déclarée pourtant la guerre va éclater, toutes les rumeurs concordent à présent. Le 28 juin, un Archiduc autrichien a été assassiné à Sarajevo. L'Europe est prête à s'enflammer. Son homme est parti.

Dans les jours suspendus qu'il leur restait à vivre ensemble, ils étaient statues de sable prêtes à s'émietter au moindre geste maladroit. Ils étaient tisons de feu prêts à s'enflammer au plus léger souffle d'air. Ils se frôlaient sans se toucher. Le moindre enlacement aurait pu ouvrir des vannes de larmes. Jacques était dur comme un roc, incapable de rassurer, il ne savait plus mentir. Hélène voulait retenir les heures, ne rien oublier. Un arbre lui poussait au milieu de la poitrine et enflait démesurément l'empêchant de respirer. Il lançait des branches et des branches aux feuilles vénéneuses qui s'emmêlaient en son cerveau en nœuds inextricables, la privant de sommeil, la transformant en automate pour les gestes quotidiens.

Elle a pourtant préparé ce qu'elle pensait utile : de l'encre, un stylo-plume, du papier, des enveloppes, des photos, un briquet, le porte-cigarettes en argent, cadeau de ses parents à leur gendre.

L'armée a pourvu au reste et tient un compte précis des « effets de toute nature distribués à l'homme » et de leur état. Jacques a hérité ainsi d'une capote neuve et d'une tunique d'occasion, de pantalons et de caleçons, de bretelles et de brosses à habit, à bouton, à laver, à reluire, à chaussures et à armes, d'une cuillère, d'épaulettes et même d'un dé à coudre ! Il a reçu des guêtres, des gants, des gilets de flanelle, un pompon, des sabots-galoches, une tasse, une gamelle brillante qu'il lui faudra noircir pour la rendre plus discrète, une fourchette et un martinet ! Il a emporté une patience, une cartouchière, un ceinturon, une pelle et un porte-épée baïonnette… Sur son sac, une tente et une couverture. Pas moins de 30kg de fourniment !

Hélène était désemparée. Elle a évoqué l'idée de se réfugier, près des siens, à Pouzol. Jacques tentait de l'imaginer seule à Lyon puis seule pour se rendre à la gare et entreprendre ce voyage avec Momo accroché à ses jupes. Il ne savait quoi lui conseiller. Une chaleur de plomb était tombée sur Lyon. L'appartement était une fournaise. Momo a eu de la fièvre toute une nuit.

-Tu serais mieux là-bas, Hélène. Sois courageuse. Tu dois partir, affirmait Jacques.

Ils avaient étudié ensemble les horaires de train, la correspondance et comment arriver à l'heure à la gare. Jacques avait écrit une lettre à sa sœur pour la prévenir de leur arrivée possible.

Mais Hélène ne se décidait pas. Son Auvergne lui semblait au bout du monde.

Maintenant, Jacques est parti. Il ne sait où adresser ses lettres. Il écrit au hasard à Lyon ou à Pouzol.

Fraize le 31 juillet

Ma chère Hélène

La situation s'allonge sans s'améliorer. Nous sommes dans un état d'énervement assez grand et cela s'explique. Pourquoi faut-il que nous soyons prêts s'il ne doit rien y avoir ?

Tous ces problèmes sont peut-être difficiles à résoudre mais dépendent malgré tout de quelqu'un.

Ce « quelqu'un » ferait bien de prendre une décision. Certes je ne suis pas très enflammé pour la guerre mais, faire des préparatifs depuis 4 ou 5 jours et faire en même temps le travail courant de caserne c'est assez ennuyeux.

Nous sommes consignés au quartier. Chaque commandant envoie de temps à autre une section à la frontière, les douaniers et les garde-forestiers veillent. Nous-mêmes sommes en cantonnement d'alerte et vivons sur le qui-vive. C'est agaçant !

La population de Fraize est en émoi. Les gens font provision de légumes et de vivres.

De temps à autre, quelque douanier poussant au zèle téléphone que les allemands sont à la frontière et alors grand ha-là-là ! Alerte si on veut mais on ne sait pas. Les cœurs palpitent. Le petit vieux pense à sa mamisse et à son Momo. On arrive au col du Bonhomme et rien ! On redescend déçu mais content quand même.

J'ai confié à Mr. Férand pour être expédiés les 2 livrets et le dossier « Prévoyance », la boîte à dorures. J'ai mis tout cela sous enveloppe et dans une boîte. Si je peux m'absenter, j'irai l'expédier moi-même car je sais que cela n'était pas parti hier.

Je n'ai pas retiré d'argent car la poste est encombrée de télégrammes militaires et, d'ailleurs, elle n'aurait pu me donner que 300 sur chaque livret et non le remboursement intégral comme tu demandes.

Je t'enverrai une autorisation timbrée pour retirer de l'argent lorsque tu en auras besoin sur n'importe quel livret.

Rien de nouveau en dehors de tous ces bruits.

Le petit vieux se fait des cheveux pour sa ma-misse et son Momo mais il se soigne quand même.

Peut-être lorsque tu me liras l'affaire sera déclenchée ou arrêtée. Dans tous les cas, sois calme et crois bien que tous ceux qui vont à la guerre ne sont pas tués.

Je vous embrasse tous deux, bien tendrement.

Jacques

Lorsqu'Hélène reçoit cette lettre, la guerre est déclarée. Dans tous les villages, les cloches ont sonné le tocsin. On a cru à un incendie, la chaleur était intense depuis des jours et il ne pleuvait pas. Les moissonneurs ont lâché leurs faux, les faneuses ont jeté leur râteau en pagaille sur les meules. Ils ont couru sur les places, tous, femmes, enfants et les vieux derrière qui se hâtaient sur leurs mauvaises jambes.

Ce n'était pas l'incendie. On entendait les cloches des villages voisins qui bondissaient dans l'air pur comme des sorcières déchaînées. Toutes sonnaient, les grêles et les puissantes, les nasillardes et les fêlées. On a compris qu'elles semaient à grand bruit tout le malheur possible.

Ils se sont pressés autour de cette affiche placardée sur les murs des mairies. On y voyait, sous deux petits drapeaux, l'ordre de Mobilisation générale pour ce dimanche 2 août. Ils se sont tenus silencieux, incrédules, brutalement en deuil de leur été et de leur insouciance. Il y avait juste une rumeur qui tournait d'une bouche à l'autre. Comment est-ce possible ? Pas maintenant, pas si vite… Et la rumeur enflait.

- Le jour est arrivé. Il va falloir partir.

Personne ne songeait à chanter ou à rire sur le moment. On pensait juste à tout ce travail qui n'allait pas pouvoir être fait et au désastre d'une moisson perdue. On baissait la tête, résigné. Depuis le temps qu'on l'attendait et qu'on en parlait de cette guerre, il allait bien falloir la faire…

De toutes parts on s'est préparé. Le tambour passait dans les rues des villes pour débusquer ceux qui n'auraient pas encore compris. On a rempli les musettes. Les femmes ont mis du pain et des brioches à lever. Les pères trop âgés pour partir ont préparé des bouteilles pour leurs fils. Certains appelés sont partis à confesse !

Une gigantesque toile d'araignée s'est étendue sur le pays. A bicyclette, en chars à bœufs on s'est rendu aux points de rendez-vous, les préaux d'école, les salles des fêtes, les marchés couverts, les casernes où on a dormi sur la paille. Sur le chemin, on s'est arrêté aux fermes où attendait le verre de vin frais.

Munis de leur feuille de route rose et de leur livret militaire, les recrues se sont retrouvées dans les gares. C'étaient, pour la plupart des réservistes. Ils avaient déjà accompli trois ans de service militaire. En arrivant dans les centres de mobilisation Ils ont été habillés à la diable. Où trouver les uniformes pour cette soudaine armée de trois millions et demi d'hommes ? L'intendance suivrait plus tard.

Dans les gares, on a chanté en se poussant du coude, on a reconnu untel avec qui on avait fait son service, on a tangué en s'épaulant l'un l'autre, en bravaches. On a ri et on a chanté, on a agité des mouchoirs, on s'est penché aux fenêtres des wagons, on a reçu des fleurs des mains des femmes, sûrs de revenir très vite en vainqueurs. Les plus jeunes, bouillants de camaraderie et de vin, étaient fous d'excitation. Ils échappaient au patron, aux durs travaux des champs, ils allaient voir du pays, les filles les couvraient de cadeaux et de baisers. C'était parti pour l'aventure !

En quelques jours, la France s'est vidée de tous ses hommes valides. De ses chevaux aussi, 600 000, réquisitionnés avec les ânes et les mulets.

Les foins n'étaient pas rentrés, le blé n'était pas coupé, mais ils sont partis, laissant les épouses et les mères sidérées, écrasées par les tâches et dévorées d'inquiétude.

A Lyon, comme partout, les cloches ont sonné. Hélène s'est bouché les oreilles lorsque le Saint-Sacrement s'est uni à l'Immaculée Conception pour annoncer le glas de sa jeunesse.

Elle a lu et relu cette phrase « crois bien que tous ceux qui vont à la guerre ne sont pas tués ». Elle tourne et retourne cette phrase pour tenter de comprendre. Jacques est-il de « ceux qui ne seront pas tués » ? Ou, au contraire….

Elle prend Momo contre elle et lui murmure :

- Papa va revenir…

Un jour, elle se décide. Elle prépare une valise, cache le peu d'argent qu'il lui reste dans son sac et prend le chemin de la gare. Elle se hâte dans les rues chaudes. Les magasins sont assiégés, les files d'attente s'allongent. Les ménagères ont peur de manquer. Momo s'accroche à sa main. Il pense qu'il part retrouver son père.

A la gare, la cohue est indescriptible. Elle tente d'approcher du guichet mais une fois qu'elle l'a atteint, on lui signifie qu'elle ne pourra pas obtenir un billet pour Le Puy. Elle reste un long moment à pleurer assise sur un banc. Momo est sage à ses côtés. Il observe le va et vient de cette foule, en balançant ses jambes sous le banc.

- Viens, Maman, on rentre à la maison. Peut-être que Papa est rentré…

Jacques a écrit :

Fraize le 6 août 1914
Ma chère Mamisse,

Ton petit vieux est toujours dans l'attente de tes nouvelles. J'ai envoyé plusieurs lettres et un télégramme dont je n'ose pas certifier le départ, les ayant mises dans les mains de cavaliers pour être expédiés.

Je t'ai envoyé, par un sergent qui allait à Lyon, la somme de cent francs. Je suis à peu près sûr qu'elle a été expédiée.

N'es-tu pas à Pouzol ou bien es-tu malade ? Rassure-moi, cela me fera plaisir et me réconfortera.

Ici, rien de changé dans la situation. Nous défendons Fraize en occupant différentes positions environnantes où j'ai passé la nuit avec ma section.

Quelques petites rencontres ont eu lieu sur les hauteurs. Nous avons tué et blessé quelques allemands. Chez nous, ni morts ni blessés.

Nous attendons la grande bataille qui décidera du sort des armées. Nous avons tous confiance en nos chefs et nos hommes. Le moral des troupes est excellent.

La population reprend courage et se calme un peu.

Moi, je vais bien et me soigne du mieux que je peux. A l'issue de la guerre tu ne me reconnaîtras pas tant je serai gras et repu. Je garde aussi ma barbe pour faire sensation à Berlin.

Je t'en prie écris-moi de suite car le courrier vient lentement et j'ai hâte d'avoir de tes nouvelles.

Au-revoir ma chère femme, sois rassurée pour le présent et aie confiance en l'avenir.

Ton petit vieux qui te zaime.

Jacques

Rappelle-moi au souvenir de mon petit Momo qui ne doit pas oublier son papa.

Ci-joint une autorisation valable.

Hélène remarque aussitôt le « au-revoir » souligné comme si Jacques voulaient se persuader de cet « au-revoir »

Ce qu'elle ne peut imaginer c'est ce que la lettre ne dit pas.

Jacques est épuisé. Il marche des journées entières et mange mal. Il se réconforte avec des rasades de vin. Les orages ont transformé les chemins en ruisseaux. Son pantalon rouge est maculé de boue. Il n'a plus la force de se raser. D'ailleurs, où le ferait-il ? Il n'y a des puits que dans les villages et on bivouaque rarement au bord d'un ruisseau. Tous les soldats, des premières classes aux officiers, arborent ces barbes hirsutes. Il dort peu et mal dans des abris de fortune. Les heures d'attente sont aussi exténuantes que les heures de marche. Il attend des lettres…

Hélène écrit :

Lyon le 4 août

Mon cher Jacques

Tu es bien loin de moi. Je t'ai écrit tous les deux jours depuis une semaine. Je ne comprends pas où sont passées ces lettres.

Je suis toujours à Lyon. Je n'ai pas réussi à trouver un billet de train pour partir à Pouzol. Il fait une chaleur infernale. Je n'ai bientôt plus d'argent. Heureusement, il me reste des provisions de lentilles et de pommes de terre.

Momo est bien sage et bien triste aussi. Le soir, il va embrasser la porte pour dire bonne nuit à son « Papa à la guerre »

Une voisine m'a donné un journal qui dit que les Allemands ont une artillerie très peu efficace et que la guerre sera vite gagnée. Je l'espère mon cher homme car je me sens bien seule sans toi.

Continue à bien te soigner. Je ne sais pas si je vais aimer la barbe. Momo risque de ne pas te reconnaître. Il est si petit encore.

Je t'embrasse bien tendrement. Momo aussi. Donne-nous vite de bonnes nouvelles.

Ta femme Hélène

Jacques écrit (il n'a pas de papier à lettres et utilise une enveloppe pour rédiger sa lettre) :

Ce 10 août 1914

Ma chère femme

Suis toujours bien portant et plein d'ardeur. Avons pris hier possession du Col du Bonhomme et du village de Bonhomme. Quelques tués et plusieurs blessés. Suis sauf.

Aujourd'hui avons laissé notre place au 11ème et 14ème régiment de chasseurs de Grenoble.

Vraiment c'est dur et impressionnant. Demain nous ferons l'attaque du Col Sainte Marie.

J'attends toujours de tes nouvelles et suis de plus en plus étonné de ne rien recevoir. Je t'en prie, écris-moi.

Le canon tonne des deux côtés au moment où j'écris ces mots.

Sois rassurée, les avantages sont pour nous. Mulhouse est pris par le 7ème corps. J'ai reçu une lettre de Mr Bouvet demandant que tu *ailles à Modane t'abriter chez eux. Réponds leur en les remerciant. Moi, je n'ai pas le temps.*

Bon courage ma femme, sois forte et dans le cas où il m'arriverait quelque chose de désastreux sois sûre que j'aurai fait mon devoir et pense que tu as un fils, mon Momo.

Au revoir, mille baisers à ma petite fa-femme et à mon fils.

Toujours le petit vieux tout à toi et qui garde son dernier souvenir pour toi.

Jacques au 158ème Régiment d'Infanterie

Vosges

Ce que la lettre ne dit pas, c'est qu'il a fallu grimper les pentes du col en pleine nuit, sous la pluie, en rampant parmi la broussaille, qu'il a fallu attaquer baïonnette au canon sous les obus lointains et sous la mitraille proche et que, faute d'informations, ils ont mitraillé les leurs. Ce que la lettre ne dit pas c'est qu'au soir, il y avait deux cents cadavres allongés dans la paille.

Le Col du Bonhomme est pris. Les hommes avancent vers Sâales. En cours de route, ils ne se privent pas de piller les champs de pommes de terre, voire de tuer un cochon ou une poule. La faim a force de loi ! Les fermiers alsaciens tentent de monnayer les provisions mais sont aussitôt soupçonnés d'être de mauvais patriotes et des espions à la solde des Allemands.

Lyon le 12 août

Mon cher homme

Je n'ai toujours pas de nouvelles et mon inquiétude est grande.

A Lyon, il y a eu de gros orages et même de la grêle et quelques dégâts sur le toit du hangar.

Heureusement, nous étions déjà rentrés, Momo et moi. Je l'ai emmené au Parc mais sans toi, tout nous a semblé triste. Momo ne voulait plus avancer. Il disait qu'il était fatigué et se souvenait que tu l'avais pris sur tes épaules la dernière fois.

On parle beaucoup de la guerre ici mais ce qu'on entend n'est pas toujours bien sûr. Certains pensent qu'elle ne fait que commencer. D'autres disent que c'est une affaire de jours.

Je voudrais croire ces derniers.

J'essaye d'être courageuse comme tu me le demandes mais je me sens bien lasse et bien désemparée. Je t'attends de tout mon cœur et Momo aussi. Je vais essayer une nouvelle fois de partir à Pouzol. Mon cousin Deschance veut bien m'accompagner à Perrache et m'avancer l'argent pour les billets. Ça me gêne. Peux-tu m'envoyer une autorisation ?

J'espère que tu recevras vite ma lettre et qu'elle te trouvera en bonne santé.

Gros mimis mon cher homme. Ta femme qui t'aime.

Hélène

Le 14 août Jacques écrit deux lettres. La première pour sa femme :

Ma chère Hélène

Suis en possession de ta lettre du 4 août. Suis bien portant. T'ai envoyé à Pouzol 100 francs, les 2 livrets, la chaîne et l'alliance. As-tu reçu tout cela ?

T'ai envoyé aussi (à Pouzol) une autorisation pour retirer de l'argent sur les deux livrets.

Mets-toi en communication avec Aline et tâche de te faire envoyer tout cela.

Ci-joint les reçus des livrets et dorures.

Pense à ton petit vieux et rappelle-moi au souvenir de Maurice.

C'est dur par ici, beaucoup de fatigue et pas toujours de quoi manger. Avons pris le Col du Bonhomme et la ville de Sâales d'où je t'écris. Le plus important pour toi est de recevoir les livrets et l'autorisation pour élever mon fils si je venais à lui manquer. Prends courage ma chère femme, j'en ai aussi de mon côté. Les allemands ont le dessous et l'avantage est pour nous. Bons baisers. Ecris-moi si tu as reçu tout ce que je t'ai envoyé. Quoi qu'il arrive conserve moi ton souvenir et à celui de mon fils. Grosses caresse pour vous deux. Toujours même adresse. Faire suivre.

Ton petit vieux. Jacques.

La deuxième à sa sœur Aline

Sâales le 14 août

Ma chère sœur

Je viens d'apprendre à l'instant par une lettre qu'Hélène n'était pas à Pouzol. Je lui ai envoyé des objets recommandés et de l'argent. Sois assez bonne pour lui réexpédier à Lyon.

Suis toujours bien portant et courageux. C'est terrible pourtant par ici. Que serai-je demain ?

Louis, ton cher mari, est-il parti à son tour ?

Je ne sais rien de ce qui se passe en France. Depuis le 1er août je n'ai ni journaux, ni lettres.

Nos armées sont victorieuses mais pas sans pertes.

Tout le courrier que tu as dû recevoir sois assez bonne pour l'envoyer à Hélène.

Suis en peine de ce que deviendront ma femme et mon enfant dans le cas où il m'arriverait un malheur. Je te les confie ma chère sœur, comptant que tu ferais pour eux ce que je ferais pour les tiens si pareille chose t'arrivait.

Tu voudras bien me répondre aussitôt que tu auras reçu ma lettre.

Embrasse bien tes enfants pour moi et sois courageuse et bonne pour les miens si besoin est.

Bons baisers ma chère Aline et une pensée d'Alsace.

Jacques

Rodier Sergent Major
158ème régiment d'Infanterie 85ème brigade 43ème division (Vosges)

Jacques continue d'avancer avec ses hommes. Hier, ils ont débouché devant les lignes ennemies et les premiers rangs ont été fauchés par une rafale de mitrailleuse. Les Allemands tirent au hasard, depuis des tranchées invisibles, mais géométriquement, en losange, et réussissent à abattre ceux qui ne se jettent pas à temps dans les buissons. Ceux qui restent en vie sont affamés, épuisés sous leurs sacs. A la chaleur des précédentes journées ont succédé des nuits froides et des jours pluvieux. Certains hommes sont malades. Ils réussissent enfin à atteindre Fouday par les bois.

Jacques écrit :

Fouday (Alsace) le 16 août

Ma chère petite femme

Tu dois avoir l'explication de mon silence par les lettres que tu as reçues, je pense, ces jours-ci. Je comprends tes angoisses et elles sont justifiées car cela chauffe assez par ici mais, Dieu merci, je tiens encore bien le coup. Je n'ai pas toutes les commodités pour t'écrire car, bien souvent, je reste 3 ou 4 jours dans les bois. Nous sommes ravitaillés sur la ligne de feu et couchons dans la tranchée.

Dans tous les cas sois sûre que je ne t'oublie pas et dans les moments pénibles c'est à toi et à Maurice que je pense.

J'étais à la prise du col du Bonhomme mais pas à celle du col Sainte Marie. Je t'assure qu'il n'y faisait pas bon. Depuis nous avons pris Sâales et avançons tous les jours. Les marches ne sont pas pénibles car nous marchons à coups de fusil pour avoir de la place. Les pertes chez nous sont presque insignifiantes, chez les Alboches elles sont grosses et, dans leur panique, ils nous laissent le soin d'enterrer leurs morts et de panser leurs blessés. Ce soir 16 août à 8 heures je suis cantonné à Fouday à 15 km de Sâales. Je crois que je vais bien dormir dans le foin. Il pleut ces jours-ci de la pluie et des balles. Ma bronchite est complaisante et me laisse tranquille. Je vais très bien.

Dès que je le pourrai je t'enverrai cent francs si tu n'as pas reçu ceux que je t'ai adressés le 6 août.

L'argent ne me manque pas. Je dépense en moyenne 1 franc par jour lorsque je peux trouver quelque chose. J'ai sur moi environ 150 francs que tu pourrais réclamer s'il m'arrivait quelque chose. Tu voudras bien me dire exactement le jour où tu pars à Pouzol pour que je prévienne l'autorité militaire de ton changement d'adresse et que tu sois avisée si j'étais blessé.

Bons baisers ma petite femme et gros mimi-cou à mon fils. Sois sûre que je pense sans cesse à vous deux.

Dans quelques jours nous serons devant les villes retranchées des allemands et c'est peut-être là qu'auront lieu les plus sanglantes batailles qui décideront de la fin de la guerre. Je ne sais rien de ce qui se passe en Russie ni sur les côtes avec les flottes allemandes et anglaises. Renseigne-moi si tu le peux.

Nous avons fait ce matin 600 prisonniers allemands et 15 pièces d'artillerie, c'est autant de gens qui ne tireront pas sur nous.

Pense à moi et rappelle- moi sans cesse au souvenir de mon Momo. Mille caresses et bon courage.

Ton petit vieux qui t'aime 7x7

Jacques

Le 19 août Jacques écrit encore :

Ma chère Hélène

Suis toujours bien portant et courageux. Sois courageuse aussi ma femme. Dans quelques jours je pense pouvoir te donner mille caresses.

La lettre que tu as à Pouzol est peut-être celle qui contient les 100 francs. Tâche de te la faire envoyer et tu pourras partir au pays.

Pour t'en faire parvenir d'autres il faudrait que je me rende à la Trésorerie de la Poste des Armées et je n'ai pas toujours l'occasion. Je suis l'homme des bois et des balles.

Je tâcherai de t'écrire tous les deux jours pour te rassurer.

Avons eu un violent combat hier dans le fond de la Lorraine vers Sarrebourg. J'en suis sorti comme tu vois sain et sauf. En sera-t-il de même demain ou après-demain ?

Enfin j'ai l'espoir, peut-être qu'après une grande bataille on cherchera à négocier. Renseigne-moi sur les nouvelles russes.

Réponds-moi souvent cela me fait plaisir et tâche de m'envoyer du papier à cigarettes « Job » car je ne peux plus fumer ma pipe. Elle me fait tousser.

Bon courage ma petite femme. Soigne- toi ainsi que mon fils et dans quelques jours si tout va bien nous serons ensemble.

Mille baisers de ton petit vieux qui te z'aime 7 fois.

Grosses caresses et bi-bises.

Jacques

Mimi-cou à Maurice. Rappelle-moi à son souvenir.

A partir du 20 août, les soldats français vont subir un bombardement ininterrompu des canons allemands situés à plus de 10km de leurs lignes. Ils se lancent à la baïonnette sur des ennemis retranchés dans les villages de La Garde et Moncourt. Les obus les atteignent avant qu'ils aient le temps de se battre. Les blessés hurlent dans les champs. Les survivants se terrent ou reculent. Pas de civières, pas d'ambulances. On meurt dans d'atroces souffrances. Plus du trois-quarts des unités est perdu avant d'avoir pu rencontrer l'ennemi. On compte 300 morts à La Garde. 1000 hommes hors de combat à Moncourt.

Ceux qui restent sont évacués vers l'arrière sur les charrettes des paysans ou s'en vont à pied pour une marche de nuit de 70km. Cette reculade évoque aux anciens la défaite de 70. La guerre qui devait être facile et brève prend une vilaine tournure.

On envoie des troupes fraîches à l'assaut. Sur le chemin, les soldats croisent des convois de blessés qui geignent ballottés dans des véhicules de fortune, des automobiles à l'enseigne de magasins de Lyon ou des cars d'hôtel de Grenoble et de Nice. Ils croisent aussi des civils terrorisés qui fuient leurs villages incendiés et racontent les horreurs que les Allemands font subir aux femmes et aux enfants. Certains y trouvent une raison de partir au combat. D'autres sont tétanisés de peur.

Jacques fait-il partie des premiers ou des seconds ?

On ne le saura jamais. Les lettres s'éteignent à partir de ce moment.

Pouzol, 1914

Alphonse et Francine prennent Maurice par la main et l'entraînent.

Il est arrivé hier, tard dans la soirée, la nuit tombait déjà sur Pouzol. Il n'a rien vu des bâtiments de la ferme. Il se souvient seulement d'avoir bu un bol de lait tiède dans lequel trempaient des morceaux de gros pain. Il est tombé endormi sur les genoux d'Aline qui a fait un berceau de ses bras pour accueillir cet enfant inespéré, parfumé d'odeurs inconnues et si doux à caresser. Elle a posé sa bonne joue ronde de paysanne sur ses cheveux clairs et est restée songeuse. Longtemps. Elle sentait une veine qui palpitait et tout ce remue-ménage de vie dans l'étroite poitrine. Voici que l'enfant de son frère était là, tout vivant, magnifique, ignorant de son destin, déjà orphelin.

Il a juste l'âge qu'elle avait lorsque son petit frère Jacques est né.

Son petit frère Jacques tellement beau, tellement gai…Comment a-t-il pu mourir si vite ? A peine un mois de guerre et le voici « tombé pour la Patrie » « tombé au Champ d'honneur » « Mort pour la France ».

Aline déteste ces formules qui ne disent rien de sa propre douleur ni du chagrin d'Hélène.

Elle voudrait entendre : vie perdue, vie gaspillée par la faute des puissants, vie sacrifiée par la haine et le goût du pouvoir, vie saccagée par la mitraille.

Son homme à elle est parti lui aussi. Qu'en sera-t-il de ses enfants qu'elle attire à elle comme le plus sûr enclos si leur père vient à mourir à son tour ? Alphonse a tout juste 10 ans, Marthe a 7 ans et Francine en a 5.

Hélène est assise en face d'elle à la grande table de la cuisine. Elle est muette, la gorge close de sanglots retenus.

Elle a voyagé dans un état second, un sentiment d'irréalité qui l'a protégée de la nouvelle écrite sur le papier à en-tête qu'elle garde serré dans sa main. Nulle image derrière ses yeux.

Jacques est mort. Cela ne se peut. Jacques est celui qui la prend dans ses bras chaque soir. Celui qui rit avec son fils. Jacques est mort. Elle se répète ces trois mots mais ils ne réussissent pas à atteindre son esprit. Elle est assise, bloc inerte incapable de paroles et d'actes.

Elle a usé ses dernières forces à se vêtir de noir avec des vêtements trop chauds, prêtés par sa cousine Deschance venue flairer le deuil, elle dont le mari ne partira pas. Elle s'est épuisée, les nerfs tendus, les yeux brûlants, à trouver les bonnes correspondances dans les gares surpeuplées. A tenir ferme Momo qui pleurait de fatigue et de frayeur.

Elle est lourde comme un corps mort, plus morte que Jacques dont l'image caracole encore dans sa tête. Il danse par les chemins, dans cette campagne qu'ils aimaient tant tous deux.

C'est Aline qui est allée coucher les enfants. Maurice, tête-bêche dans le lit de Francine, s'est endormi aussitôt. Puis, elle a mis un bras autour des épaules d'Hélène et l'a doucement accompagnée à l'alcôve.

- Il est temps de te reposer maintenant.

Elle l'a aidée à se défaire de ses vêtements et à s'allonger.

C'est en respirant l'odeur du buis séché et ce qu'elle évoquait de joyeuses processions dans les rues du village, au matin du jour des Rameaux, qu'Hélène a laissé couler ses larmes. Le caillou qui faisait barrage dans sa gorge s'en est allé avec elles. Elle sanglote un long moment. Les joues salées, les yeux lavés, recroquevillée sur sa peine, enceinte de sa peine comme elle le serait d'un enfant dont elle est sûre qu'il va grandir, elle finit par s'endormir elle aussi.

Au matin, elle a entendu chuchoter derrière les rideaux de l'alcôve. Aline s'affairait au fourneau, y jetait quelques bûches et remplissait la bouilloire.

- Chut ! Momo. Laisse dormir Maman… Elle est juste là, derrière les rideaux. Elle a besoin de se reposer.

- Pourquoi elle est triste Maman ?

Aline se fige. Elle abandonne sa tâche pour prendre Momo sur ses genoux comme la veille et chuchote à son oreille.

- C'est ton Papa Momo, il ne reviendra plus. Il est mort à la guerre.

- Oui, mais il va revenir. Il a dit dans la lettre qu'il m'apporterait des bonbons.

- Non, Momo, il ne reviendra pas. Il est parti au ciel.

Il ouvre de grands yeux Momo. Ses yeux mangent son visage. Il se débat pour s'échapper des bras de sa tante et court vers l'alcôve. Il grimpe sur le lit et frappe et tambourine de ses deux poings fermés sur la poitrine d'Hélène.

- Maman, Maman, elle est menteuse Tatan Aline ! Elle dit que Papa est dans le ciel. La guerre elle n'est pas dans le ciel. Elle dit qu'il ne pourra pas revenir de la guerre. Maman ! Maman ! C'est un mensonge. Papa va m'apporter des bonbons ! Il revient quand Papa? Il faut rentrer à la maison….

Hélène prend les petits poings de son petit homme dans ses mains.

- Ce que dit Tante Aline est vrai, mon garçon. Nous voici tous les deux maintenant. Ton Papa ne reviendra jamais. Tu vas grandir sans ton Papa mais tu seras aussi fort que lui et tu m'aideras.

Les poings se dénouent. Momo était une boule de colère. Il devient chiffon pour s'abattre sur sa mère puis soudain, se relève.

- Oui, je suis fort Maman, je suis fort comme un lion. J'irai tuer les méchants Boches quand je serai grand.

- Non ! Tu ne partiras pas. Par pitié, Momo, je n'y survivrai pas.

- Je partirai. J'irai chercher Papa et il me prêtera son fusil pour tuer les méchants Boches.

Hélène sourit tristement. Elle a laissé échapper ces paroles comme si son fils était en âge de s'en aller venger son père !

Il n'a que 4 ans, des poings minuscules et suce encore son pouce. Bien sûr, il ne partira pas.

Elle le prend encore dans ses bras et le couvre de baisers et de larmes.

Une odeur de chicorée monte dans la cuisine avec celle du feu de bois. Alphonse, Francine et Marthe sont autour de la table, ébouriffés et bavards. Hélène et Momo vont les rejoindre. Sur la table, Aline a posé un pain et une jatte de terre vernissée qui tient au frais une motte de beurre décorée de motifs en relief. Momo, perché sur le banc, trempe une tartine dans le lait bruni par la chicorée. Des yeux se forment à la surface. Il joue à les déformer avec sa cuillère. Des rivières se dessinent, des chemins bleutés, des étoiles jaunes. Il se perd dans le paysage et oublie de manger. Un petit animal a pris place dans son ventre. Il sait, sans pouvoir le dire, que ce matin est unique. Il sait que la nuit a tué son père et qu'elle a tué aussi le petit garçon confiant qu'il était. Il jette sur tout ce qui l'entoure ce regard des premiers jours et fixe dans sa mémoire, la longue table, le rectangle de la fenêtre, la cafetière émaillée, les bols décorés de guirlandes rouges. Et sa mère. Lourde et grave. Qui n'est plus rempart. Qui est miette de pain et pierre qui roule sous le pied. Qui va s'enfuir et le laisser.

Aline n'a pas le temps de se laisser aller aux larmes. Tôt le matin, elle emporte sa tristesse avec elle à l'étable. Le lait gicle dans les seaux, les bêtes sont chaudes, les odeurs familières montent comme chaque jour. Qu'y a-t-il de changé au fond ? Ses mains connaissent tous les gestes : elles sarclent et cueillent, elles plongent dans le grain pour le jeter aux poules, elles soulèvent les marmites lourdes et tournent la baratte, elles ravaudent le linge et pétrissent la pâte, elles râtellent et hissent les bottes dans la charrette. On est en pleine fenaison. Le regain doit sécher en longs rangs. Les jours de la fin août sont plus courts et les soirées humides risquent de gâter le foin. Mal séché, Il pourrait mettre le feu à la grange. Comme chaque année, à la même époque, il faut se hâter de terminer la besogne. Qu'y a-t-il de changé ? Aline cherche et ne rencontre que le silence pesant, épais comme la terre qui s'abat sur les cercueils en mottes noires. Elle cherche et ne lui viennent que des senteurs absentes et des chansons oubliées. Elle voit ce qui n'est plus.

Ce sont les rires et les chants qui se sont tus. Ce sont les muscles des hommes et leur peau hâlée qui manquent. Leurs épaules larges et leurs torses puissants. Leurs gestes pour boire le vin frais et pour mordre dans le pain. Les peaux parfumées d'herbe qui se rencontraient au retour des champs, dans les granges.

Jadis, il y a un mois à peine, on banquetait dans les cours. On se posait sur le banc de pierre encore chaud de soleil, devant la maison et on attendait les premières étoiles pour aller se coucher dans la chambre fraîche. On était heureux et on ne le savait pas.

Les mains d'Aline travaillent mais sa tête s'absente.

Hélène lui vient en aide pendant quelques semaines puis elle doit repartir. Elle doit chercher du travail à Lyon. Les emplois ne manquent pas depuis que tous les hommes sont au front. Aline restera seule avec quatre enfants. Son neveu Eugène est orphelin. Il est encore bien jeune mais il vient lui prêter main forte chaque jour. Son beau-père l'assiste de son mieux.

- Va, Hélène, je m'occuperai bien de ton garçon. Ne t'inquiète pas. Regarde, Alphonse l'a pris sous son aile et Marthe est heureuse de jouer les petites mamans. Francine l'a déjà adopté comme un frère.

Les enfants sont sur le chemin avec le grand-père. Devant eux, les six vaches viennent de quitter l'abreuvoir et s'en vont vers les prés pour la journée. Le chien rode autour d'elles et impose bruyamment la direction à suivre.

On a trouvé des sabots pour Momo. Il trébuche, maladroit, en voulant courir comme les grands. Tant de nouveautés en si peu de jours lui tournent la tête. Il ne sait s'il doit pleurer ou s'amuser de tout. La curiosité l'emporte souvent.

Il reste médusé lorsque la grosse lapine grise met au monde dix curieuses souris roses. Il retourne chaque jour près du clapier et les voit se transformer en minuscules lapins. Il court après les oies aussi hautes que lui. Il apprend à rouler sur la pente du pré jusqu'au talus où poussent les digitales. Il rentre les genoux écorchés et la figure barbouillée de mûres.

Un jour, sa mère n'est plus là. Momo court de la cuisine à l'étable. Il cherche au jardin, dans les chambres. Il revient en larmes auprès d'Aline.

- Où est ma Maman ? Tatan Aline, où est ma maman ?

- Ne pleure pas petit Momo. Ta maman reviendra.

- Maman est partie au ciel pour chercher Papa ? Elle est allée faire la guerre au ciel avec lui ? Ils vont revenir tous les deux ? Avec Michelle aussi ?

Les mots et les pleurs se bousculent, son nez coule, il hoquette, au désespoir.

Aline le berce doucement et tente d'expliquer.

- Tu vas rester avec nous maintenant. Nous ne sommes pas riches. Ta maman doit aller gagner des sous. Elle n'aurait pas le temps de s'occuper de toi. Regarde, Alphonse va te lire une histoire et ce soir on mangera des crêpes.

Une histoire, des crêpes….Quand on a quatre ans est-ce suffisant pour se consoler de l'absence d'une mère ?

Bientôt, Momo enferme dans sa tête tous ces bouleversements et s'applique à offrir aux adultes l'apparence lisse d'un petit garçon heureux. Parfois, la nuit, il se réveille en hurlant. Il ne sait pas raconter ses cauchemars. Francine vient dormir avec lui. Ils retrouvent le sommeil, serrés l'un contre l'autre, petits siamois aux souffles mêlés.

A la ferme, Momo s'est trouvé un ami sûr. C'est le chien Turco, un berger à poils longs, gris, noirs et blancs, un travailleur infatigable qui obéit aux ordres du grand-père pour rassembler les bêtes. Incroyable de virtuosité, il court en jappant et en faisant mine de mordre les jarrets des mastodontes vingt fois plus gros que lui qui obéissent et abandonnent l'idée d'aller brouter l'herbe haute dont pourtant aucune barrière ne les sépare. Les prés, en ce pays, ne sont délimités que par de grosses pierres levées. Point de clôtures. Chacun connaît le bien du voisin et ne s'aviserait pas d'y pénétrer ou d'y laisser s'égarer les vaches. Lorsqu'il a fini son travail, Turco vient s'asseoir près de Momo. Il pose sa grosse tête hirsute sur le bras du garçon et quémande de ses grands yeux noirs la friandise qu'il sent dans la poche de son ami. Pour lui, Momo a soigneusement collecté toutes les croûtes de fromage du déjeuner. Il les lance haut pour le plaisir de voir le chien sauter. Une détente, un puissant coup de reins et il les happe d'un coup de gueule. Puis, il s'aplatit dans l'herbe, la truffe frémissante, balayant le pré de sa queue, prêt à bondir à nouveau en poussant un aboiement joyeux. Toutes les friandises avalées, il vient se coucher contre Momo et réclame des caresses entre les oreilles. Momo lui tient des discours et se désole :

- Pourquoi il parle pas Turco ?

- Bah…c'est un chien.

- Oui, mais pourquoi les chiens parlent pas ?

- Parce que c'est des chiens.

- Ah ? Je vais lui apprendre.

Sans se décourager, il articule :

- Tur-co, Mo-mo.

Turco dresse les oreilles et remue la queue. Il tente un gémissement prometteur.

- Allons, ce sera pour demain, affirme le Grand-père en souriant sous sa moustache.

En octobre, les grands prennent le chemin de l'école. Momo reste près d'Aline. Il la suit partout. Il regarde le lait se transformer en beurre, les fruits en confitures et le fil en dentelle. Il guette le facteur.

Lorsqu'une lettre arrive, Aline lâche tout ce qui l'occupait. Elle frotte ses mains à son tablier et ouvre fébrilement l'enveloppe.

- C'est Maman ?

- Pas aujourd'hui, Momo. Aujourd'hui c'est ton Oncle Louis.

- Il est à la guerre avec Papa ?

- Oui…Non…Il est à la guerre oui.

- Mais pas dans le ciel ?

- Non, il n'est pas dans le ciel. Il dit qu'il a bien du courage, qu'il se porte bien mais qu'il voudrait rentrer. Il dit que tu dois être bien sage. Alphonse, Marthe et Francine aussi doivent être sages.

Le soir venu, les quatre enfants vont dessiner des armées de soldats, des baïonnettes et des drapeaux. Alphonse rédige une lettre.

Pouzol le 30 octobre 1914

Mon cher Papa,

Nous sommes bien contents d'avoir de tes nouvelles et que les Boches te laissent un peu plus tranquille en ce moment. Nous sommes très sages avec Maman et elle dit que tu peux être fier de nous

Comme je suis l'aîné, je dois montrer l'exemple. Le matin, avant de partir à l'école, je passe à l'étable mettre la paille propre aux bêtes et le soir pareil.

Grand-père Félix est allé aux champignons avec le petit Momo qui ne va pas encore à l'école. Ils ont trouvé un bolet énorme. Quelqu'un l'a photographié à côté de Momo et la photo était dans le journal.

On a mis les chanterelles et les bolets à sécher. Tu pourras en manger à Noël quand tu reviendras, mon cher Papa.

Tu nous manques beaucoup mais ne t'inquiète pas pour la ferme. Le foin est rentré et toutes les bêtes vont bien.

Le voisin nous a aidés pour le bois. Pour labourer on a attelé la Noiraude et la Blonde puisque notre bonne jument est partie à la guerre elle aussi.

Finis vite la guerre et reviens vite. Nous t'embrassons tous très fort.

Ton fils Alphonse.

D'autres lettres arrivent de Lyon.

Lyon le 24 octobre 1914

Ma chère Aline,

Je ne sais comment te remercier pour tout ce que tu fais pour mon fils. J'espère qu'il est bien sage et en bonne santé. Le bon air de Pouzol est meilleur que celui de Lyon.

Ici on ne reconnaît pas les rues. Il ne reste que les femmes et les enfants. Il n'y a plus de chevaux pour transporter les marchandises. Le « Bon lait » de la Place Voltaire est fermé depuis que le patron et ses deux fils sont partis. Les pommes de terre sont introuvables ou bien elles coûtent 25 sous le kg. Notre maire Edouard Herriot a dit que toute augmentation des prix était un crime contre la Patrie mais malgré cela tout a augmenté.

Les plus pauvres vont à la Soupe Populaire de la rue Moncey. J'ai entendu dire qu'il y avait eu des magasins pillés.

Quelle triste époque, ma chère Aline, j'espère que vous êtes à l'abri de ces soucis et que tu as de bonnes nouvelles de ton Louis.

Je dois aller me présenter dans un atelier de lingerie la semaine prochaine. J'espère qu'on me prendra. Je ne sais pas qui a encore le cœur à acheter de la dentelle en ce moment mais il faut croire que la guerre ne coûte pas à tout le monde et qu'il y a encore de belles dames riches pour ça.

Embrasse bien pour moi mon Momo et aussi Alphonse, Marthe et Francine.

Mes meilleures pensées à toute la famille et surtout à toi ma chère Aline.

Hélène

Momo dessine des vaches et des lapins, un chien gris et noir, une maison au toit rouge avec une cheminée qui fume, des personnages dont un avec un fusil. Il écrit Maman en lettres bâton. Il guette le facteur pour lui donner sa lettre.

Il continue sa petite vie aux basques d'Aline et du grand-père et joue avec ses cousins au retour de l'école. Francine lui prend la main et, du haut de ses cinq ans, tente de lui faire partager sa science toute neuve de l'écriture. Le crayon casse souvent. Alphonse est fier de savoir tailler les crayons avec son couteau. Marthe déchiffre les titres dans le journal.

« Premier combat aérien : Louis Quenault à bord de son biplan a abattu un Aviatik allemand »

Alphonse et Momo s'en vont en courant dans le pré, les bras écartés comme des ailes, rugissant et vrombissant, mitrailleuses pétaradantes à la main, se heurtant de la poitrine jusqu'à ce que mort s'en suive. Ils tombent à bout de souffle, bras en croix. Les filles applaudissent les héros et se précipitent pour les soigner.

Momo avait raison. La guerre est dans le ciel et son papa est là-haut qui le regarde.

Un matin de novembre, une lueur laiteuse éclaire la fenêtre de la chambre. Momo se réveille pelotonné sous l'édredon. Il souffle un petit nuage d'haleine chaude et écoute. Il se passe quelque chose d'étrange au-dehors. Les bruits sont comme étouffés. On n'entend plus les pas d'Aline dans la cour ni le caquetage des poules. Il se lève et se poste à la fenêtre.

Ses yeux s'arrondissent devant le spectacle : une épaisse couche de neige a tout recouvert et a transformé le paysage en un lumineux décor. Au plus loin que porte son regard, tout est blanc. Les sapins ploient sous la charge, les prés ont disparu, la cour grise est immaculée. Rien ne bouge. On aperçoit juste les empreintes des sabots d'Aline vers l'étable et la griffure en étoile des pattes d'un oiseau.

Momo reste ébahi un long moment, pieds glacés, grelottant dans sa chemise. Puis, il se décide :

- Francine ! Viens voir !

Francine saute du lit. Alphonse et Marthe la suivent sans tarder. Quatre têtes sont bientôt collées aux carreaux.

- La neige ! C'est la neige !

- Vite ! On s'habille !

Ils sautent dans leurs vêtements, remontent les grosses chaussettes de laine jusqu'aux genoux et dévalent les escaliers en courant. Aline n'a pas le temps de les retenir. Vite, les sabots, les pèlerines et les bérets. Elle noue les écharpes et laisse s'envoler sa nichée.

Quelle fête ! Ils ont les doigts brûlants et les genoux rouges, le nez qui coule et les yeux qui pleurent. Ils sont essoufflés de tant de batailles. Ils s'en vont glisser dans le pré sur des sacs de toile raidis par le froid, se roulent et se relèvent, rattrapés par le chien qui jappe comme un fou et tente de se hisser à coups de reins par-dessus la couche de neige fraîche.

Comme elle est loin la guerre…. Momo oublie père et mère. Il est juste un enfant heureux. Pour un temps, heureux.

Lyon, 1914/1915

Hélène se hâte dans les rues, elle traverse le pont de la Guillotière. Un vent mauvais la gifle. Elle est empêtrée dans sa longue jupe et enchiffonnée de voiles noirs. Elle se rend rue de la République, à l'angle de la rue de la Poulaillerie. Une maison de couture parisienne a fui la menace d'invasion allemande et est venue s'installer à Lyon mais la main-d'œuvre n'a pas suivi. Il a donc fallu recruter. Hélène veut tenter sa chance.

La voici devant l'immeuble, tout près de l'église Saint Nizier.

Il s'élève sur quatre ou cinq étages. La haute façade blanche est décorée de corniches et de moulures. Chaque fenêtre est surmontée d'un chapiteau fleuri d'une guirlande de pierre. Des balcons protégés par des garde-fous en ferronnerie surplombent la rue. En levant la tête, elle aperçoit, à l'angle de la rue, la statue d'une Vierge à l'enfant.

Hélène se fige devant la porte cochère couverte de plaques de cuivre au nom des propriétaires. « Maison Georgette » C'est bien là. Elle doit se décider à entrer.

Elle a mis son plus beau corsage, celui qu'elle a imaginé et cousu. Il est garni d'un entre-deux de dentelles qu'elle a réalisées naguère avec l'aide d'Aline. Elle le porte comme un talisman. Une main sur la poitrine pour contrôler les battements désordonnés de son cœur, elle ravale sa peur et sa timidité, pousse le lourd battant, emprunte l'escalier de pierre jusqu'au premier étage et sonne.

La porte s'ouvre sur un univers de tentures et de tapis, de boiseries et de miroirs, tel qu'elle n'aurait su l'imaginer. Sur de larges tables se déploient des mètres d'étoffes raffinées, des rouleaux de tissus aux teintes délicates. Rubans, plumes, perles et strass jonchent les étagères. La lumière entre à flots par les larges ouvertures pour aller frapper les ors des cadres et la rendre au centuple. Un brouhaha feutré glisse parmi une petite foule de femmes affairées. Elles se déplacent, aériennes et souriantes, d'une table à l'autre, d'un mannequin d'osier à un buste molletonné. Certaines sont agenouillées pour rectifier l'ourlet d'une jupe.

- Et bien ! Etes-vous muette ou idiote ?

La femme qui se tient devant elle n'a rien d'accueillant. Longue et maigre, serrée dans une stricte robe brune, les cheveux tirés sur la nuque, elle n'a pas l'intention de faciliter la tâche à cette pauvre fille qui est statufiée, la bouche ouverte, devant elle.

- Alors ? Que désirez-vous ?

Hélène se reprend et énonce le but de sa visite.

- Ah ! Oui, bien sûr, soupire la femme. Thérèse ! Pouvez-vous accompagner cette petite à l'atelier ?

Thérèse accourt. Elle est très jeune, toute menue, la taille bien prise dans une robe de shantung d'un rose fané.

- Suivez-moi, dit-elle à Hélène. Vous n'auriez pas dû passer par les salons.

Hélène est transie de honte, au bord des larmes et déjà sûre de l'échec de son entrevue. Elle trotte derrière Thérèse, fourmi noire perdue dans un bouquet.

Elles reprennent le large escalier jusqu'au rez-de-chaussée puis empruntent une porte de service qui donne sur une cour. En face, un bâtiment s'allonge sur un seul niveau. La structure métallique encadre des fenêtres au verre dépoli. Les deux femmes s'engagent dans un long couloir aux peintures écaillées.

- C'est ici ! annonce Thérèse en poussant une porte.

Le bruit de vingt machines à coudre saute aux oreilles d'Hélène. Les ouvrières penchées sur leur travail ne lèvent pas la tête. Toutes coiffées d'un semblable chignon rond, toutes vêtues d'un même corsage blanc à manches ballonnées et d'une longue jupe ample, elles restent absorbées sur leur ouvrage, leurs bottines activant la pédale des machines tandis qu'elles guident le tissu sous l'aiguille.

La contremaîtresse s'approche.

- Voici quelqu'un qui cherche du travail, explique Thérèse en désignant Hélène.

- Du travail, il y en a de moins en moins en ce moment. Maudite guerre. Toutes nos clientes vont bientôt être vêtues de noir. Vous voici veuve vous aussi ? Enfin, voyons. Que savez-vous faire ?

Hélène joue son va-tout, ouvre son manteau et explique son corsage, la dentelle, l'entre-deux.

- Hum... Allons, je vais vous faire faire un essai. Asseyez-vous là.

Hélène va passer le reste de la journée à incruster un motif de dentelle grège dans un échantillon de soie fleurie. La soie glisse sous ses mains. Les points minuscules doivent disparaître dans l'étoffe. Ses yeux brûlent. Son dos proteste. Ses mains n'obéissent plus. Mais lorsqu'elle remet son travail à la contremaîtresse, elle voit dans le regard de celle-ci que la partie est gagnée. Elle voit de l'étonnement et même une pointe d'admiration.

- Allons, mon petit, je crois que vous avez votre place parmi nous ! Revenez demain…et, cette fois, passez directement par la cour !

Ce n'est qu'une fois dans la rue qu'Hélène va se souvenir de ce qu'est sa vie.

Les bruits et le vent froid la ramènent à la réalité. Son cœur s'enfle soudain d'un fleuve de boue noire qui la submerge. Elle ne voit devant elle que des milliers de minutes et d'heures de solitude et de souffrance. Elle est minuscule dans cette grande ville, minuscule et seule. Les larmes aux yeux, elle rassemble ses forces et prend le chemin du retour. Les quais, le pont, son quartier enfin, les rues mal éclairées et sa maison.

Sous la lampe, elle écrit :

Ma chère Aline,

J'ai une bonne nouvelle à t'annoncer. Me voici engagée à l'atelier de couture de la «Maison Georgette» Je serai garnisseuse. Il me faudra broder les boutonnières et coudre les passementeries sur des vêtements magnifiques. C'est un travail minutieux mais qui me plaît. La contremaîtresse a l'air sévère mais je crois qu'elle a apprécié mon essai. J'espère qu'il restera assez de dames riches pour commander de nouvelles tenues.

Dans les rues, on ne voit pas toutes ces belles dames. On voit surtout des femmes en noir comme moi et des hommes blessés.

Lyon est un véritable hôpital. Les convois arrivent dans les gares. On ne sait plus où soigner les blessés. Tous les hôpitaux sont pleins, l'Hôtel-Dieu, l'Antiquaille, la Charité, la Croix-Rousse.

Les écoles et même les salles de spectacle et les locaux de l'Exposition Universelle ont été transformés en hôpitaux. Je pense à mon cher Jacques et je me demande s'il n'a pas bien fait de mourir très vite pour échapper à cette horreur d'être mutilé ou défiguré. Je voudrais juste pouvoir me recueillir sur sa tombe mais c'est impossible, on ne me l'a pas rendu. Il me semble qu'il est toujours vivant quelque part et qu'il va ouvrir la porte soudain. Je crois que je vais l'attendre tout le reste de ma vie.

Est-ce que Momo parle encore de son Papa ? Dis-lui que je pense fort à lui et que je lui prépare une surprise pour quand j'irai le voir. S'il est bien sage.

Ma chère Aline, je ne sais comment te dire ma reconnaissance de prendre soin de notre enfant. Fais-le en souvenir de ton frère que tu aimais tant.

Tu me donnes de bonnes nouvelles de Louis. Tu dis qu'il a la chance d'être dans la Territoriale à cause de son âge. Il n'ira pas au combat et nous reviendra bientôt sain et sauf. J'en suis bien heureuse pour toi et tes enfants.

Je vous embrasse tous très fort.

Hélène

Chaque jour, dorénavant, elle va se rendre à l'atelier. Là, concentrée sur son travail de garnisseuse, environnée de soieries et de lainages fins, elle réussit à oublier sa douleur. Sa peine se dilue dans la délicatesse des couleurs et la précision des points, dans la camaraderie qui unit les petites mains.

L'atelier est joyeux, envers et contre tout. Toutes ces très jeunes femmes ont un fiancé, un mari ou un frère à la guerre. Elles échangent les nouvelles, bien sûr. Elles ont peur, bien sûr. Elles ont du mal à « joindre les deux bouts », troquent des recettes et des adresses. Elles collectionnent les tombées de tissu et s'arrangent pour en faire des caracos ou des gilets de bonne facture. Hélène fabrique un cheval de chiffon pour Momo.

Le dimanche, elle retrouve Louise et Suzanne, deux jeunes apprenties. Ensemble, elles vont faire un tour Place Bellecour où sont exposées les pièces d'artillerie et les canons pris aux Allemands. Elles en touchent le froid métal en pensant aux hommes qui en ont subi le feu.

Parfois, elles vont à la gare des Brotteaux. Lorsqu'un convoi de blessés arrive, la foule se rassemble pour les applaudir tandis que la fanfare joue. Les camions sanitaires attendent pour recevoir les brancardiers qui s'avancent avec les infirmières. Elles sont bénévoles pour la plupart. Il est de bon ton pour les jeunes filles de s'engager pour aider aux soins. Les cheveux cachés sous un voile, vêtues de leur longue jupe blanche et d'une pèlerine noire, elles escortent à pied les plus valides jusqu'aux ambulances.

Hélène et ses amies voient passer ces mêmes hommes qui avaient quitté leurs familles en chantant, elles les voient barbus, les cheveux mal taillés, la tête dans des bandages, les pansements sur les yeux, les bras en écharpe. Elles les voient inconscients sur les brancards après des jours d'attente dans les centres de soin, à l'arrière du front, et des heures de transport dans les trains sanitaires. Elles sont muettes et terrorisées à l'idée de voir passer l'un des leurs. Hélène ne peut se retenir d'espérer voir Jacques.

Un jour, elle passe par la gare de Perrache. Une femme est là qui distribue des boissons chaudes aux soldats de passage. Hélène s'approche et observe.

- Bonjour ! Approchez jeune dame !
- Bonjour…

- Vous êtes en deuil mon enfant. Venez, racontez-moi.

Les rondeurs de Clothilde* sont un accueil, son regard irradie de bonté. Hélène, perdue dans son chagrin et ses illusions, reçoit cette main tendue avec gratitude. Elle accepte de se confier.

- C'est mon mari. J'ai eu un avis de décès. Mais je voudrais être sûre. Peut-être est-ce une erreur ? On dit qu'il règne une grande pagaille là-bas, au front. Je ne reçois plus de lettres mais peut-être est-il seulement blessé ou aveugle ou empêché d'écrire. Peut-être est-il prisonnier ?

- Mon petit, je comprends. Tenez, venez m'aider, nous allons réfléchir.

C'est ainsi que, dimanche après dimanche, Hélène va aider « la Maman des poilus » à servir les soldats qui transitent en permission par la gare.

- Je viens de perdre mon fils. Lorsque j'adoucis un peu le sort d'un poilu c'est comme si je faisais encore quelque chose pour lui, explique Clothilde.

Hélène scrute les cols et les épaulettes pour essayer de trouver un homme appartenant au même régiment que Jacques. Elle interroge et continue à espérer envers et contre tout.

Pouzol, 1915

Hélène arrive à Pouzol quelques jours avant Noël. Aline et Momo, emmitouflés jusqu'aux oreilles, sont sur le quai de la gare dans un mauvais courant d'air avec, à leurs pieds, des plaques de neige sale. Momo a l'estomac un peu barbouillé. Il ne sait pas démêler l'écheveau embrouillé qui tourne dans sa tête. Aline lui parle de cette visite depuis le jour où Hélène l'a avertie de son arrivée. Elle évoque ces retrouvailles comme le plus grand des plaisirs pour Momo en imaginant son impatience à l'aune de la sienne. Elle prépare la chambre et cuisine des galettes. Elle astique le balancier de l'horloge, économise la crème, compte les pommes …

Pourtant, Momo, au fond de lui, sent monter la crainte. Il a tellement bien épousé les habitudes de la ferme que cet évènement inattendu le perturbe plus qu'il ne le ravit.

Le train approche dans un fracas de bielles et de vapeur lâchée dans le ciel bleu.

Peu à peu, une silhouette se détache parmi les voyageurs. C'est bien Hélène qui s'approche, chapeautée, élégante dans sa redingote longue. Son gros sac de voyage lui donne une démarche déhanchée qu'elle semble vouloir ralentir. Elle s'approche, souriant à peine, se penche sur son enfant et l'embrasse, tout aussi hésitante que Momo est intimidé. Mais, lorsqu' Aline la prend dans ses bras, l'émotion parvient à traverser le drap noir des vêtements et les larmes montent aux yeux des deux femmes.

- Ne pleure pas Hélène…

- Ne pleure pas Aline… Il ne faut pas, il ne faut pas. Et, pourtant, les voilà qui pleurent toutes les deux. L'écheveau est de plus en plus embrouillé dans la tête de Momo. Il arrive donc que les grands pleurent. Ce moment, tellement attendu, tellement espéré, n'est donc pas si clairement heureux. Il lève les yeux. Il s'interroge et tente de deviner.

- Maman, Tatan, il ne faut pas pleurer. On va à la maison.

- Oui, Momo, tu as raison. Allons vite à la maison.

Momo a sa main droite dans la main d'Aline, la gauche dans celle d'Hélène. Il éprouve la rondeur et la peau sèche de l'une, la douceur et la petitesse de l'autre.

Il trotte, tentant d'accorder son pas à celui des deux femmes qui bavardent maintenant au-dessus de sa tête comme si elles venaient juste de se quitter. Les joailleries de neige étincellent dans les prés. Le sol dur craque sous les pieds. Ils avancent vite pour franchir les deux kilomètres qui les séparent de la ferme.

- Entrons nous réchauffer !

Hélène pose son sac de voyage, ôte son chapeau et son manteau, s'assoit sur le banc et attire son enfant à elle. Alors seulement, Momo reconnait le regard et le parfum, la chaleur, la voix, le creux du ventre, les genoux accueillants, les bras solides, le nid et le berceau. Il redevient le tout petit qu'Hélène avait laissé. Hélène oublie son armure de guerrière, celle qui lui permet de se tenir droite, seule dans la grande ville. Elle est ici chez elle, avec les siens, avec son fils. Il y a du café au lait et des galettes au beurre, une maison close où se tenir à l'abri du froid et de la nuit qui tombe. Elle berce Momo puis le laisse s'échapper. Il a tant à faire !

Lorsque Noël arriva, dans cette maison, posée comme une île sur la neige, il fut l'heure de préparer le feu. Le grand-père alluma un fagot dans la cheminée et, lorsque le foyer fut bien chaud, que les escarbilles se mirent à exploser, que les flammes se mirent à se tordre comme des sorcières folles, il y plaça la bûche, la plus grosse, la plus sèche, celle qu'il avait gardée dans la remise pour cette occasion et qui devait durer toute la nuit. Les enfants étaient attroupés, assis devant le feu, les genoux sous le menton, les joues rouges de chaleur.

Aline plaça la nappe blanche sur la table. Toute la famille se réunit. Le grand-père prit la chandelle et l'alluma aux flammes.

- Que la paix revienne avec l'arrivée de notre bon Jésus

Il fit le signe de la croix, souffla la flamme et passa la bougie à la grand-mère qui la ralluma, se signa à son tour et la souffla. Elle passa ainsi de main en main jusqu'à Momo, le plus jeune de tous puis on la mit dans le bougeoir, au milieu de la table. Elle devait brûler jusqu'au retour de la Messe de Minuit.

Aline avait préparé une soupe au fromage. Lorsque les assiettes furent vidées et bien vidées, on s'installa près du feu pour conter des histoires et pour chanter Noël.

Enfin, l'heure de sortir arriva. Tout le hameau se retrouva dehors dans la nuit froide. Le chemin était illuminé des dizaines de torches de paille et de lanternes qui dessinaient un ruban de lumière jusqu'à l'église. Un léger brouhaha montait de ce serpent ondulant sous les étoiles. Momo, Alphonse, Marthe et Francine allaient devant, bavards, joyeux, courant et glissant sur la terre glacée, un nuage de vapeur chaude devant chaque bouche.

On se retrouvait entre voisins à la porte de l'église illuminée, le nez froid, les yeux larmoyants dans la bise pour se claquer des baisers sonores avant d'entrer.

Bientôt le bruit des sabots cessa dans la nef et les chants s'élevèrent, magnifiques et sereins, portés par les voix graves et les voix claires, sublimés par l'heure tardive et par le mystère de la naissance. En chacun, cette nuit là, il y avait la douleur et la perte, l'arrachement des vies données par les mères, la souffrance qu'elles avaient vécue en ces moments là, insignifiante en regard de celle qui serait la leur si leurs enfants mourraient. En quelques uns, il y avait cette douleur déjà. En tous, un minuscule espoir qui les faisait chanter plus haut, plus fort, à pleine voix pour que cette voix monte au ciel. En tous, il y avait le doute et la crainte.

Hélène ne chantait pas. Sa voix était brisée, elle en était sûre. Son cœur ne se desserra qu'au retour.

Il y avait, surgis comme par miracle sur la nappe blanche, des beignets et du lait chaud, des tartines à rôtir au bout d'une pique sur les braises rouges, des noix sèches et des châtaignes bouillies, des pommes lustrées et du vin pétillant.

On festoya, on échangea de menus cadeaux puis Momo s'endormit, son cheval de chiffon serré contre lui.

Hélène resta une semaine à Pouzol. Comblée de bonne nourriture, de bavardages et de toute la tendresse possible, elle dut s'en retourner à Lyon, le Nouvel An passé.

- Je reviendrai Momo, promis. Je reviendrai au printemps. Ou, si la guerre s'arrête, je reviendrai avant. Sois bien sage avec Tatan Aline.

Mais, un jour, Momo en a assez d'être sage. Il est en colère contre son père qui l'a abandonné. Il est en colère contre la guerre qui n'en finit pas. Il en veut à sa mère qui l'a laissé, encore une fois. Il est jaloux de ses cousins qui reçoivent des lettres de leur père et des baisers de leur mère. Il ne veut plus dormir dans la chambre avec eux. Il a peur des traces qu'ont dessinées les gouttières au plafond, il a peur du couloir sombre, des araignées embusquées et des souris qui déboulent sous les pas, sur le palier, lorsqu'il se lève la nuit pour trouver son pot de chambre. Il mouille ses draps et grelotte dans l'odeur âcre du linge souillé. Il cache sa chemise de nuit dans la soupente et la retrouve gelée le soir. Il dort tout habillé. Les nuits de janvier n'en finissent pas et les jours sans soleil succèdent aux jours sans soleil.

Un jour, donc, il décide de partir. Il prend la route sous les grands sapins noirs. Aline est occupée, les grands-parents sont au coin du feu et ses cousins à l'école. Il s'en va, un croûton de pain dans la poche et son cheval de chiffon bien serré contre lui. Il marche sans se retourner bien déterminé à aller prendre le train. Il trotte aussi vite qu'il peut. La ferme s'éloigne. Au virage, il jette un coup d'œil en arrière. La ferme a disparu. Il trotte toujours mais dans sa tête, commencent à trotter des histoires de loups et de sorcières. Des frémissements agitent le sous-bois. Un corbeau s'élance juste à son passage dans un grand fracas d'ailes. Les sangliers ont retourné la terre et se sont vautrés dans les flaques. Ils ne doivent pas être loin. Il ne sait plus s'il a trop chaud ou très froid. Il court maintenant, la morve au nez, sans s'avouer qu'il pleure tandis que la clarté diminue. Il a oublié qu'il allait à la gare. Il veut juste avancer, obstinément avancer. Bientôt, il ne distingue plus les bords de la route. Il se griffe aux ronces du talus, accroche une racine et s'étale de tout son long sur les cailloux. Les graviers lui mordent les genoux et les mains. Une rigole de sang coule de son sourcil à sa joue. Il va mourir, c'est sûr. Pelotonné dans le noir, il renifle à petits bruits, épongeant son sang avec son cheval de chiffon. Les yeux fermés, il se berce et sanglote un long moment éperdu de frayeur et de solitude. Il fait nuit noire à présent. Les ornières gèlent. Les sapins entonnent des airs lugubres au-dessus de sa tête.

Soudain, une langue râpeuse vient lui lécher le visage. Une odeur familière de chien mouillé lui saute aux narines. La grosse tête de Turco se niche dans ses bras.

- Turco ! Mon chien.

Momo pleure de plus belle. Turco campé sur ses pattes, la queue fouettant l'air, manifeste clairement son désir de partir en ébauchant des départs et en gémissant d'impatience.

Lorsque Momo se lève enfin, il lance quelques joyeux aboiements et s'élance sur la route. Momo ne parvient pas à le suivre mais le chien revient le chercher encore et encore dans l'obscurité, jusqu'à ce qu'ils arrivent aux abords de la ferme. Alphonse est venu à leur rencontre avec une lanterne.

- Où étais-tu passé ? Tu vas prendre une raclée.

- J'étais à Lyon. Je voulais voir ma Maman.

Aline est sur le pas de la porte. Attrapant Momo par le bras, elle le conduit sans ménagement sous la lampe de la cuisine. A le voir ainsi, crotté, blessé, pitoyable, elle hésite entre la colère et le soulagement. Francine et Marthe lèvent les yeux de leurs devoirs du soir et ne pipent mot.

- Ah ! Te voilà bien joli mon garçon. Ce n'est pas Dieu possible ! Mais qu'est-ce qui se passe dans cette caboche ? On n'a pas assez de soucis comme ça ? Tu pensais vraiment aller prendre le train tout seul ? A cinq ans ?

Momo, muet, se laisse laver et soigner. Aline a posé une cuvette d'eau tiède sur la table. Elle rince les écorchures, éponge le sang, désincruste les graviers pris dans l'arcade sourcilière. Momo serre les dents. Il ne va pas pleurer devant les filles ! Le voici enturbanné comme un blessé de la guerre.

Le soir, dans la chambre, il raconte à Francine des histoires de loups, de sorcières et de chasse au sanglier. Et il s'endort, au chaud, comme un poussin sous l'aile.

Le lendemain de cette expédition, Aline se rend à l'école. Le maître est sur le seuil pour accueillir les élèves, dans la pénombre glacée du petit matin. Aline le connait bien. C'est avec lui qu'elle a appris à lire et à compter. A l'époque, c'était un beau jeune homme aux moustaches fringantes. Les galopins le craignaient et respectaient son autorité dans laquelle les coups de règle avaient leur part. Aujourd'hui, c'est un bon vieux à barbiche blanche qui se laisse souvent attendrir par ses élèves mais qu'on respecte toujours.

- Bonjour Monsieur Morel. J'espère que mes trois brigands ne vous donnent pas trop de mal.

- Ça peut aller. Alphonse est très sérieux pour son âge. Les filles sont de grandes bavardes mais elles sont bien appliquées.

- Mais ce n'est pas pour eux que je viens vous voir.

- Ah ? Et bien, je t'écoute Aline.

- Voilà, j'ai la garde de mon neveu Maurice. Son père est mort dès le début de la guerre et ma sœur me l'a confié. Elle travaille à Lyon et c'est difficile pour elle. Ce garçon vient d'avoir cinq ans. Il a appris ses lettres avec Francine. Auriez-vous une place pour lui dans votre classe ?

- Hum…La tâche est déjà lourde, Aline. J'ai trente élèves ! De tous âges…

- Il s'ennuie et moi j'ai tant de travail que je n'arrive plus à le surveiller.

- Hum…Bon, nous allons essayer. Amène le demain matin. On verra bien.

- Oh ! Merci, merci Monsieur Morel. Je vous promets qu'il sera sage.

- Hum…sage ? Ils le sont tous bien sûr. A demain Aline.

- A demain, Monsieur Morel.

Aline s'en va, en courant, annoncer la nouvelle à Momo qui est occupé à casser, à grands coups de bâton, la couche de glace qui couvre l'abreuvoir.

- Tu commences l'école demain !

Momo reste le bâton en l'air, pas certain d'avoir bien compris.

- Oui, demain. Je vais vite te réparer une blouse.

C'est ainsi que Momo, serré dans la vieille blouse d'Alphonse, qu'Aline a raccommodée pour lui, se trouve, dès le lendemain, perché sur le banc des petits à côté de Francine pas peu fière de chaperonner son cousin.

Tout le monde récite à tour de rôle, qui les départements, qui la table de neuf, qui une page de l'histoire de France. Un grand fait lire les petits. Le maître dicte un texte aux grands. Momo est ébahi par tant d'activité. Il n'a pas droit à la plume et à l'encrier. Il trace ses lettres à la craie sur l'ardoise en tirant la langue. Bientôt il pourra écrire des lettres à sa Maman. Il s'en fait la promesse.

Lyon - Pouzol, 1915

Hélène écrit :

Mes chers tous,

je suis bien arrivée à Lyon ce midi. Il y fait un froid de loup. J'ai trouvé mes vitres gelées et l'eau ne coulait plus au robinet. J'ai fait du feu mais la température ne monte pas vite et j'ai les doigts glacés à vous écrire. Heureusement, je me souviens des bons moments que j'ai passés auprès de vous tous et de mon petit Momo.

Je te remercie encore, Aline, pour toutes les bonnes choses que tu as mises dans mon sac. J'ai grand besoin de réconfort. Demain je vais reprendre mon travail à l'atelier et retrouver mes amies Louise et Suzanne. Cela m'occupera l'esprit qui est bien triste en ce moment.

Je vous envoie tous mes baisers.

Hélène

Le lendemain, elle s'en va dans les rues jusqu'à la « Maison Georgette ». Elle retrouve le bruit des tramways et les queues des femmes transies de froid dans leurs châles minces devant les magasins d'alimentation. Elle détourne son regard des mutilés, corps soutenus par des béquilles, manche vide ou bandeau sur l'œil. Elle se hâte sur le pont traversé de bise. En approchant de la rue de la Poulaillerie elle aperçoit un attroupement. Elle reconnait bientôt ses camarades de travail.

- Que se passe-t-il ? Pourquoi n'entrez-vous pas ?

- Vois toi-même. Il n'y a plus de plaque sur la porte. Au fond de la cour, l'atelier est fermé.

- Fermé ? Mais comment est-ce possible ?

- Les patrons sont rentrés à Paris ! Plus de Maison Georgette pour nous !

- Mais, c'est impossible ! Qu'allons-nous devenir ?

- Ils nous ont bien eues ! Ce congé était trop beau !

- Ils en ont profité pour tout déménager.

- Ah ! Les lâches ! Ils auraient pu prévenir !

- On ne va pas se laisser faire sans rien dire !

Les exclamations fusent. La petite Marguerite est en larmes. Hélène accuse ce nouveau coup du sort.

- Allez, on va bien trouver du travail ailleurs !

- Oui, ils embauchent dans toutes les usines d'armement, à l'Arsenal de Perrache, chez Berliet.

- Il paraît que le bâtiment de l'Exposition Universelle a été transformé en usine !

- On va fabriquer des obus pour nos hommes ! Ca nous changera des robes pour les bourgeoises !

Elles s'épaulent et se soutiennent, les petites mains. Malgré le froid, malgré la guerre et la trahison des patrons, elles gardent l'ardeur de la jeunesse et assez de confiance en la vie pour reprendre espoir.

Louise, Suzon et Hélène s'en vont de leur côté.

- Allons boire un bouillon chaud. Nous verrons ensuite.

Elles ont leurs habitudes dans un bouchon voisin où personne ne les regarde d'un trop mauvais œil. Les trois jolies midinettes sont sérieuses et savent se faire respecter. Lorsqu'un client devient trop entreprenant, la mère Charles intervient. Elle avance la masse de ses cent kilos de chair tremblotante et, bien campée sur ses jambes épaisses comme deux tours, protège « ses petites ».

- Oh ! Elles ont le droit de se réchauffer et de manger ma soupe comme tout le monde ! Foutez-leur la paix !

En général, cela suffit à dissuader l'importun.

Elles s'attablent. Il fait chaud et ça sent bon. La soupe de viande est un remède à tout.

Quelques jours plus tard, Hélène et ses amies sont de nouveau à la tâche.

Mais c'en est fini de l'ambiance joyeuse de l'atelier de couture, bruissant des bavardages et du ronron des machines à coudre, où s'élevait parfois une chanson reprise en chœur. Les femmes travaillent dans une immense halle. Le bruit y est infernal comme la cadence à laquelle elles doivent se plier. Elles travaillent debout, en robe, sans protections aucune, pour accomplir un geste, toujours le même : attraper l'obus de 7 kilos, le porter sur l'appareil, en lever la partie supérieure puis l'abaisser, vérifier les dimensions puis le soulever à nouveau et le déposer à gauche. Et ainsi pendant 11 heures de suite pour vérifier 2500 obus. A la fin de la journée, elles auront soulevé 35 tonnes de ferraille !

Hélène rentre chez elle épuisée. Elle se jette sur son lit et s'endort avant d'avoir mangé. Elle n'a plus le cœur à écrire.

A la fin du mois de janvier, une terrible vague de froid tombe sur le pays. La neige recouvre la ville. Les femmes sont à bout de forces. Certaines audacieuses portent des pantalons ! Il faut fabriquer toujours plus d'obus. La guerre s'enlise. Les blessés arrivent toujours plus nombreux mais Hélène n'a plus le courage d'aller aider Clothilde à Perrache.

Elle n'est plus femme, elle est machine. Son corps et ses muscles obéissent parfaitement mais sa pensée est anesthésiée par la fatigue. A l'usine ou dans la rue, chez elle aussi où elle persiste à s'acquitter de quelques corvées ménagères, elle agit en automate. Détachée de tout. Le souvenir de Jacques est relégué dans un repli lointain de sa mémoire. Les jours heureux sont effacés comme des bulles de savon qui éclatent aussitôt formées. Se souvient-elle encore qu'elle a un fils ?

Momo écrit :

Maman, je vé a l'école. Je sé un pe lire. Mimi. Maurice.

Aline écrit :

Ma chère Hélène,

Je suis bien inquiète de ton silence. Es-tu souffrante ? L'hiver est terrible ici mais nous allons tous bien. Ton Momo est à l'école depuis quelques semaines et il commence à déchiffrer les mots. Il nous étonne !

J'ai des nouvelles de Louis. Il souffre lui aussi beaucoup du froid. Je me demande quand cette guerre prendra fin. Donne nous de tes nouvelles je t'en prie. Mille baisers.

Pouzol 20 février 1915   Aline

Hélène répond enfin. Elle a choisi pour Momo une carte postale illustrée d'un visage de femme avec un soldat en arrière plan.

Mon petit Momo,

je suis fière de toi. Tu écris déjà très bien. Je te remercie beaucoup pour ta lettre. Regarde bien les arbres. Quand tu y verras des feuilles et des fleurs ça voudra dire que je vais arriver à Pouzol. Je te serre sur mon cœur.

Ta Maman qui t'aime

Elle écrit aussi à Aline :

Ma chère Aline,

Je viens m'excuser pour mon long silence. Je ne voulais pas vous inquiéter. Mais je suis tellement fatiguée que je ne pense qu'à dormir en rentrant chez moi. Les nouvelles ne sont pas très bonnes.

Voilà : mon atelier de couture est reparti à Paris. Plus de couture donc !

Je ne suis pas restée très longtemps sans travail mais me voici maintenant à vérifier la taille des obus à l'Arsenal ! Imagine-toi le changement ! Je travaille dans le bruit et la poussière pour un salaire de misère. L'autre jour, il y a eu un accident. Une ouvrière s'est fait *broyer la main par la machine. Je crois que je ne vais pas tenir longtemps*

Je vois bien que j'ai quand même tort de me plaindre et que nos pauvres soldats sont bien plus malheureux que moi. Je sais aussi que tu travailles dur et que tu prends soin de mon fils en plus de tout le travail de la ferme. M'autoriserais-tu à venir passer quelques temps chez vous ? Je t'aiderai de tout mon courage pour les travaux de printemps.

Je vous embrasse tous bien fort.

Lyon le 10 mars Hélène

Aline se dépêche de répondre. Bien sûr, Hélène peut venir quand elle veut.

A la fin du mois d'avril, Hélène empoche son salaire et file à la gare de Perrache. Elle a dû reprendre la taille de sa jupe qui flottait autour d'elle. La veille, elle s'est soigneusement lavé les cheveux et les a rincés au vinaigre pour les rendre brillants.

Elle a fermé la porte et elle est partie, presque en courant. Elle fuit la ville, l'usine, le froid, la solitude. Elle est folle d'impatience. Comment a-t-elle pu attendre si longtemps ? Elle s'envole, sûre d'échapper à ce destin trop noir, sûre d'aller vers la lumière. Le train est trop lent, les arrêts trop fréquents. Elle se redresse de toute sa taille pour apercevoir au plus tôt, par la fenêtre du wagon, la Vierge du Puy sur son cône de Basalte. La vie revient peu à peu en elle. Il lui faut encore attendre sa correspondance pour Allègre. Comme c'est long ! Vite, vite, grimper dans le train, trouver une bonne place pour ne rien manquer du paysage, s'installer sur la banquette de bois et se laisser bercer par le staccato des rails. Ouvrir les yeux. Grands les yeux.

Le soleil brille sur les prés trop verts où explosent les jonquilles trop jaunes. Il pourrait pleuvoir sous un ciel de plomb qu'Hélène y verrait encore du soleil.

Elle n'a pas prévenu de son arrivée, aussi est-elle seule sur la route de Pouzol, mais ces minutes où elle est si proche des siens, à l'orée du moment des retrouvailles alors qu'ils l'ignorent encore, ce moment où rien n'est encore fait mais où tout sera possible, ce moment suspendu, la comble de bonheur. Toutes les cellules de son corps reconnaissent l'odeur des feux de cheminées, le puissant parfum des résineux, celui de la mousse des sous-bois, humus épais nourri de toutes les feuilles de l'automne qui ont dormi sous la neige. Elle offre son visage à la fraîcheur du vent acide qui descend des sommets avec des effluves d'hiver. Transperçant l'air, lui viennent des appels, des bribes de chanson et l'aboiement d'un chien. Elle est droite, Hélène, enfin droite, régénérée, lavée de la crasse et de la fatigue par le tout petit miracle de ses pas qui sonnent fort sur le chemin.

Au loin, elle aperçoit une troupe d'enfants, des blouses grises, des blouses claires, des écharpes dénouées, des nattes de fille qui sautent en cadence. Elle se hâte. Son cœur se met à battre. Elle n'ose appeler. Ou bien appelle-t-elle ? Le plus petit se retourne, se fige et puis s'élance. Le voici dans ses bras.

- Maman !

- Momo !

- Maman, j'ai vu les feuilles sur les arbres et même les fleurs. Je savais que tu allais venir.

- Je suis venue.

Elle le serre à l'étouffer. Cahin-caha, tellement accrochés l'un à l'autre qu'ils pourraient tomber, ils avancent jusqu'à la ferme, entourés d'Alphonse et des deux filles.

- Ah ! Voyez qui est là !

Aline laisse tomber son seau et enlace Hélène. Point de larmes cette fois. Juste le bonheur d'être vivant et à la bonne place.

Très vite, c'est le beau mois de mai celui qui « en fait autant en une nuit qu'avril en 18 ». Hop là ! Au lever du soleil, la traite doit être terminée. Les vaches repartent aux champs. Les petits veaux sont nés et commencent à se tenir drus sur leurs pattes. Les poules sont folles de gourmandise pour les gros vers débusqués dans la terre meuble. Les champs ont été retournés et ensemencés. Dans certains on voit déjà ondoyer une vague vert tendre. Dans d'autres, des dizaines de nez bruns apparaissent en poussant la terre du groin. Bientôt, ils se déplieront en longues tiges, promesse de récolte des indispensables pommes de terre.

Aline et Hélène s'activent du matin au soir au potager, à l'étable, à la laiterie. La sève du printemps coule dans leurs veines. Elles oublient leur fatigue et leur chagrin.

A l'école, les récréations s'allongent sous les grands frênes généreux de feuillage. Ici, il faut attendre la fin juin pour les cerises. Les fruitiers retiennent leurs bourgeons, savants sur les saisons et sur les risques de gel qui ruineraient leurs efforts. Des averses de fleurs blanches tombent des aubépines.

Existe-t-il encore une guerre au loin ? Celle que Louis raconte peu dans ses lettres. Il s'inquiète surtout pour sa ferme et voudrait bien rentrer. Il annonce une permission pour juillet.

Juillet arrive. Francine s'enfuit et se cache lorsqu'elle aperçoit un homme barbu qui entre dans la cour. Marthe s'élance pour prévenir sa mère.

- Je crois que Papa est là.

Aline ôte son tablier, rassemble ses cheveux sur sa nuque et s'avance à la rencontre de son homme. Ils sont face à face et n'osent se toucher. Ils retiennent leurs gestes comme si le moindre contact allait provoquer une déflagration. Aline ne reconnaît pas cet homme aux traits fatigués, à la mine sombre. Et cette femme, dont Louis ne reconnaît pas les yeux, est-elle bien la sienne ? Ils imaginaient un enlacement, des baisers, une joie immense et ils sont immobiles, pétrifiés, silencieux, inconnus l'un à l'autre.

Aline rompt enfin le silence.

- Viens t'asseoir Louis, tu dois être fatigué.

Louis ne veut pas s'asseoir. Il lui donne un baiser furtif et se dirige à grands pas vers l'étable. Il bouscule les fourches et les seaux qui ont perdu leur place habituelle. Il examine les litières puis s'en va à la grange où il évalue la quantité de foin. Enfin, il file vers le pré, y retrouve son père qui garde le troupeau en compagnie de Momo. Le vieil homme se lève, incertain.

- Louis ? C'est bien toi ? Mon fils…

- Oui, Père. J'ai une semaine de permission. Comment vont les bêtes ?

- Bien, bien, mais toi ?

- Y a-t-il eu des veaux ?

- Oui, deux, mais toi comment vas-tu ? Cette guerre n'en finit pas. Que se passe-t-il là-bas ? Les journaux ne disent pas tout. Raconte donc !

- Je vais faire le tour des champs. A tout à l'heure.

Turco qui s'était un instant hérissé sans reconnaître son maître lui emboîte le pas.

C'est un étranger qui s'assoit, le soir, à la table familiale. Les enfants l'observent par en-dessous, retenant leurs gestes et leur turbulence. Aline se tait, sert le repas, le vin en abondance. Louis avale sa soupe sans rien dire, rince son assiette au vin et y trempe son pain. L'air est lourd de silence, juste entrecoupé du bruit des couverts.

Hélène le dévore des yeux, tentant de superposer son image à celle de Jacques sans y parvenir. Mille fois, elle a imaginé ce qu'aurait pu être le retour de Jacques. Elle est certaine qu'il aurait suffit d'un instant pour que leurs corps se reconnaissent. Il aurait glissé ses mains sous son corsage pour retrouver la chaleur des ses beaux seins lourds. Elle aurait enlacé son torse, retrouvé son odeur, le râpeux de ses joues sur les siennes. Momo se serait approché et aurait aussitôt été élevé haut dans le ciel dans les bras de son père pour être ensuite serré entre eux comme leur plus grand trésor. Oui, Hélène a mille fois imaginé cette impossible scène. Et, devant cet homme fermé comme un poing en colère, elle l'imagine encore et s'attriste pour Aline qui observe Louis éperdument, guettant le moindre signe de détente.

Mais, Louis est un arbre mort, sec, sans racines, incapable d'arrondir les bras. Il n'est plus sûr d'être à sa place parmi les siens qu'il ne reconnait pas. La ferme est bien vivante autour de lui mais elle n'est plus son œuvre et sa chair. Il en est l'excroissance maligne à rejeter. Il est dans un temps suspendu qui n'a pas de réalité. Là-bas, il avait ses tâches assignées, des ordres auxquels obéir, une urgence qui tenait lieu d'équilibre, des camarades qui comptaient sur lui. Qui compte encore sur lui ici ? Ses enfants lui sont étrangers après un an d'absence. Sa femme n'a plus la douceur soumise qu'il lui connaissait. Et ce ne sont pas les regards fiévreux de ses parents et de sa belle-sœur qui vont le rassurer. Il ne jettera pas un coup d'œil à ce petit Momo qui pourtant le regarde avec de grands yeux curieux.

De la guerre, Louis ne dira rien. Comment exprimer cette horreur quotidienne dont personne n'a l'idée, ici, sous le soleil de juillet, dans les parfums de foin coupé ?

Dans les narines de Louis, il y a l'odeur métallique du sang des gars ramenés à l'arrière par les brancardiers, l'odeur des chairs hachées, des vêtements boueux, du tabac froid et du vin vomi sur les linges. Dans ses oreilles, les bruits de canonnade au loin et des gémissements tout près dans les tentes hôpital. Là-bas, les nuits sont courtes, entrecoupées d'alertes pendant lesquelles il doit préparer en urgence des stocks de provisions ou des paquets de pansements.

Ici, il se réveille en sursaut, la sueur dégouline entre ses omoplates. Il a crié dans son sommeil. Aline le prend dans ses bras et tente de dénouer ses muscles raidis par la peur.

La semaine est trop courte pour qu'il retrouve les gestes, la bonne fatigue de chaque soir qui pourrait délier son corps et ouvrir une brèche dans le tourbillon noir de ses pensées. Il rasera sa barbe et tentera de donner un peu de tendresse à Aline. A Alphonse, il donnera ses consignes, toute la responsabilité de la ferme sur ses épaules de garçon de 11 ans.

Il va repartir, Louis, avec à peine plus d'embrassades qu'à son arrivée et on doutera même de son passage lorsque la vie aura repris son cours.

Lyon, 1918

La guerre s'éternise. A l'arrière, que ce soit à Pouzol ou à Lyon, on finit par s'y habituer. La vie quotidienne s'est organisée. Hélène a trouvé un emploi à la Manufacture des Tabacs. Rouler des cigarettes, pourquoi pas ? Le travail est moins pénible qu'à la fabrication des obus. Le vertige qui la prenait les premiers jours, dans les vapeurs de tabac séché, a disparu. Elle s'est habituée à vivre avec sa tristesse et sa solitude. Elle les transporte avec elle comme des petits animaux familiers et inoffensifs qui la protègent de tout le mal qui risquerait d'advenir encore. Au cinéma, elle regarde les actualités avec indifférence. D'ailleurs, tout semble facile à ces vaillants poilus. Ils se sortent de toutes les situations, ils ont le sourire, aucun ne meurt devant la caméra. En voici même qui organisent des spectacles au milieu des ruines, qui applaudissent les musiciens. Et ceux-ci continuent de jouer alors que les murs s'écroulent ! Et ils ont même le temps de jeter des coups d'œil à la caméra !

Hélène n'est pas dupe. Elle a les yeux ouverts sur ce qu'elle voit dans les rues de gueules cassées et d'estropiés. Elle entend les récits qui parlent de boue, de tranchées, de gaz asphyxiants et de milliers de morts. De mutineries aussi. Elle voit toutes ses compagnes en noir et les petits orphelins par centaines.

Mais, pour elle, la guerre est finie depuis longtemps. Elle n'attend plus le retour de Jacques. Son absence d'espoir la protège comme une cuirasse. Ils peuvent bien se battre au loin, ils peuvent bien montrer leurs affreuses blessures, celui qu'elle aime est vivant, intact dans son souvenir, son Jacques est beau et vivant et caché en elle, plus à l'abri que dans une forteresse. Elle peut lui parler à tout moment, écouter son rire et son chant. Sa seule terreur est d'oublier. Le soir, dans son lit, elle projette sur ses paupières fermées tous les films en couleur de leur rencontre, de leurs baisers, de leur si courte vie commune. Elle recrée les sons et les odeurs, leurs peaux qui s'accordaient si bien. Et elle s'endort avec lui.

Parfois, des réveils d'une brutalité odieuse lui ouvrent les yeux. Elle est en sueur, la gorge sèche. Sa conscience flotte entre réalité et cauchemar. Elle a vu le corps démembré de Jacques, ses yeux grands ouverts qui la regardaient et la suppliaient de venir le chercher. Le cœur battant elle tente de se calmer. Où est ce corps qui ne lui a pas été rendu ? La guerre a autre chose à faire que de rendre les corps. Elle en réclame toujours de nouveaux, des vaillants de plus en plus jeunes qui vont s'en aller se faire broyer au loin.

Un jour, elle se décide. Elle soigne sa toilette, redingote cintrée et chapeau élégant. Elle se rend à la Mairie du troisième arrondissement. Elle espère beaucoup de cette visite. Elle y pense depuis longtemps. On la fait patienter dans l'entrée, sur un banc de bois. Elle se tient bien droite tout en répétant dans sa tête les mots qu'elle pense appropriés. Son tour arrive enfin. Elle récite d'une voix ferme :

- Voilà, mon mari est mort pour la France le 25 août 1914 à Thiaville. Je souhaite qu'on me rende son corps pour lui donner des funérailles dans notre village natal à Pouzol. Il doit reposer près des siens.

L'employé l'écoute d'un air las et sort un papier officiel de son bureau.

- Complétez ce formulaire et rapportez-le ici.

Et c'est tout. Moins de deux minutes d'entretien. Hélène a le papier en main, aussi mince que son espoir de réussir dans son entreprise.

- Mais… quand pensez-vous que ce sera possible ?

- Oh ! Ma p'tite dame, ne faut pas trop en demander ! C'est la guerre. Sûrement pas avant qu'elle finisse.

Hélène s'en retourne chez elle, à petits pas. « Chapeau élégant, redingote cintrée… Quelle imbécile je fais, je me crois donc seule dans ce foutu merdier »

Elle remplit le formulaire, la rage au cœur, repose sa plume. Puis la reprend. Elle écrit :

Monsieur le Ministre de la Guerre,

Mon mari, Jacques Rodier, adjudant au 168ème régiment d'infanterie, a donné sa vie pour la France, à Thiaville le 25 août 1914. C'était un homme courageux et il n'a pas hésité à se battre pour son pays. Me voici maintenant seule et désemparée avec mon jeune fils de sept ans. Nos espoirs d'une belle vie sont brisés. Ma seule requête (et elle me semble légitime) serait de lui offrir une sépulture convenable. Je vous demande donc instamment de bien vouloir faire rapatrier son corps dans notre village de Pouzol, afin qu'il repose auprès des siens. Le savoir au loin est une souffrance qui s'ajoute à ma souffrance de l'avoir perdu. Je dois lui donner une dernière demeure digne, pour lui et pour les siens. Je suis sûre que vous me comprendrez.

Dans l'espoir que vous répondrez favorablement à ma demande, je vous prie d'agréer, Monsieur le Ministre, l'expression de mes sentiments respectueux.

A Lyon le 12 avril 1918.

Elle joint la lettre au formulaire et repart vers la Mairie. Redingote cintrée, chapeau élégant, après tout, pourquoi pas ? « Je me fais belle pour toi, Jacques ». Elle remet son enveloppe au même employé. C'est fini. Il ne lui reste plus qu'à attendre, encore attendre. C'est l'attente qui occupe la vie d'Hélène et qui mange ses jours et ses nuits. Plus sournoise, plus morbide que si elle attendait un vivant. Une attente qui glace son propre corps, le rend inapte au relâchement et au plus petit plaisir. Une attente qu'elle transporte avec elle, petit animal de plus, un qui grignote le sourire et l'insouciance, un qui s'accroche de toutes ses mauvaises griffes et qui n'est pas près de lâcher. Un qui la dévore toute entière.

En mai cependant, quand les jours allongent, elle se remet à la dentelle, près de la fenêtre, après ses heures à la Manufacture des Tabacs. Elle a rapporté de Pouzol son carreau et du fil grège. Les gestes mécaniques de ses mains qui déplacent les épingles l'apaisent. Elle laisse aller ses pensées. Le travail monotone emporte les heures de solitude. Elle s'endort saoule de fatigue.

Parfois le dimanche, elle s'en va au parc et s'assoit sur un banc. Les parfums d'herbe verte et de buissons fleuris la ramènent au pays.

Elle pense à son fils mais ne veut pas lui faire partager la triste existence qu'elle a ici. Elle préfère l'imaginer en train de courir les champs, insouciant et gavé de lait bourru et de fromage. Elle veut pour lui la vie qu'elle a connu, l'air vif, les pieds mouillés dans les galoches, le nez qui coule et les bousculades dans la pente des prés. Elle veut qu'il morde dans le pain gris, qu'il connaisse la naissance des veaux et les jours de foire, la petite école où l'encre gèle parfois dans les encriers et les jours étouffants où l'on attend l'orage.

Elle attend ses lettres. Il écrit.

Ma chère Maman,

Je suis très sage à l'école et aussi avec Tatan Aline. J'espère que tu vas bien. A l'école, le Maître a mis des petits drapeaux sur la carte pour nous montrer la guerre. Il a dit que mon Papa était un héros.

Quand je serai grand je serai aussi un héros et je travaillerai pour toi. Tu n'iras plus à la Manu. Je t'envoie aussi un dessin de la ferme avec dix vaches.

Viens vite me voir Maman. Mille baisers de Maurice.

Maurice est devenu un vrai petit paysan aux joues rouges, costaud, bien nourri, joyeux. Il aime l'école, les parties de ballon prisonnier, les billes. Il tire les tresses des filles mais est capable de se battre pour défendre Francine. Il est doué pour le dessin. Avec Alphonse, ils imaginent des villes, des ponts, des trains sur les viaducs, des canaux et des rivières où circulent des péniches. Hélène lui a offert une boîte de crayons de couleur, cadeau royal, et aussi un dictionnaire avec des planches illustrées. Il connait par cœur les monuments de Paris et s'entraîne à les reproduire.

Son père s'éloigne dans ses souvenirs. Juste quelques sensations de bras forts qui le tenaient et une voix qui n'admettait pas de répliques. Il est chez lui, à Pouzol, avec ses cousins et avec Aline qui l'aime comme un petit dernier inespéré et qui recherche en lui le souvenir de son frère adoré.

Pouzol - Le Puy, 1918/1919

Le 11 novembre 1918, c'est enfin l'armistice. Les cloches de toutes les églises de Lyon carillonnent. On se regroupe devant l'avis placardé sur les murs. C'est donc vrai. C'est arrivé. Cette guerre interminable a pris fin.

Hélène ne réfléchit pas davantage. Elle abandonne tout, travail et logis, elle remplit son sac et file à la gare de Perrache pour acheter un billet pour Le Puy. Dans les rues de Lyon, on défile et on s'amuse. Elle se fraye un chemin parmi la foule en liesse, ordonnant à son cœur de se taire lorsqu'il lui souffle un mauvais sentiment de jalousie envers celles qui attendent un vivant. Elle s'enfuit de cette ville grise où rien ne la retient. Elle doit être là-bas, au plus vite. Elle ne doit pas manquer le retour de Jacques.

En Auvergne aussi, à 11h, les cloches ont carillonné d'un village à l'autre. Impossible de se tromper. C'était des carillons d'allégresse ! On a lâché les mancherons de bois dans les labours. On s'est essuyé les mains et le front sous la casquette et on a laissé les bêtes, pour un moment.

La nouvelle a circulé très vite. « C'est signé ! La guerre est finie ! Les hommes vont rentrer ! »

C'était une vague qui roulait d'un champ à l'autre, d'une oreille à l'autre. Elle est arrivée jusqu'à l'école. Le maître a improvisé un discours pour contenir le brouhaha puis, peine perdue, il a mis tous les enfants dehors. Les villageois s'étaient déjà regroupés. Le maire avait à la main l'affiche annonçant l'armistice, et rien pour la fixer au mur. Il cherchait son employée de mairie et tournait en rond, essoufflé, désorienté par la soudaineté de l'évènement. Quelqu'un était allé chercher les drapeaux. Trois dégourdis se hâtaient de les accrocher au plus haut du fronton.

C'était un moment, à la fois, tellement attendu et tellement difficile à appréhender, qu'on en restait plus hébété que joyeux. Et puis, il y avait les visages graves de ceux qui ne reverraient jamais le frère, l'enfant, le père ou le mari et qui interdisaient une vraie explosion de joie. Presque chaque famille pleurait l'un des siens. On voulait espérer les jours meilleurs mais on était comme incapable de s'en saisir aussi vite.

Plus tard, quelqu'un eut l'idée d'allumer un feu sur la place. Les bouteilles de vin et d'eau de vie affluèrent. Elles aidèrent à se sentir enfin libéré. Elles sortaient par magie des maisons et se vidaient tout aussi magiquement. Petit à petit, on s'autorisa à rire et à se taper dans le dos. C'était la der des ders qui venait de s'achever. Plus rien de pire ne pourrait arriver. Jamais.

Aline avait fermé la maison et s'était rendue au village. Elle chercha ses enfants et Momo pour les embrasser. Alphonse combattait à coups de fusil en bois en compagnie d'une troupe de futurs vainqueurs. Marthe, Francine et Momo défilaient, en marchant au pas, avec ceux de leur âge. Pour eux, c'était la fête ! Pas d'école jusqu'à demain ! Et pour elle ? Que serait cet après-guerre ?

Elle avait tant travaillé, tant soulevé de paille propre ou sale, tant porté de seaux plein de lait, tant poussé de brouettes qu'elle n'imaginait plus la vie autrement. Elle avait tant attendu ce retour qu'elle se demandait comment elle allait pouvoir vivre avec Louis qui lui avait paru tellement sombre lors de ses permissions.

Hélène arriva dans la soirée. Les deux femmes s'embrassèrent, celle qui attendait un mort et celle qui attendait un vivant. Chacune tentait de deviner les brouillons de pensées qui habitaient dans l'esprit de l'autre. Hélène parla de sa lettre au Ministère pour que lui soit rendu le corps de Jacques. Aline raconta Momo.

Et la vie ne changea guère pendant cet hiver à Pouzol. Les travaux quotidiens, l'école pour les enfants, Noël, le froid et la neige. Le village fut épargné par la grippe espagnole qui sévissait dans tout le pays et qui faisait des ravages pires que la guerre, à en croire les journaux. Louis n'était toujours pas là. Le corps de Jacques non plus.

Dans son grand sac, Hélène avait apporté des formes pour faire des chapeaux, des tombées de tissu, son carreau de dentelière, bien sûr.

Dès qu'elle avait un moment, elle se mettait à l'ouvrage. De ses mains de fée naissaient des calottes rondes sur lesquelles elle accrochait des fleurs de dentelle, des rosaces, des médaillons colorés ou un bouquet de plumes. Son imagination l'emportait toujours plus loin. Sciemment, elle bannit le noir et les voiles. Momo était chargé d'ouvrir l'œil quand il courait les champs. Il devait rapporter toutes les plus jolies plumes, plumes de geai, de pie, duvets de mésange ou de pinson. Hélène les arrangeaient en bouquet et les cousaient au revers des coiffures.

Quand le printemps arriva, elle était à la tête d'une jolie collection. Elle reprit le train encore une fois mais s'arrêta au Puy. Elle se souvenait de la boutique de mode qui lui avait confectionné sa couronne de mariée. Elle s'y rendit directement avec son gros sac plein de chefs-d'œuvre. Le grelot tintinnabula lorsqu'elle poussa la porte et tout aussitôt une odeur fanée faite de tissu oublié et de fleurs sèches pénétra en sa mémoire, soulevant en elle une vague d'émotion. Il y avait là tous ses souvenirs de jeune mariée et ceux, plus récents, de son travail à l'atelier de couture de Lyon. Elle ravala vite un sanglot, afficha un sourire et expliqua le but de sa visite à la bonne Dame qui était là.

- Bonjour Madame. J'ai travaillé cet hiver à fabriquer des chapeaux à la nouvelle mode. Accepteriez-vous de les voir ?

- Hum… Pourquoi pas. Montrez donc.

Alors, Hélène sortit, un par un, le bibi en feutre gris orné d'une seule spirale de plumes rousses, le chapeau-cloche couvert de soie bleue, au revers souligné d'un ruban jaune vif, le turban au drapé retenu par une fleur de dentelle, un autre encore incrusté d'un travail au crochet.

Elle les posait sur la banque comme des coquillages précieux et retenait son souffle. La marchande ouvrait de grands yeux. Au Puy, on n'avait jamais vu de tels couvre-chefs. Pas une femme ne serait sorti « en cheveux » mais la mode en était encore aux capelines volumineuses, surchargées de fruits et de fleurs, pour les élégantes, et aux modestes chapeaux de paille pour les paysannes.

Malgré sa perplexité, la modiste sentait bien qu'il y avait là de quoi étonner la clientèle et, pourquoi pas, de quoi la séduire.

-Humm…Tout cela est bien original mon enfant. Je ne sais.

- Je vous en prie ! Pouvez-vous les garder quelques jours ? Je reviendrai les chercher, si personne n'en a voulu, d'ici deux ou trois semaines. Et si vous en vendez, faites votre prix et voyez ce que vous pouvez m'en donner. Je vous en prie.

- Hum...

- C'est ici que ma mère a acheté ma couronne de mariée et mon bouquet. Ils sont maintenant sous un globe de verre et...

- Et vous voici veuve comme tant d'autres.

- Oui, avec mon petit Momo qui me donne beaucoup de joie mais je me sens bien seule.

- Bon, laissez-moi votre travail et repassez bientôt.

- Oh ! Merci, merci ! Dieu vous le rendra !

Hélène a le cœur qui bat. Si ça pouvait marcher ? Plus d'usine. Fini la triste vie à Lyon. Elle échafaude des plans. Trouver un appartement au Puy. Laisser encore Momo à la campagne mais tout près d'elle. Payer une bonne pension à Aline. Attendre le retour de Jacques. Mais comme il est près d'elle en cet instant ! Elle l'entend s'amuser de son enthousiasme, elle sent un bras autour de ses épaules, un peu moqueur mais surtout rassurant.

- Sacrée petite bonne femme, tu m'étonneras toujours !

Oui, je suis une sacrée petite bonne femme ! Il ne sera pas dit que la guerre m'aura tout pris. Je vais vivre pour deux maintenant. Je vais leur montrer de quoi je suis capable, mon amour.

En rentrant à la ferme, elle trouva les jonquilles sur son chemin, des champs de jonquilles qui balançaient leurs têtes frêles mais qui résistaient au vent et au froid de la nuit. Elle en cueillit un gros bouquet pour Aline.

Pouzol - Le Puy, 1923

Momo grandit. Ses culottes sont toujours trop courtes, ses galoches lui blessent les pieds et trouent ses chaussettes. Aline et Hélène ne cessent de coudre et de ravauder pour lui et pour ses trois compères de cousins toujours en veine d'aventures dans les bois. Ils reviennent affamés. Parfois aussi porteurs de belles trouvailles. Les garçons vont à la pêche. Couchés dans les herbes hautes le long de la Sioule, avec une gaule de saule et un simple fil muni d'un hameçon correctement appâté d'une sauterelle, ils réussissent à attraper des truites bleutées, bien grasses, prêtes à dorer dans le beurre grésillant. Ils vont aux framboises et aux fraises, aux châtaignes, aux champignons. Leur terrain de jeu est immense. Leur énergie sans limite. L'école leur laisse du temps pour aider à la ferme mais surtout pour comploter les plus illustres blagues.

Une nuit, Alphonse et Maurice se lèvent en catimini. Ils s'habillent en silence et s'en vont, sous la lune, les sabots à la main. Ils franchissent le portail de la cour. Les voilà sur la route. Ils se chaussent, prennent leurs jambes à leur cou et galopent jusqu'au champ du vieux Père Gaston où les attendent d'autres galopins. Ils ont bâti un projet sérieux. Il y a là une cabane qui sert de remise à outils. Il ne leur faut pas longtemps pour évacuer pelles et pioches. Un peu plus difficile s'avère le transport de la cabane. Elle est juste posée sur le sol, quatre murs de planches mal arrimés et un toit de branchages. Hissant le tout sur les dos des volontaires, rétablissant l'équilibre comme ils peuvent, ils reprennent la route en direction de la ferme du Jules qui dort sur ses deux oreilles. Suant et rigolant comme des bossus, ils s'en vont poser la remise juste devant sa porte, remettent tous les outils en place, puis rentrent chez eux.

Au matin, il ne faut pas rater le réveil du pauvre homme. Ils sont tous à l'affut derrière la haie pour voir sa tête. Le spectacle vaut bien l'effort du déménagement et du lever matinal... Gaston n'a jamais réussi à remettre sa cabane en place mais il l'a reconstruite en pierres dans son champ. Et il n'a toujours pas compris ce prodige. Tout le village en rit encore...

Les filles sont les victimes toute trouvées pour les sauterelles glissées dans le cou, les sabots remplis de mûres (ou pire), les chansons bien arrangées chantées sur leur passage. On s'esclaffe, on se tord, on se roule par terre.

Elles ne sont pas en reste pour rajouter du sel dans la soupe des vauriens ou pour les enfermer dans les cabinets du jardin et danser des sarabandes autour. Quand elles ne passent pas un œil curieux entre les planches...

Mais à l'école on se tient le dos droit, on craint la baguette du maître et le cahier mal soigné, accroché au dos, à montrer à toute la cour de récréation. On tire la langue les doigts crispés sur le porte-plume pour éviter les pâtés. Il faut réciter les départements et les tables de multiplication sans faillir, éviter les pièges des dictées, se creuser la tête sur les problèmes de trains qui se croisent et à quelle heure, et sur les bénéfices des producteurs de pommes de terre qui ont subi des pertes suite à la sécheresse. Maurice compte ses bons-points et collectionne les grandes images des catastrophes naturelles. Il s'abîme dans la contemplation des ouragans dévastateurs, des incendies, des inondations terribles pendant lesquelles des familles entières attendent les secours sur le toit des maisons, des tremblements de terre qui ouvrent les routes et mettent les immeubles à bas. Le vaste monde est donc plein de dangers ? Comme il est bon de rentrer, au soir, à la maison même si on n'a pas le droit de dire un mot pendant les repas !

L'oncle Louis a fini par rentrer de la guerre. Il est vieilli et parfois sombre mais il a repris les rênes de la ferme et s'attache à faire prospérer son troupeau. Les petits veaux gluants tombent dans la paille avec régularité. Bien léchés, bien nourris par leurs bonnes grosses mamans aux yeux doux, ils deviennent vite de belles bêtes à conduire au marché d'Allègre pour les vendre au juste prix. Et Louis sait marchander.

Dans les rues du Puy, la surprise et les ricanements ont accompagné les premières audacieuses à porter les chapeaux d'Hélène. Puis, tout le monde s'y est habitué et voici que maintenant on en réclame ! La modiste est aux anges et Hélène aussi. Elle a trouvé un petit appartement impasse Boudignon, derrière la rue Saint Gilles : une grande salle commune, un peu sombre, mais la chambre est lumineuse, ouverte sur une verrière, parfaite pour son atelier. L'eau est sur le palier ainsi que les toilettes, il faut monter les seaux de charbon depuis la cave pour se chauffer l'hiver. Qu'importe ! Hélène se sent pousser des ailes. Elle a fait un dernier voyage à Lyon pour vendre ses quelques meubles et résilier la location. Elle ne gardera que la machine à coudre, l'album photo et le globe avec sa couronne de mariée et son bouquet de fleurs. Elle travaille sans relâche à ses chapeaux, en invente de plus audacieux, trouve des accessoires à la mercerie de la place, des boutons précieux comme des bijoux. Elle les combine à ses créations. Chaque pièce est une merveille d'imagination et de raffinement. Elle a obtenu un bon pourcentage sur les ventes de la modiste. Parfois une cliente vient à domicile pour lui commander une coiffure assortie à un manteau. Sa réputation grandit. Elle range ses billets dans une boîte en fer bien cachée.

Le dimanche, les élégantes chapeautées oublient la modestie qui siérait à leurs convictions de chrétiennes et s'en vont gravir lentement les cent deux marches qui mènent à la Basilique. Le défilé de mode recommence dans la nef au moment de la communion !

Hélène n'y assiste pas souvent. Sa foi en Dieu a vacillé depuis la guerre. Elle préfère s'en aller à Pouzol avec un pâté de viande, du vin vieux et du café. Maurice a, lui aussi, abandonné la messe depuis sa première communion. Il attend sa mère au train de dix heures. Il est heureux. Ils s'en vont tous deux, bras dessus-dessous, en se racontant leur semaine. Hélène reprend des couleurs et des rondeurs. Maurice est bientôt aussi grand qu'elle.

Le 24 août 1923, Hélène reçoit un document dactylographié du Chef de Service de l'Etat Civil de la $20^{\text{ème}}$ région et du Secteur de Meurthe et Moselle lui apprenant que Jacques a été inhumé dans la tombe commune N° 43 et qu'il repose actuellement dans l'ossuaire N°2 du cimetière national de Badonvillers, tous les restes des inconnus relevés à Thiaville reposant dans ce cimetière.

Elle relit, incrédule.

Voilà. Jacques est donc désormais un « inconnu ». Il n'est plus homme mais « restes ». S'amenuisent son souffle, la veine palpitante de son cou, son regard brillant de malice, sa voix grave et douce. Disparaissent ses pauvres os blanchis dans l'ignoble amas des chairs pourries par la boue. S'efface le piètre espoir de retrouver son corps pour le chérir une dernière fois.

Hélène pleure doucement. Elle va devoir désormais compter avec cette image de son homme deux fois disparu, de son corps émietté et englobé dans un magma anonyme. Elle la chasse et la retient, cette image nauséeuse. Elle ne réussit pas à l'apprivoiser. Elle ne réussit pas à en parler. Elle la couche avec ses autres peines au lit de sa mémoire et tente de garder la tête droite. Pour Momo.

A 13 ans, il réussit son certificat d'études. Pour elle, il se veut grand et fort. Il est sans peur et sans reproche comme le Chevalier Bayard, courageux comme un Mousquetaire, immortel comme le Capitaine Fracasse… Chaque jour, il lui offre sa joie de vivre comme un cadeau. Chaque jour, elle est étonnée d'avoir réussi un si bel enfant.

Peu de temps après, arrive un autre papier dactylographié. Maurice est déclaré Pupille de la Nation. Une bourse d'études lui est accordée à condition qu'il entre dans un pensionnat de garçons. A Sainte Foy lès Lyon.

La nouvelle tombe comme un caillou dans l'eau qui n'en finit pas de faire des ronds. Elle ne pénètre que peu à peu dans l'esprit d'Hélène et dans celui de Maurice. A Pouzol, c'est le bel été radieux et l'agitation des foins et des moissons. Tout le village est dehors du matin au soir et les journées de travail n'en finissent pas. Maurice et Hélène ratissent et tournent le foin comme les autres. Mais ils ont la tête ailleurs.

Hélène veut le meilleur pour son fils, des études solides, un diplôme. Mais l'idée de le voir partir pour de longs mois lui arrache le cœur. Maurice ne connait rien d'autre que la liberté dans les bois, la vie au grand air, les copains et la chaleur de sa famille. Il ne parvient pas à se faire une idée de ce que sera sa vie en pension. Pourtant les jours passent et il faut donner une réponse au collège. Après des nuits d'insomnies et mille questions irrésolues, Hélène doit prendre une décision.

A la fin août, elle envoie sa réponse. Maurice sera interne. Il reste à préparer le trousseau et à l'accompagner là-bas. La rentrée aura lieu le 1er octobre.

Sainte Foy lès Lyon, 1923/1924

Hélène a passé son bras autour des épaules de Maurice. Il est aussi blanc que sa chemise, étranglé par le nœud qui serre son col. Ses jambes le tiennent à peine lorsqu'il franchit le seuil de l'établissement. Un escalier monumental s'élève au centre du hall. A droite, une loge indique le bureau des surveillants. Hélène frappe à la porte pour demander son chemin.

Raide comme un soldat de bois, la moustache arrogante, un surveillant les toise.

- Ah ! Un nouveau ! Premier étage droite.

- Merci, merci…Monsieur.

Ils montent. Momo sent la dernière écorchure de son genou qui touche le bas de sa culotte d'uniforme, juste où s'arrêtent les chaussettes hautes bien tirées que lui a tricoté Aline, en toute hâte, avant son départ. Il a peur que le sang se mette à couler le long de sa jambe. Il a envie de faire pipi.

A l'étage, personne.

Ils sont là, tous les deux, devant un long couloir à tenter d'apercevoir un signe de vie. Soudain, une voix s'élève derrière eux. Le béret de Momo saute à ses pieds.

- Alors, jeune homme. Où avez-vous appris la politesse ? On se décoiffe quand on entre.

- Oh ! Désolée Monsieur. Nous ne vous avions pas vu, bredouille Hélène.

- Humm… Et bien ramassez-le, jeune impoli ! Ou attendez-vous que je le fasse ?

Momo se précipite et enfourne le béret dans sa poche.

- Donc, un nouveau, un boursier sans doute…

- Oui, bonjour Monsieur. Voici mon fils Maurice. Il est Pupille de la Nation. Son père est mort en 14.

- Allons, suivez-moi.

Ils s'engagent à sa suite. Tout le long du couloir des portes s'ouvrent sur de grandes salles toutes identiques. Contre les murs, s'alignent des rangées de lits séparés par des armoires de fer où quelques élèves s'affairent à placer leurs vêtements.

L'homme s'arrête devant l'une des salles et s'avance jusqu'à un lit métallique.

- Voici votre place au dortoir des premières années de Cours Supérieur. Vous pouvez ranger votre trousseau. Ensuite rejoignez votre classe dans l'aile gauche au fond de la cour.

Hélène a à peine le temps de remercier qu'il est déjà parti.

Maurice voit son nom sur l'armoire. « Rodier » écrit en lettres capitales. Plus de Maurice, encore moins de Momo.

Hélène s'affaire aussitôt à ranger. S'activer, s'activer, pour ne pas pleurer.

Maurice est bien incapable de l'aider.

En quelques minutes le sac est vidé.

- Maintenant, tu dois aller en classe mon garçon. Passe ta blouse.

- …

- Allons, courage, on ne va pas te manger !

- …

- Allez, prends ta belle serviette en cuir et zou !

La belle serviette en cuir pour laquelle Hélène a sacrifié deux billets de la boîte, Maurice la serre sur son cœur comme un dernier rempart. A l'intérieur il a mis ses crayons de couleurs et le « Voyage au centre de la Terre ».

Hélène le quitte dans le hall en lui indiquant la cour et le bâtiment des classes.

Il traverse la cour, sanglé dans sa blouse noire. Un égaré en plein désert…

Deux jeunes pions guident les arrivants vers les salles de cours.

Une trentaine d'élèves occupent déjà les bureaux. Maurice prend place, au hasard, à côté d'un garçon au crâne rasé. Personne ne moufte sous l'œil glacé du pion. Les jambes se balancent sous les bancs et les regards circulent, essayant de jauger les possibilités d'alliance ou les risques à éviter.

La première matinée est interminable, faite de consignes et de pages à copier, de distribution de livres et de cahiers. Maurice a la main crispée sur le porte-plume. Le va et vient de l'encrier à la page n'en finira jamais. Son bras devient lourd, sa main brûle de fatigue. Les larmes lui montent aux yeux lorsqu'une grosse étoile bleue vient se poser sur sa copie. Vite, il attrape le buvard et tente de boire la tache. Un peu du liquide s'en va, aspiré par le buvard, mais il reste une énorme trace. Il entreprend de gratter l'abomination. Elle résiste à son ongle et à sa plume. C'est le papier qui cède ! Il y a maintenant un trou à la place de la tache ! C'en est trop, les larmes débordent de ses yeux et tombent sur la page diluant les mots en larges auréoles. Il assiste, impuissant, à son propre naufrage tandis que son voisin se gondole de rire, ameutant les autres et mimant le désespoir en grimaces silencieuses. Tout le secteur est bientôt en émoi. Le surveillant finit par se rendre compte de l'agitation. Une ombre géante se pose sur Momo. Il va être englouti, c'est sûr. Une main le saisit à l'aisselle, le soulève et le dirige sans ménagement dans le coin de la classe. Il sent qu'on accroche quelque chose dans son dos.

- Vous ferez dix tours de cour et tout le monde pourra admirer votre chef-d'œuvre, siffle le pion.

Il a fait ses dix tours de cour, Momo, le cahier accroché dans son dos et la rage au cœur. Il a ravalé ses larmes. Elles sont tombées en un petit bloc bien compact entre sa gorge et le col trop serré de sa chemise. Elles l'ont tellement étouffé qu'il n'a rien pu avaler à midi au réfectoire. C'est son voisin de table qui vide son assiette de haricots et son riz au lait. Le bruit des fourchettes et des couteaux se fracasse dans sa tête contre le bruit des galoches qui raclent le sol et s'amplifie de minute en minute jusqu'à n'y plus tenir, jusqu'à devenir un monstre parasite logé pour toujours derrière ses yeux douloureux. Son crâne va exploser ou se détacher pour s'envoler au plafond du réfectoire. Oui, il est là-haut, il flotte comme un ballon rouge près des corniches de stuc et des rampes électriques. Il frôle les fenêtres trop hautes pour qu'on puisse apercevoir les arbres. Il se pose sur les casiers où sont rangées les serviettes et redescend près de l'estrade où les surveillants sont postés, prêts à sanctionner mais ignorants des brimades que les plus forts infligent aux plus faibles.

Lorsque sonne l'heure de la fin du repas et celle d'une nouvelle récréation, Maurice balance entre le soulagement et la crainte. Il se cale dans un coin reculé de la cour et tente de disparaître dans l'ombre du mur. Une poussière jaune englobe le terrain où une centaine de garçons courent en tous sens, se poursuivent, se menacent d'armes imaginaires, s'empoignent pour des jeux dont les règles lui échappent. Il y a des parties de billes et des parties d'osselets, des parties de ballon prisonnier. Tout semble aller de soi, chacun à sa place. Celle de Maurice est à l'ombre du mur.

- Salut ! Tu joues pas ?

- Heu…Non, j'ai mal à la tête.

- Ah ! C'est ballot. Tu as des billes ?

- Non.

- Je peux t'en passer. Si tu en gagnes d'autres, elles seront à toi. Moi, c'est Julien. Et toi ?

Maurice hésite. Ce Julien n'a pas mauvaise figure. Il est plus grand que lui d'une tête et affiche un sourire franc.

- Moi, c'est Maurice.

- On joue ?

- D'accord.

Julien creuse un « pot » dans le sable de la cour. Les deux garçons s'éloignent de deux mètres et, chacun à leur tour, tentent de l'atteindre ou d'atteindre les billes disséminées autour. Petit à petit, Maurice est gagné par le plaisir de la compétition et par la bonne humeur de Julien.

- Tu es nouveau ?

- Oui, et toi ?

- Moi aussi.

Le cœur un peu plus léger, Maurice empoche deux agates et cinq billes de terre.

- A la prochaine ? interroge Julien, lorsque sonne la fin de la récréation.

- D'accord ! A la prochaine.

L'après-midi, le professeur de français les accompagne à la bibliothèque. Maurice reste bouche-bée devant le luxe de cet endroit. A Pouzol, la bibliothèque se réduisait à un placard vitré que le maître ouvrait le samedi après-midi. Il annonçait le titre des volumes et il suffisait de lever le doigt pour emporter « L'île au trésor » ou « Sans famille » à lire, le dimanche, le cul dans l'herbe ou, au chaud, près du feu. Ici, la bibliothèque est haute comme une église, couverte de boiseries et de rayonnages auxquels on accède grâce à des échelles. Maurice essaie d'évaluer le nombre de livres et se demande combien de temps il lui faudra pour tout lire… Il emporte « De la Terre à la Lune » comme un trésor inestimable.

La classe rentre au pas jusqu'à la salle d'étude. Maurice se dit qu'il pourra bientôt deviner, les yeux fermés, dans quelle partie de l'établissement il se trouve.

Le long des interminables couloirs peints en jaune, ce sont les lourds effluves du chou qui dominent, pénétrantes, écœurantes. Dans les salles de classe flotte l'inimitable mélange d'encaustique, d'encre et de craie. L'horrible crésyl empuantit les abords des toilettes. La salle de sport sent le tapis de coco tressé et la magnésie. Quant au dortoir, bien malin serait celui qui pourrait distinguer les substances, transpiration nocturne, urine froide et chaussettes sales, elles se mélangent aux miasmes de l'eau de Javel et à la poussière des couvertures qui s'élèvent capturée par les rayons obliques des lustres métalliques.

Lorsque Maurice y pénètre, au soir de ce premier jour, cette odeur le recouvre comme le ferait un suaire. Il s'avance vers son lit en automate, se défait de son uniforme, passe son pyjama de finette. Il rentre un sanglot au souvenir de sa mère appliquée à choisir cette étoffe douce pour accompagner ses nuits. Il se glisse dans les draps froids, se cache derrière son livre mais ne parvient pas à se concentrer sur l'histoire. A sa droite, un tout petit bonhomme au visage de musaraigne s'est recroquevillé sous la couverture. On ne voit plus que ses cheveux noirs. A sa gauche, personne encore. Maurice tente de lire, ignorant à dessein le chahut qui commence à enfler dans la rangée d'en face. Un caleçon s'envole d'un lit à l'autre tandis que son propriétaire, un gros garçon maladroit, essaye de le récupérer pour la plus grande joie des voleurs. Il couine et s'essouffle jusqu'à ce qu'un surveillant l'intercepte et le ramène à son lit sans ménagement, en lui promettant deux heures de colle. Plus personne ne bronche dans les lits voisins, peuplés, pour un temps, d'anges innocents prêts à s'endormir. Cependant, dès le départ du pion, le caleçon réapparait sur la tête de l'un d'eux et le fou-rire reprend au spectacle de cette Alsacienne d'un nouveau genre.

Soudain, le cœur de Maurice fait un bond dans sa poitrine. Julien est à ses côtés, la bouche fendue d'un large sourire.

- Ça alors ! Maurice ! On est voisins de dortoir !

- Sans blague ! C'est chouette !

- Ouais ! Chouette, tu l'as dit. Qu'est-ce-que tu lis ?

- De le Terre à la Lune. Je viens juste de le commencer. Et toi ?

- Jules Verne aussi. Cinq semaines en ballon.

- Ah ! Je l'ai lu. Sensass. On visite l'Afrique, tu verras.

- Et Vingt mille lieues sous les mers, tu l'as lu ?

- Un peu que je l'ai lu ! Trois fois ! Dingue, Némo, le Nautilus...

- Et l'Atlantide ? Tu y crois, toi, à l'Atlantide ?

Longtemps après l'extinction des feux, ils ont chuchoté, ce soir là et beaucoup d'autres soirs. Ce grand garçon rieur et insouciant à la mèche blonde toujours en bataille va devenir le meilleur ami de Maurice qui admire son assurance, lui qui a gardé de son enfance montagnarde un peu de réserve et de timidité. Ils sont orphelins de père tous les deux et boursiers. Ils parlent peu de leur enfance mais se soutiennent dans les moments difficiles. Ils apprennent à serrer les dents devant les injustices et les brimades, à ne pas se plaindre du froid, a superposer les couches de vêtements dans les classes glacées ou à dormir tout habillés, a oublier la pudeur dans les douches collectives, une fois par mois. Ils apprennent à ne pas contrarier les caïds, à éviter les recoins où on peut se faire casser la figure pour une poignée de billes.

Leur amitié les aide à supporter les jours qui s'éternisent, tous semblables, monotones, gris comme un fleuve en hiver.

Julien est le meilleur à la salle de sport. On jalouse ses muscles déliés et sa souplesse aux barres parallèles, sa puissance au cheval d'arçons. Maurice bat tout le monde au cent mètres.

Les mois passant, tous ces gosses meurtris par la guerre vont apprendre à se connaître, à créer des alliances. D'un commun accord, ils terminent leur nuit pendant la leçon de morale du matin. On entend les mouches voler pendant que le prof, aussi peu convaincu qu'eux et somnolant lui aussi, tente de prêcher le respect, l'exactitude, la politesse, le patriotisme, l'amour du métier, la honte de l'alcoolisme et des dépenses inutiles. Ils se réveillent pour le cours de calcul, sauf Maurice qui sèche et baille. Un sadique a inventé des problèmes insolubles, des histoires improbables de balances où l'on pose, sur l'un des plateaux, un vase vide de deux kilos rempli de 145cl d'eau (pure !) et dans l'autre 220 pièces de 0,20 francs. Quelle somme en monnaie de bronze faut-il ajouter pour que la balance soit en équilibre ?

Le mystère des pièces de bronze reste entier pour lui.

Il s'enthousiasme pour le cours de Français, découvre Molière, apprend par cœur les tirades de l'Avare ou du Malade Imaginaire qu'il joue avec Julien devant les copains. Découvre aussi la griserie des applaudissements et en redemande.

Il aime la géographie, les cartes accrochées au tableau, leurs couleurs roses et vertes cernant des pays aux noms fantastiques qu'il rêve d'explorer un jour, le Siam, le Tonkin et le désert de Gobi. Sur la carte de France, il tente de retrouver Pouzol. Son village est aussi lointain que la Cochinchine !

Mais le cours qu'il préfère est le cours de dessin. Le temps s'efface lorsqu'il s'agit de tracer des perspectives et des volumes. Il réussit des spirales compliquées, des pyramides, des sphères ombrées au fusain. Julien est épaté !

Petit à petit, dans l'esprit des garçons commence à naître le sentiment de camaraderie qui leur permet de résister aux brimades des profs et à la sévérité de la discipline. On tient bon, on ne pleure pas, un garçon ne pleure pas.

Même si la punition est de rester agenouillée sur le sol enneigé de la cour, les mains sur la tête, un cahier posé au sol pour apprendre une poésie imbécile :

« Chaud là, les marrons, chaud ! Il gèle. Le bitume
Craque sous les pieds froids du passant qui s'enrhume.
Chaud là, les marrons, chaud ! La bise en sifflant tord
Les arbres dépouillés du boulevard et mord,
Féroce, tous les nez qu'en route elle rencontre.
Chaud là, les marrons, chaud ! Dans l'ombre, appuyé contr
e.
Un réverbère éteint par le vent, un petit,
Que sans doute décembre a mis en appétit,
Demande en grelottant un petit sou pour vivre,
Mais il voit, un par un, tous les passants se suivre,
Et pas le moindre sou ne tombe dans sa main.
Chaud là, les marrons, chaud ! Il mangera demain. »

Momo, la morve au nez, les oreilles gelées, ne sent plus ses genoux. Il grelotte comme le petit de l'histoire, ses yeux bleus noyés de larmes et ne réussit pas à apprendre ces pauvres vers.

Le soir, il écrit à Hélène :

Ma chère Maman,

Viens vite me chercher. Je ne veux plus rester à Sainte Foy. Je t'en supplie. Maurice.

Puis, il froisse la lettre et la jette à la corbeille. Il ravale ses larmes, se recroqueville sous la couverture, refuse de parler à Julien et finit par s'endormir.

Le lendemain, il a oublié son chagrin et a retenu la poésie. Il écrit :

Ma chère Maman,

J'apprends beaucoup de choses intéressantes à Sainte Foy et j'ai des bonnes notes, sauf en calcul. Je n'ai pas souvent des punitions.

J'ai un ami qui s'appelle Julien. Sa maman habite à Lyon. Elle vient le voir tous les dimanches. Ils vont se promener. Elle demande si tu es d'accord pour qu'elle m'emmène aussi. Si tu es d'accord, il faut écrire au directeur. J'espère que tu vas bien, Maman chérie, et que tu vends beaucoup de chapeaux. Je t'embrasse bien fort et Tatan Aline aussi. Je mets un dessin qui représente mon lit au dortoir.

Ton fils. Maurice.

Hélène trouve l'hiver bien long au Puy. Ses chapeaux se vendent mal. Les élégantes s'emmitouflent sous des capuchons de fourrure pour résister au froid. Il a neigé huit jours de suite en janvier puis la température est descendue jusqu'à moins vingt degrés. La ville est restée prise dans la glace pendant tout le mois de février. Hélène n'a pas eu le courage d'aller à Pouzol. Elle n'a pas revu Momo depuis Noël. Lorsqu'elle reçoit sa lettre, elle a le cœur serré. Il ne lui est pas difficile de deviner sa peine entre les lignes. Elle fait si bien écho à la sienne. Elle s'assied, abattue, près de la fenêtre où le givre a dessiné des fleurs et tente de faire cesser la ronde des papillons noirs qui s'agitent dans sa tête et se cognent comme autour d'une lampe. Pourquoi s'oblige-t-elle à cette solitude ? Pourquoi ?

Petit à petit, la ronde se calme. Un embryon d'idée apparait qui, peu à peu, s'impose à elle. Oui, elle en est sûre, elle doit partir d'ici. Les fleurs de givre, elle se souvient, il y en avait sur les fenêtres de l'atelier Georgette. Elle revoit ses amies qui soufflaient sur leurs doigts pendant cet hiver 1915. Elle se souvient du mal qu'elles avaient à tenir les aiguilles et des vigoureux pédalages sur les machines qui les réchauffaient pour un temps.

Elle est restée en relation avec Louise et Suzanne. Elle sait que les deux femmes se sont associées pour créer leur atelier de couture à domicile. Elle se précipite sur son papier à lettres. Elle écrit :

Chères Louise et Suzanne,

J'espère que vous allez bien et que votre affaire prospère au mieux. Comme vous le savez, je me suis lancée dans la fabrication des chapeaux à la nouvelle mode. Je dois dire qu'ils ont eu beaucoup de succès au Puy. La modiste de la Place du Breuil me donne un pourcentage sur les ventes. Bien que, depuis cet hiver, les ventes ont ralenti à cause du froid.

Il m'est venu une idée. Accepteriez-vous de m'accueillir près de vous ? Je pourrai proposer des chapeaux assortis à vos robes et manteaux. Ce qui satisferait sans doute vos clientes.

Quant à moi, je serais heureuse de me rapprocher de Maurice. Il est actuellement en pension à Sainte Foy et je m'ennuie de lui comme il s'ennuie de moi. Si j'habitais Lyon, je pourrais lui rendre visite le dimanche à la pension.

J'attends votre réponse avec impatience, chères Louise et Susanne. Je suis sûre qu'on pourrait faire une bonne équipe toutes les trois. Dîtes-moi vite oui ! Je vous embrasse affectueusement.

Le Puy, 20 février 1924

Hélène

Hélène envoie aussi une lettre à Maurice. Elle la glisse dans un colis avec des chaussettes chaudes, une casquette à oreilles et un gros paquet de bonbons.

Mon grand,

Je suis contente d'avoir de tes nouvelles et je te félicite pour tes bonnes notes. Essaie de faire un effort en calcul. Il faut savoir compter dans la vie. Ici, il fait toujours très froid. Je trouve l'hiver bien long. Je vais essayer d'aller à Lyon un de ces dimanches. Demande à ton ami Julien l'adresse de sa Maman. Je voudrais lui écrire avant de donner l'autorisation de sortie avec elle. Mais je suis déjà d'accord si elle veut bien. Merci pour ton joli dessin.

Je t'embrasse de tout mon cœur.

Maman.

La réponse de Louise et Suzanne arrive sans tarder.

Chère Hélène,

Quelle bonne idée ! Notre affaire ne se porte pas mal. Toutes les femmes ont envie de robes et de manteaux à la nouvelle mode. Ce serait un attrait supplémentaire si nous pouvions leur proposer des chapeaux assortis. Viens nous retrouver quand tu veux. Nous pouvons te loger sur un lit de camp pour commencer. On le repliera la journée pour avoir la place de travailler. Quelle jolie vie on va avoir toutes les trois ! Et tu pourras aller voir Momo tous les dimanches.

Nous t'embrassons affectueusement.

Lyon le 10 mars 1924

Louise et Suzanne

Lyon, 1924

La rue Paul Bert grouille de commerces et d'activités. Tout le jour, la foule se presse chez le fromager, le poissonnier, le boucher. On y trouve les meilleurs produits. Les bourgeoises du Cours Lafayette s'y rendent quotidiennement. Parfois accompagnées de leur petite bonne, elles remplissent les paniers de kilos de marchandises.

Louise et Suzanne habitent juste au-dessus de la boulangerie. Tôt le matin, elles sont réveillées par l'odeur du pain chaud et des brioches qui cuisent au four. Hélène ouvre les yeux. En ce premier matin, il lui faut une longue minute pour rassembler ses esprits.

- Bonjour ma belle ! Tu as bien dormi ?

- …

- Allez ! Hop ! Debout ! On a du travail.

Hélène mentirait si elle affirmait avoir passé une bonne nuit. Le lit de camp est étroit et la couverture mince. Ses rêves ont été peuplés de chapeaux ratés et de clientes gigantesques qu'elle ne parvenait pas à satisfaire. Elle se redresse, la bouche pâteuse et les yeux lourds. Elle replie son couchage, s'habille et participe du mieux qu'elle le peut aux préparatifs du petit déjeuner.

Louise est penchée à la fenêtre. Elle fait descendre un panier le long de la façade. En une minute, le panier remonte, délesté de sa monnaie mais rempli d'un pain doré. La cafetière chante sur le poêle que Suzanne a rallumé. Il fait bon dans la pièce où les trois femmes trempent des tartines dans le café au lait en discutant du programme de la journée.

- Moi, dit Suzon, j'ai un essayage à dix heures avec Madame Morel. Pourvu qu'elle n'ait pas encore pris deux kilos. Je n'arrête pas de rendre de l'ampleur à la taille mais cette fois, je n'ai plus de couture…Impossible de faire plus large.

Louise et Hélène éclatent de rire.

- Moi, je dois couper la robe de Madame Bazin, dit Louise. C'est un moment que je n'aime pas beaucoup. J'ai toujours peur de faire une bêtise et de gâcher le tissu. Tu m'aideras Hélène ? Ensuite, il faudra passer les fils de bâti autour du patron.

- Ah oui ! Les fils au point bouclé ? Oui, oui, je t'aiderai bien sûr.

Le petit déjeuner terminé, Suzanne ôte la toile cirée qui protégeait la table puis elle rajoute un tréteau et une planche. La table devient plan de travail et tient maintenant toute la place dans la salle à manger.

Louise y étend un tissu de laine fine d'une délicate couleur bois de rose. Elle a soigneusement plié en deux le métrage de tissu. Elle pose et épingle ensuite les différentes pièces du patron de papier qu'elle a préparé à la taille de sa cliente. L'originalité du modèle tient dans les découpes en pointes du bas de la robe et dans les surpiqures grises de l'encolure en V et des manches courtes. Pour le reste, il se conforme aux dictats de la nouvelle mode : fluidité totale, buste plat, poitrine effacée, bras découverts et jupe aux genoux.

- Je conseillerai à Madame Bazin de porter un sautoir avec cette tenue.

- Bonne idée ! Et moi, j'imagine déjà un joli chapeau cloche du même tissu ou pourquoi pas gris, avec un laçage sur le côté ou une fleur de taffetas. Je vais préparer les deux modèles. Elle pourra choisir.

- Bon, en attendant, il faut donner le premier coup de ciseau. Décidément, je déteste ça…

- Allez ! Courage ! Tout ton patron est bien posé, il faut y aller !

Louise prend les gros ciseaux et coupe en s'écartant de deux centimètres, tout autour du papier. Le crissement des lames qui mordent méthodiquement l'étoffe marque le début de l'aventure. Louise s'applique à les actionner régulièrement en prenant appui sur la table. Tout le monde se tait, on retient son souffle pendant que les mâchoires du ciseau dévorent le délicat alpaga avec un bruit ronronnant de bête gourmande.

- Ouf ! Voilà qui est fait. Maintenant il faut marquer les contours et l'emplacement des pinces au point bouclette. Ensuite, on pourra monter la robe et elle sera prête pour un premier essayage.

La pression retombe.

Elles s'amusent des bruits de la rue, du chanteur qui vient entonner « La Valse du faubourg » sous leur fenêtre en échange d'une pièce enveloppée dans un papier de soie qui descend en tourbillonnant comme une toupie. Elles bavardent sans fin, de tout et de rien.

De rien surtout, et surtout pas de la guerre, du veuvage et des gueules cassées. Louise et Suzanne n'ont pas eu de fiancés avant la guerre, elles n'étaient que de très jeunes filles. Les voici qui approchent de la trentaine sans beaucoup d'espoir de trouver un homme valide qui voudra bien d'elles.

- « C'est jeune et ça n'sait pas », fredonne Louise.

- C'est vrai qu'on ne sait pas grand-chose de la vie, soupire Suzon.

Hélène se demande si elle doit les envier ou si c'est elle qui a la meilleure place. Elle a eu un mari. Ils se sont aimés tendrement. Elle a Maurice, son bel enfant. Elle a tout ce chagrin, mais aussi ces souvenirs comme un trésor caché, qu'elle emporte partout avec elle et qui, finalement, lui tient lieu de compagnon. Les « petites » n'ont rien de tout ça. Pourtant elles ont leur jeunesse, leurs rires, leurs espoirs. Allons, cousons, mes belles, créons de nos mains la beauté. Que l'étoffe prenne forme pour magnifier les courbes des femmes.

- Et si on se faisait couper les cheveux ? suggère Louise.

- Ah ! Je n'oserais jamais, ma mère serait désespérée et mon père ne me laisserait plus passer la porte de sa maison, réplique Suzanne.

- Et bien, tant pis pour le « qu'en dira-t-on », moi je crois que je vais le faire, reprend Louise. Et je vais demander à Hélène de me faire un chapeau cloche. Tiens, dimanche, je vais aller au bal musette à la Guinguette du Père Favier. Il parait qu'il a agrandi la tonnelle.

- Le père Favier ? interroge Hélène.

- Oui, c'est à Cusset, au bord du Rhône. On peut danser. Il y a des musiciens. Il y a des jeux de boules et on mange du saucisson et on boit du Beaujolais et…

- Holà ! Jeune fille, est-ce bien convenable ? S'amuse Hélène.

- Je me moque des convenances ! réplique Louise, sans l'ombre d'une hésitation.

Hélène et Suzanne rient de bon cœur.

- Voyez moi cette délurée !

- Bon, finalement, j'irai bien avec toi voir cette guinguette, dimanche. Mais je garde mes cheveux longs ! dit Suzanne.

- C'est décidé alors ! On prendra le tramway, terminus Cusset !

- Moi, je vais aller voir Momo à Sainte Foy, dit Hélène. Il va faire une de ces têtes ! Je ne lui ai pas dit que je venais vivre à Lyon. Pour nous aussi, ce sera saucisson ! Mais pas de beaujolais !

Elles cousent et rient et chantent et la journée passe avec quelques visites, des essayages, de nouveaux projets. La robe rose de Madame Bazin est sur le mannequin de bois.

Lorsque le dimanche finit par arriver, les trois femmes passent à tour de rôle derrière le paravent qui masque l'évier de la cuisine puis elles se pomponnent devant le grand miroir utilisé pour les essayages. Une honnête odeur de savonnette emplit l'air. Un peu de poudre, à peine de rose aux joues et aux lèvres, leur plus belle tenue, les voici bientôt prêtes. Hélène et Suzanne remontent leurs longs cheveux en un chignon rond tandis que Louise recourbe ses accroche-cœurs sur les tempes.

- Ah ! Le chapeau cloche est idéal avec les cheveux courts ! constate-t-elle.

- Oui, tu as raison, on va finir par se laisser convaincre, répond Suzanne. Tu es parfaite ! On y va ?

- On y va ! Bon dimanche Hélène et embrasse bien Maurice pour nous !

Elles s'en vont prendre le tram, direction Cusset.

Hélène quitte, elle aussi, l'appartement. Elle se sent légère dans l'air vif du début avril. Il va lui falloir plus d'une heure pour rejoindre le pensionnat. Dans le tram, puis dans le car, bien droite sur son siège, son panier sur les genoux, elle a tout le temps d'imaginer les retrouvailles avec son fils. Elle se refuse à penser au moment où il faudra le laisser.

En arrivant, elle reconnait le vaste hall d'entrée, le bureau des surveillants. Elle annonce sa visite. On lui désigne une pièce où elle doit attendre. Parmi les parents qui sont là, elle remarque une femme qui la salue d'un sourire. Hélène est saisie d'un pressentiment. Sans l'avoir jamais vue, c'est ainsi qu'elle imagine la mère de Julien, très belle, mince et élégante. Elle lui rend son sourire et s'assoit.

Les deux garçons apparaissent bientôt. Même taille ou presque, même uniforme et même bouille réjouie. Maurice écarquille les yeux et se fige au seuil de la porte. Il voit double ! Il s'attendait à voir la mère de Julien et à passer le dimanche avec elle. Voici que sa propre mère est là, elle aussi ! Hélène s'approche, le prend dans ses bras. La tête de son petit arrive maintenant au creux de son épaule. Elle passe sa main sur les cheveux drus et y pose un baiser.

- Maman ! Comment es-tu arrivée ? Tu viens du Puy ? J'ai le droit de sortir avec toi ?

- Ah ! Il ferait bon voir que je ne puisse pas prendre mon fils pour la journée ! Tu n'es pas puni que je sache ?

- Non, non. Mais je ne savais pas que tu allais venir. Et Julien ?

La maman de Julien est bien cette jolie jeune femme blonde qu'Hélène avait remarquée. Elle sourit, se présente à Hélène.

- Je m'appelle Rose-Marie.

- Bonjour ! Moi, c'est Hélène.

- Et bien, pourquoi ne passerions nous pas le dimanche ensemble, tous les quatre ?

- Oh ! Oui ! Bonne idée s'exclame Julien. On va au parc ?

- Pourquoi pas ? répond Rose-Marie.

- Ce bon vieux parc de la Tête d'or, il y a longtemps que je ne l'ai pas vu, ajoute Hélène.

- Allons donc au parc !

Encore le car, encore un tramway et au bout de l'avenue, la Porte des Enfants du Rhône !

Maurice tombe en arrêt devant les grilles, les médaillons dorés ornés de la lettre R, les volutes et les broderies de métal. Il suit d'abord l'ouvrage des yeux puis s'autorise à toucher la ferronnerie. Elle est chaude et douce sous sa main. Il en suit les contours et s'interroge. Comment le métal peut-il se transformer en dentelle ?

Julien le tire par la manche.

- Hé ! Maurice ! Tu viens ? Nos mères sont déjà au bord du lac !

- Oui, oui, j'arrive... mais tu as vu cette porte ?

- La porte ? Ah ! Oui, c'est une porte...

- C'est une œuvre d'art. Ce soir, je la dessine de mémoire. Regarde la bien. Tu m'aideras à retrouver les détails.

- Oui, bon, d'accord mais maintenant amène-toi, on va voir les lions !

- D'accord, les lions !

Ce furent donc les lions, les ours et les singes, un tour de barque sur le lac et des cacahuètes à volonté. Ce fut aussi ce jour-là que Maurice découvrit sa vocation. Il serait ferronnier d'art !

Pour Hélène et Rose-Marie, ce fut le début d'une belle amitié, ponctuée de dimanches où, peu à peu, les deux femmes se racontèrent. Rose-Marie vivait d'une petite rente que lui versaient ses parents. Elle n'avait rencontré le veuvage qu'à la fin de la guerre. Pendant quatre longues années, elle avait vécu d'espoir et d'angoisse. Quelques permissions lui avaient rendu un homme brisé, un presque inconnu qui l'effrayait. Julien se souvenait de son père, de la crainte qu'il lui inspirait, alors que Maurice avait oublié jusqu'aux traits du visage de Jacques. Hélène racontait à Rose-Marie comment elle tentait d'entretenir vivante la mémoire de Maurice pour son père. Rose-Marie racontait sa tristesse de sentir le peu de liens que Julien avait pu créer avec le sien. Puis, elles devenaient frivoles à nouveau, parlaient chiffons et chansons, échangeaient des recettes. Et sans savoir par quel chemin, revenaient à leurs hommes.

Après l'arrêt obligatoire devant la porte, les garçons se poursuivaient dans les allées du parc, faisaient des détours puis s'arrangeaient pour marcher à trente pas derrière leurs mères.

Ils se poussaient du coude dès qu'un groupe de filles apparaissait au loin. Maurice se redressait, tentait de gagner quelques centimètres pour effacer sa différence de taille avec Julien. Mais, rien à faire, la mèche blonde et le grand sourire de son copain aimantaient les regards des demoiselles. Beau joueur, il participait tout de même aux commentaires.

- Trop maigre, la blonde.

- Trop grosse, la brune.

- Godiche celle-là !

- Dommage, elle est pas moche.

Sans se douter que les filles en avaient autant à leur service dès qu'elles les avaient croisés.

Tout au long de ces dimanches, ils allèrent au Musée Guimet où ils restèrent fascinés devant les momies égyptiennes et le squelette du mammouth. Ils allèrent au Théâtre de Guignol et ne comprirent pas tout à fait les dialogues en patois lyonnais qui brocardaient les hommes politiques du moment. Ils préférèrent Ciboulette, en matinée, aux Célestins. Charlot remporta tous les suffrages ! Comme elles riaient leurs petites mamans ! Comme c'était bon et étonnant de les entendre rire ainsi.

- On reviendra dimanche prochain, Maman ?

- Bon, on verra...

- Si vous avez de bonnes notes !

Les semaines passaient plus vite au pensionnat. Les garçons travaillaient de tout leur cœur. Il ne s'agissait pas de risquer une privation de sortie ! Pendant les longues heures d'étude, Maurice dessinait des grilles et des rampes, des balustrades, des clochetons ouvragés, des lanternes et des girouettes. Julien avait déniché un livre d'électricité et tentait d'en comprendre les croquis et les explications.

Hélène ne manquait pas de commandes et avait même réussi à proposer ses modèles aux Galeries Lafayette. On les trouvait au premier étage, juste en face du large escalier.

Après quelques mois de mauvaises nuits sur le lit de camp, elle chercha un appartement, le trouva, non loin de celui de Louise et Suzanne, au deuxième étage d'un bel immeuble de la Place Guichard. Elle s'organisa pour y faire livrer sa machine à coudre, ses quelques meubles, trois cartons de vaisselle et son précieux album de photos. Elle dit adieu au Puy.

Petit à petit, elle trouva dans cette vie bien réglée un apaisement nouveau, fait de routine et d'affectueuse camaraderie. Ses chapeaux lui rapportaient suffisamment pour compléter sa pension de veuve de guerre et pour être à l'abri du besoin. Maurice s'était habitué à l'internat et y engrangeait des connaissances solides avant de réaliser son rêve.

Une petite plage de bonheur s'étendait enfin devant eux.

Lyon, 1926

Maurice est prêt à passer son Brevet. Après avoir fait part de ses projets à son professeur de dessin, il lui a montré ses esquisses et celui-ci l'a félicité. Il lui a promis de l'aider dans ses recherches d'un patron désireux de former un apprenti. Hélène a été un peu surprise du choix de son fils. Elle le rêvait fonctionnaire ! Elle aurait bien voulu qu'il passe le « Concours des Postes » qui lui aurait assuré un avenir sans soucis, un revenu régulier, de belles promotions…

- La planque en somme ! s'était récrié Maurice. Mais moi, je ne veux pas rester assis dans un bureau toute ma vie avec des ronds de cuir ! Ce que je veux, c'est créer, c'est réaliser, c'est voir mes portails à l'entrée des villas et que les passants s'arrêtent pour les admirer et se renseignent pour savoir qui les a faits ! Ce que j'aime c'est voir le fer qui obéit à mes coups de marteau et à mes pinces.

- Oui, mais… le bruit, la chaleur, la poussière…

- Je n'ai pas peur du bruit, ni de la chaleur, ni de la poussière… Maman je veux être aussi heureux à fabriquer mes grilles que tu l'es à fabriquer tes chapeaux ! Tu es heureuse avec tes chapeaux ?

- Oui, c'est vrai. Enfin, tout de même, tu es sûr ? La Poste c'est bien…. Ou alors instituteur ?

- Ah ! Non ! L'école c'est fini. J'en ai assez de la soupe aux choux. Je veux travailler et gagner ma vie. Ne t'inquiète pas Maman ! Je serai pas maître d'école mais je serai Maître ferronnier !

Hélène parlementa encore quelques semaines mais elle dut finir par s'incliner devant une telle détermination.

Maurice apprit par son professeur que l'entreprise Jean Bernard cherchait des apprentis. Accompagné d'Hélène, ses dessins sous le bras et sa passion en tête, il alla se présenter. Il ne lui fallut pas longtemps pour convaincre le chef d'atelier.

Il eut tout juste le temps d'aller faire les foins à Pouzol, d'embrasser Francine et Marthe qu'il ne reconnut pas tant elles avaient l'air de femmes, de serrer Aline dans ses bras et il se retrouva fringant, impatient d'en découdre avec le fer et le feu, aux ateliers de Vénissieux.

De bon matin, il enfourchait son vélo et filait jusqu'à la ferronnerie. Le vent de la liberté l'emportait, tous muscles déliés et cheveux au vent. Il arrivait, grisé de vitesse, les joues rouges et le cœur battant.

Pendant un mois, il n'eut pas le droit de toucher aux outils. Il dut se contenter d'observer, de recharger la forge en charbon, d'actionner le soufflet et de balayer l'atelier. Le feu vivant devint son compagnon, un allié, sur lequel il fallait pouvoir compter à tout moment en évitant ses sautes d'humeur, ses excès ou ses faiblesses. Les flammes dansaient, se tordaient, danseuses échevelées, envoûtantes harpies capables du pire et du meilleur. Il ne sentait pas la chaleur, emporté par la magie de la matière inerte qui devenait docile lorsque, réduite à une souple pâte d'un rouge-orangé, presque translucide, elle obéissait aux coups de marteau du maître pour s'enrouler en volute autour de la forme. Le feu continuait sa vie, ronronnant comme un gros chat perfide, prêt à bondir, vite dominé par les notes claires lancées en rythme sur l'enclume, ostinato, allegro et forte subito. Un concert s'élevait ! Puis le métal s'éteignait, perdait la vie avant de retourner se nourrir de braises. A un moment précis, connu de lui seul, le forgeron saisissait la barre incandescente et tout recommençait, la musique des outils et le spectacle des flammes, la volonté et la patience, la beauté d'une pièce unique issue de l'imagination d'un homme. Maurice avait le droit, sur un signe de tête de l'artisan, de jeter une louche d'eau froide sur le métal brûlant. Il s'en dégageait une odeur sauvage et une vapeur bruyante, point d'orgue de la cérémonie.

Peu à peu, les objets prenaient forme, certains monumentaux, comme les portes ou les rampes, d'autres plein de délicatesse et de sobriété, des tables et des lustres gracieux.

Sitôt rentré à la maison, Maurice se mettait à dessiner. Le travail avait fertilisé son imagination. Il grillait du désir de réaliser enfin une pièce. Hélène fronçait le nez, elle ne s'habituait pas à cette odeur âcre qui imprégnait les cheveux de son fils. Penchée au-dessus de lui, elle observait ses croquis, les admirait, et ne pouvait ignorer qu'il était heureux de son choix.

Le jour arriva enfin où il eut le droit de prendre en main la pince et le marteau. Ses yeux et ses oreilles connaissaient déjà tout du métier. Il lui restait à conquérir le juste geste, la bonne mesure pour lever le bras et l'abattre en dosant la force et la précision. Il lui restait à maîtriser le rebond, l'épaisseur régulière, le risque de rupture, l'angle de frappe. Vulcain n'avait qu'à bien se tenir !

Mais Vulcain riait dans sa barbe lorsqu'il voyait ce jeune freluquet acharné à amincir une barre récalcitrante, il riait encore plus lorsque le métal se tordait ou cédait. Un qui ne riait pas, c'était le père Bernard.

- Bon sang de bonsoir, tu vas m'en gâcher encore beaucoup des barres comme ça. C'est pourtant pas sorcier ! Tu chauffes à bonne couleur, tu tapes régulièrement, tu arroses quand il faut ! Regarde !

Il reprenait l'ouvrage. Maurice regardait et se demandait pourquoi son bras n'obéissait pas à son cerveau comme semblait le faire celui de son patron.

Il lui fallut une bonne année et de multiples engueulades pour réussir enfin à réaliser un semblant de progrès.

Il ne fut pas peu fier de participer à la fabrication d'une gloriette aux courbes élégantes ornée sur les côtés de fleurs à huit pétales. Beaucoup plus tard, on lui confia aussi le soin de dessiner à même le métal en suivant un patron. Puis celui de réaliser les plans à l'échelle.

Le dimanche matin, le rituel, pour Maurice, était d'aller aux « Bains-Douches » pour se débarrasser du noir de fumée incrusté dans la peau. La gardienne des lieux fournissait une serviette et un morceau de savon. Frotté, étrillé, amolli de vapeur, il ressortait propre comme un sou neuf pour faire honneur au gratin dauphinois et au rôti de veau d'Hélène avant de s'en aller retrouver Julien pour une séance de cinéma ou une partie de billard. Cette année-là, ils découvrirent Laurel et Hardy. Ils virent en boucle les films des deux héros : « Les Gaités de l'Infanterie » ou « Les deux détectives ». La salle explosait de rire à chaque cascade. Maurice et Julien hurlaient plus fort que tout le monde en sautant sur leurs fauteuils. Quand ils sortaient, un peu saouls d'images et de musique, la nuit était tombée. Ils riaient encore et chantaient à tue-tête la rengaine du film, en se poursuivant dans les traboules, avant de se promettre de recommencer le dimanche suivant.

Pendant que Maurice apprenait son métier de ferronnier d'art, Julien se passionnait pour la T.S.F. Cette invention géniale commençait à se vulgariser. Julien avait réussi à se faire embaucher « Au Pigeon Voyageur ». Il apprenait à monter les gros postes de radio aux coffres de bois ciré ou d'ébonite noire. Il s'agissait d'y faire rentrer toutes les lampes et toutes les bobines et de souder les fils sans se tromper. Le plus frustrant était de ne pas pouvoir s'offrir une telle merveille.

La rumeur courait que bientôt on pourrait écouter Radio-Liberté, le dimanche, de midi à 16h au Café des Négociants. Les deux garçons ne voyaient pas très bien comment se lancer dans cette aventure. Seize ans pour Maurice, dix-sept pour Julien, pas de costumes adéquats et pas beaucoup de poil au menton. Ils étaient certains de ne pas pouvoir passer le seuil de l'établissement le plus huppé de Lyon. Un beau dimanche, ils s'en allèrent pourtant, sapés comme des milords, roder rue de l'Hôtel de Ville.

Par les larges baies vitrées, ils apercevaient la foule élégante reflétée par les dizaines de miroirs au cadre doré, les plafonds moulurés, les médaillons, les tentures cramoisies, les lustres de cristal illuminés et les fauteuils profonds…

- C'est pas pour nous, mon p'tit pote.

- T'as raison. Mais on a le droit de se rincer l'œil quand même.

- D'ac. Mais y'a que des vioques dans le coin… C'est pas pour nous j'te dis.

Ils restèrent un long moment, les mains dans les poches, devant le café, lorgnant les dames et observant le va et vient des garçons impeccables dans leurs tenues noires protégées par des tabliers blancs au pan relevé. Les plateaux, comme une prolongation naturelle du bras, passaient sans encombre au-dessus des têtes chapeautées des femmes et des crânes dégarnis des bedonnants bourgeois venus traiter affaires. Toutes sortes de boissons colorées se posaient, pile devant le client concerné. Les deux garçons restèrent de longues minutes devant ce ballet bien réglé puis se décidèrent à partir. La TSF ne jouerait pas pour eux ce jour-là ! Ils s'engagèrent dans la rue de la République.

- Hé ! Maurice, regarde les deux filles qui s'amènent !

- Ouais, pas mal…

- Pas mal ? Tu blagues ! Elles sont épatantes.

- D'accord. On essaye ?

- Un peu qu'on essaye ! Je prends la rousse avec les cheveux en tire-bouchons.

- Bon, alors je choisis la petite brune. Elle a de jolies jambes.

- Bonjour Mesdemoiselles ! On peut faire un bout de chemin avec vous ?

Les deux jeunes filles qui avaient repéré les deux gredins depuis un moment firent semblant d'hésiter.

- Nous allons chez ma grand-mère…

- Oh ! Avec un petit pot de beurre et une galette ?

- Gare au loup ! Vous avez besoin d'une escorte !

Satisfaits de ce préambule, destiné à sauver les apparences mais dont personne n'était dupe, ils se mirent à rire tous les quatre. Elles étaient charmantes et innocentes. Ils étaient beaux et innocents.

A la fin de l'après-midi, Julien avait glissé sa main autour de la taille de sa rouquine et Maurice tenait sa brunette par la main. Ils s'étaient promenés au hasard des rues de la presqu'île et sur les quais. Ils étaient restés longuement en arrêt devant un camelot qui vendait de la vaisselle. L'homme, au débit de paroles impressionnant, empilait douze assiettes plates surmontées de douze assiettes creuses, annonçait un prix puis ajoutait douze assiettes à dessert sans changer le prix du lot. La pile d'assiettes tanguait dangereusement sans trouver preneur.

L'assistance retenait son souffle. Le camelot menaçait de tout laisser tomber si personne ne se dévouait pour acheter. Il devenait pressant, feignant la fatigue et le désespoir. La culpabilité commençait à envahir les esprits des badauds. Il baissait le prix et, dans un ultime effort, ajoutait une soupière au sommet de l'édifice. Toujours pas de client ? Il assurait qu'il allait tout lâcher ! Un murmure courait. Certains disaient l'avoir déjà vu mettre sa menace à exécution. La situation devenait insupportable ! La tension était à son comble ! Sur un dernier rabais, une main finissait pas se lever pour emporter l'affaire sous les applaudissements du public. Et le spectacle reprenait aussitôt. Parfois, pour corser l'affaire et pour attirer de nouveaux passants, l'homme laissait se fracasser une pile à grand bruit.

Place Bellecour, des musiciens jouaient sous le kiosque près des bouquetières, tandis que les enfants pédalaient pour activer les chevaux des voiturettes. Les quatre jeunes gens s'attablèrent à l'ombre des marronniers pour boire une limonade. Les fleurs roses échappées des grappes déposaient des bijoux sur les cheveux bruns et les cheveux roux. Ils avaient les bras nus. La limonade chatouillait le nez. Le souffle du vent transportait des odeurs inconnues, eau de Cologne ou eau de rose dont les filles s'étaient parfumées.

Maurice rentra ivre de cette journée et de ces parfums. Les yeux fermés, il s'efforça de retrouver la douceur de la toute petite main et l'image de la mince silhouette de son premier amour qui s'éloignait, au soir, après un tout petit baiser.

Deuxième partie : Adèle

Lyon, 1926/1930

Il lui sembla dès lors vivre une fête permanente.

A l'atelier, on lui laisse de plus en plus d'initiatives. Le marteau danse sur le fer rouge pour que tinte sa musique et que les œuvres prennent forme telles qu'il les a imaginées et dessinées !

Il retrouve Adèle tous les dimanches. Il la serre dans ses bras. Elle est brindille. Elle sent la brioche chaude. Il la soulève du sol, légère comme une plume, la repose pour l'embrasser dans le cou. Ils ont encore l'âge de courir, alors ils courent. Dans les rues, dans les allées du parc et autour du lac. Puis, ils se jettent sur un banc, essoufflés, bégayant des « je t'aime » et laissent leur cœur reprendre son rythme en observant les moineaux.

Ah ! La jolie vie que la vie cachée ! La clandestinité est le meilleur piment de l'amour. Ils sont pourtant sages, les petits amoureux, mais se sentent coupables comme de terribles hors-la-loi. Maurice n'a rien dit de sa rencontre à Hélène. Seul Julien est au courant des amours de son ami. Et Maurice, quant à lui, sait tout de la fougueuse Odile !

Une organisation sans faille s'est mise en place : Hélène et Rose-Marie ont pris l'habitude de se recevoir chacune à leur tour, le dimanche après-midi pour boire un café en mangeant des petits gâteaux. Il est si facile d'imaginer la ruse ! Dès que leurs mères ont le dos tourné, les garçons prennent place avec leurs mignonnes dans l'appartement laissé vacant. Ils poussent un peu les meubles, roulent le tapis et c'est la fête !

Julien a réalisé son rêve. Il a dépensé toutes ses économies pour faire l'acquisition d'un phono-valise. A saphir s'il vous plaît ! Les aiguilles, c'est dépassé. Maurice achète des 78 tours. Douze minutes de bonheur par face ! A eux, le fox-trot et le charleston, le black bottom et Mistinguett ! Ils copient les pas qu'ils ont vus aux actualités, à l'Eldorado. Les jambes d'Adèle tricotent admirablement sur ces airs endiablés et les cheveux d'Odile accompagnent le sabbat, de toutes leurs flammes rouges. Les garçons inventent des figures, font des bonds, frappent le rythme des pieds et des mains. Ils sont déchaînés ! Enfin, à bout de souffle, ils se jettent dans un fauteuil pour s'embrasser, chacun avec sa chacune. C'est le moment de passer la Chanson des blés d'or ou cette drôle de rengaine qu'on dirait faite pour Adèle. Maurice la connait par cœur. Il grimpe sur une chaise, la main sur la poitrine et chante en même temps que l'auteur, en roulant les r comme lui :

Près de toi ma brune

Je vis sans fortune

Mais le soir au clair de lune

Quand j'ai ta tendresse

Quand j'ai tes caresses

Ça vaut toutes les richesses.

Tu n'as pour parure

Que ta chevelure

Vivre près de toi ma brune

C'est mon bonheur

C'est dans cette position instable, alors qu'il salue sous les applaudissements du public, que Rose-Marie et Hélène le trouvent, un beau dimanche. La porte s'ouvre brusquement. Les trois spectateurs se figent, ainsi que l'artiste, perché sur sa scène improvisée.

- Donc, le voisin disait vrai ! s'exclame Rose-Marie. Il m'a demandé si j'organisais des « bals nègres » chez moi, le dimanche !

- Maurice ! Descend de là et explique-nous ce qui se passe.

Hélène est rouge de colère. Maurice est blanc de surprise.

- Rien, rien. On écoute seulement de la musique...

- Ah ! Oui ! Et qui vous a autorisé à inviter des jeunes filles chez moi ? s'écrie Rose-Marie.

- Maman, ce sont des amies...Voici Odile et voici Adèle. Nous ne faisons rien de mal, je t'assure.

- Rien de mal mais beaucoup de bruit ! Je ne veux pas avoir d'ennuis avec le propriétaire. C'est un immeuble tranquille ici, réplique Rose-Marie.

- Dépêchez-vous de remettre la pièce en ordre ! ordonne Hélène.

Les quatre fautifs se hâtent de dérouler le tapis et de remettre les meubles en place sous l'œil des mères qui les regardent en échangeant un sourire.

- Bon, maintenant que le salon a repris son aspect normal, on pourrait peut-être faire connaissance ! décide Rose-Marie. Je vais chercher de l'orangeade.

Les jeunes filles sont assises sur le bout des fesses et tirent sur leurs jupes courtes. Les garçons s'épongent le front et remettent de l'ordre dans leur coiffure. Hélène verse l'orangeade en se demandant comment son petit est devenu si grand et si vite.

- Alors, ça fait longtemps que ça dure ce petit manège ? interroge-t-elle.

- Non, non...

- Quelquefois, on va au cinéma.

- Ou au parc.

- Mais, là, il pleuvait, alors...

- Alors, vous avez organisé un bal chez moi ! Et si vous aviez demandé la permission ? s'exclame Rose-Marie.

- Tu aurais dit oui ?

- Hum ! Pas sûr...

Odile et Adèle suivent la discussion sans piper mot, le verre à la main, sans oser y tremper les lèvres.

- Vos parents savent que vous dansez avec des garçons, mesdemoiselles ? s'inquiète soudain Hélène.

- Heu... Nos parents sont loin. Nous sommes employées à la poste de l'Avenue Berthelot et nous logeons chez ma grand-mère, place Jean Macé, précise Odile.

- Nous devons rentrer bientôt. Il va être l'heure, ajoute Adèle.

- Ah ! Vous êtes donc fonctionnaires !

Un léger vent de connivence passe, perché sur une enveloppe timbrée.

Maurice ne peut s'empêcher de sourire en voyant le visage d'Hélène qui s'éclaire soudain.

Elle échange avec Rose-Marie un regard qui signifie « Bon, tout cela n'est peut-être pas si grave. Ces petites ne sont pas des gourgandines ».

- Et bien, puisqu'il est l'heure de rentrer, nous allons vous laisser partir.

- Oui, bien sûr ! Au-revoir Madame, bredouillent-elles en chœur en rassemblant leurs affaires et en se dirigeant vers la porte.

- Et vous ne dîtes pas au-revoir à ces deux-là ? feint de s'étonner Rose-Marie.

- Ah ! Oui, bien sûr ! Au-revoir Maurice.

- Au-revoir Julien.

- Et à la semaine prochaine, n'est-ce pas ? ajoute Hélène avec un sourire ironique.

Hélène marche au pas de gymnastique sur le chemin du retour. Maurice suit tête basse et devine qu'il va y avoir des explications à l'arrivée. Ce qui ne tarde pas !

- Mon garçon, tu dois te conduire correctement avec cette jeune fille. C'est une jeune fille honnête. Tu ne dois pas la mettre dans l'embarras. Si tu tiens à elle tu dois la respecter. Que penseraient ses parents s'ils savaient ça ?

- ….

- Mais réponds donc, grand dadais !

- Oui, M'man.

- Oui quoi ?

- Oui, je la respecte. On s'embrasse, c'est tout. Et je lui écris des lettres…

- Oui, bon, les lettres ça ne peut pas nuire. Tu veux te marier avec elle ?

- Oui…Non…Enfin, je ne sais pas. On n'en a jamais parlé.

- Encore une chance ! Tu n'as que seize ans ! Et ton C.A.P ? Et ton service militaire ? Avant de fonder une famille, il faudrait peut-être songer à terminer ton apprentissage.

- Mais, Maman, je ne veux pas fonder une famille ! Je veux juste voir Adèle tous les dimanches. On est bien tous les deux… On discute c'est tout !

- Oui, bon, si c'est tout… Mais ne t'avise pas… Je ne peux pas t'interdire de la voir…tu ne m'obéirais pas, j'imagine ? En tous cas, les joyeuses rencontres chez Rose-Marie, c'est terminé ! Et tu vas aller t'excuser. Tu m'as fait honte aujourd'hui !

- Oui, Mm' an. J'irai dès dimanche prochain. Promis.

- Et, sans ton Adèle pour une fois….J'irai avec toi. Je ne veux pas manquer ça…

La conversation, pleine de points de suspension, à compléter selon l'imagination de l'un et de l'autre, n'alla pas plus loin.

Chacun avait une idée claire sur ce qu'il fallait entendre dans ces phrases sibyllines. Maurice avait assez vécu à la campagne pour savoir comment se faisaient les bébés. Et Hélène savait qu'il savait ! Maurice connaissait aussi quelques tours pour éviter d'en faire mais il pensa, ce jour là, qu'il valait mieux tenir la méthode discrète…

Ce qu'Hélène ne savait pas, au soir de ce dimanche mémorable, c'était si elle se sentait vieillir ou rajeunir. Rose-Marie se demandait si elle devait remercier son voisin. Maurice craignait de ne plus revoir Adèle. Quant à Julien, il voulait juste écouter encore et encore cette musique magnifique, venue de si loin, avec ou sans Odile, avec ou sans Adèle et Maurice.

Hélène regarde son fils grandir. Où est passé ce gamin toujours un peu maigrichon aux bonnes joues roses de montagnard ? Il est plus grand qu'elle, depuis déjà quelques années et voici que ses épaules s'élargissent, que ses joues demandent le rasoir tous les matins, que ses cheveux deviennent bruns. Et qu'il est amoureux.

Malgré son inquiétude, elle ne peut s'empêcher d'aimer cette idée. Tous les souvenirs de son amour pour Jacques remontent en elle, à la fois si proches et si lointains. Comment a-t-elle pu oublier le bonheur de toucher une autre peau, celui d'être enlacée et tenue à l'abri dans des bras solides. Elle imagine les rendez-vous, le cœur qui bat lorsque l'autre apparait, l'oubli de tout ce qui n'est pas le moment présent, les baisers à bouche que veux-tu. Elle les envie ces deux-là, oui, elle les envie.

Adèle vient sonner à la porte, le dimanche. Elle a coupé ses cheveux elle aussi. Un casque brun encadre son visage de jeune chat. Sa peau claire est grêlée de taches de rousseur. Hélène comprend qu'on ait envie de la prendre dans ses bras. Ce que Maurice se garde de faire en présence de sa mère ! Il se contente d'un bonjour distrait à l'une et d'un au-revoir tout aussi distrait à l'autre avant de s'enfuir pour la journée.

Les deux amoureux ont des vélos. Pas très neufs mais soigneusement révisés par Maurice, ils les emmènent au bord de la Saône à Collonges ou à Neuville. Dans les sacoches, un casse-croûte, du vin, des costumes de bain. Ils choisissent une plage et à eux la belle journée ! Allongés sous les saules, sur un matelas d'herbe épaisse, ils se blottissent l'un contre l'autre en se chuchotant des promesses d'amour éternel puis vont s'éclabousser d'eau froide à grands cris avant de se rôtir au soleil. Des perles d'eau habillent la peau nue des longues jambes d'Adèle. Maurice, penché sur elle, s'ébroue et fait taire ses protestations en mordant sa bouche. La bouteille de vin, tenue au frais dans la rivière, est bientôt vide.

Ils s'attardent encore lorsque le soleil décline et que le Train Bleu emmène les dernières familles. Finis les cris d'enfants, les rires et les éclats de voix, les courses dans le pré et le chahut dans l'eau. Les berges leur appartiennent pour ce moment suspendu entre la chaleur du jour et le mystère de la nuit.

L'eau devient dorée. La fraîcheur du soir fait monter des parfums nouveaux, herbes macérées, fragrance sucrée des saules et des peupliers, suave senteur des corps baignés d'eau vive. Ils se taisent. Un grillon s'essaye au chant de la nuit. Il va être l'heure de se quitter. Un gros poids de tristesse se pose sur leurs épaules. Adèle frissonne. Maurice lui promet de lui écrire tous les jours de la semaine. Il le fera et dessinera pour elle ce jour de bonheur au bord de l'eau.

En juillet, Maurice, le CAP en poche, part faire son service militaire.

Il n'est pas dépaysé par l'ambiance de la caserne. C'est presque la même que celle du pensionnat : marcher au pas, obéir sans réfléchir, se garder de contrarier les uns, tâcher de créer quelques liens avec d'autres, dormir sur la dure sans craindre les ronflements des copains et manger parce qu'on a faim. S'y ajoutent l'uniforme, les cigarettes offertes par l'Etat et le vin quasiment à volonté.

Le plus humiliant a été le Conseil de Révision, dans la grande salle de la Mairie du Troisième, où il dut défiler nu devant un aréopage de gradés très habillés. Son poids, sa taille, sa vue, son audition et le blanc de ses yeux ont été examinés ainsi que l'état de ses dents, ses réflexes et sa souplesse. « Bon pour le service », un coup de tampon sur le livret militaire et Maurice n'a plus eu qu'à attendre son ordre d'incorporation. Il a pris une dernière fois Adèle dans ses bras, a embrassé Hélène et il est parti, pour un an, à Macon.

Il écrit :

Macon14 juillet 1929

Mon petit amour,

Cela fait à peine une semaine que je suis loin de toi et je ne sais comment je vais pouvoir continuer à vivre ainsi. Tout me manque, la chaleur de ton corps, ta bouche, tes baisers. Quand je rentrerai nous nous marierons vite et nous ne nous quitterons plus. Promets-moi de m'attendre, je t'en supplie.

Je n'ai rien de très intéressant à te raconter de ma vie ici. Lever tôt. Toute la matinée à marcher au pas et à courir chargé d'un gros sac à dos. Exercices de tir. Et le soir, parti de cartes dans la chambrée. J'ai emporté mon carnet de dessins. Je crois qu'il va se remplir très vite. Je m'essaye à faire des portraits de mes compagnons et des gradés. Il vaudrait mieux que personne ne tombe dessus. Certains sont croquignolets !

Je t'embrasse comme tu sais mon petit chat brun que j'aime. Momo.

Adèle écrit :

Mon Momo, je me sens moi aussi bien seule depuis que tu es parti. Heureusement, dimanche, Julien est venu nous chercher, Odile et moi. On est allé au cinéma voir l'Ange Bleu. C'est la première fois que je voyais un film parlant ! C'est vraiment épatant ! L'actrice, c'est Marlène Dietrich. Elle joue le rôle d'une chanteuse de cabaret qui fait bien marcher un petit professeur pas très malin. Si tu voyais ses jambes, ses bas noirs, son chapeau. Elle s'appelle Lola-Lola. Houlala Lola-Lola ! Tu aimerais ça ! On ira revoir le film ensemble quand tu auras une permission.

Dis-moi, si je comprends bien ta lettre, tu es en train de me demander en mariage ? Hum…Je demande à réfléchir…

Prends bien soin de toi mon Momo. Je t'embrasse. Adèle.

Maurice lit et relit la lettre d'Adèle. Il est en rogne ! Petite chameau, pense-t-il, elle veut me faire languir ! Et en plus elle va au cinéma sans moi ! Gare à elle quand je la retrouve !

Encore un long mois de corvées diverses et la première permission arrive. Une petite heure de train et Maurice sonne à sa porte. Hélène croit défaillir en voyant ce militaire sur le seuil. Même taille, même allure que Jacques. Maurice doit la soutenir pour éviter qu'elle tombe.

- Ma petite Maman ! Ce n'est rien. Je suis en permission ! Je viens t'embrasser et je file voir Adèle.

- Ah ! Maurice, bien sûr…

- Oh ! Tu m'avais déjà oublié … C'est moi, ton fils !

- Mon fils, comme tu es grand !

- Pas tant que ça. Allez, je vais me changer et je pars en ville.

- Non, non, attends, tu dois avoir faim. Je te fais une omelette. Prends aussi un peu de fromage. J'en ai reçu de Pouzol hier.

- Va pour l'omelette et le fromage. Je vais me faire beau, je mange et je me sauve.

Hélène cuisine pour son garçon mais ne mange pas. Elle se nourrit du spectacle de son enfant devenu homme.

Et elle s'inquiète :

- Maurice, as-tu rencontré les parents de cette jeune fille ? Est-ce qu'il ne serait pas temps de te présenter ?

- Hum…

- Tes intentions sont honnêtes n'est-ce pas ?

- Oui, M'man, bien sûr.

- Alors, vous avez parlé mariage ?

- Oui, oui…mais rien ne presse !

- Rien ne me presse en effet de te laisser partir mais toi, tu ne souhaites pas avoir ton Adèle bien à toi ?

- Mais, elle est à moi, bien à moi !

- Oh ! Toute à toi ? Mais alors, il faut vous marier très vite ! Avant que…

- Ne t'inquiète pas ma petite mère. Je finis mon service militaire et à nous la belle noce !

- Bon, alors promets-moi d'aller voir ses parents !

- Dac ! M'man. J'arrange ça avec Adèle dès aujourd'hui.

- Bon, je compte sur toi. Ne fais pas de bêtises.

- Pas de bêtises ! Merci pour l'omelette M'man ! A tout à l'heure.

Maurice attrape sa mère par la taille, la soulève pour un tour de valse, l'embrasse et dévale les escaliers.

Lyon - Souzy, 1931

Maurice arrive le premier au rendez-vous, devant le théâtre des Célestins. Il s'installe sur un banc bien situé pour avoir toutes les chances de ne pas manquer Adèle lorsqu'elle apparaîtra par l'une ou l'autre rue. Il est prêt ! Il attend ce moment depuis des jours. Il a tout répété, tout examiné. Il a mis sa chemise blanche, s'est rasé de près et a tenté de redonner du volume au peu de cheveux que l'armée lui a laissés. Son foulard de soie est parfumé. Son pantalon bien ajusté. Ses chaussures briquées. Il vérifie depuis la dixième fois le petit coffret rouge qui est dans la poche droite de sa veste et se récite la phrase qu'il a préparée.

Il regarde la façade du théâtre : un décor de fond de scène, prolongée par les marches qui pourraient servir à l'entrée des comédiens. La place deviendrait alors le lieu du spectacle, les balcons en corbeille verraient surgir Juliette. Roméo serait ce beau jeune homme qui maintenant se lève pour s'approcher de la fontaine et qui caresse des yeux les nymphes ruisselantes. Tragédien, comédien ? Maurice s'amuse de sa propre imagination mais s'impatiente. Sa Juliette est en retard. Et si elle allait ne pas venir ? Les minutes s'écoulent. Il consulte sa montre mais les aiguilles ne semblent pas bouger. Et si elle allait lui dire non ? Non je ne veux pas de toi, je ne veux pas me marier, j'en aime un autre…

Maurice consulte l'heure encore une fois puis se donne un gage :

- Je fais trois tours de fontaine. Si elle n'est toujours pas là, je jette la bague dans l'eau !

Le voilà qui tourne. Lentement ! Un tour, un autre…

Soudain, sa marche est arrêtée par deux bras menus. Un corps s'abouche à son dos, charge légère à soulever, cheveux de plumes noires qui caressent son cou, lèvres à cueillir très vite. Il s'échappe de cette prison pour mieux la refermer, se retourne pour enserrer cette criminelle qui l'a fait attendre, qui a grafigné sa confiance, qui lui a fait oublier sa phrase … Adèle est là comme jamais, palpitante sous sa robe fine et il l'aime. Oh ! Comme il l'aime. Il l'embrasse, tant pis pour les passants, sa bouche au goût de mûres, son souffle d'ange heureux.

Vite, il chuchote à cette proche oreille :

- Adèle, mon amour, veux-tu être ma femme ?

Adèle s'écarte de l'étreinte de Maurice et plonge son regard dans le sien. Sans sourire. Sans parler. Pendant un temps qui lui semble infini, il n'entend que le bruit de la fontaine, l'eau du bassin froissée par les jets d'eau qui ruissellent sur le corps des femmes nues. Adèle est devant lui, frêle dans sa robe bleue, avec son visage sérieux de jeune félin pris en faute. Ses yeux brillent de trois larmes qui viennent s'arrondir sur ses joues. Encore un peu de temps coule entre eux, passerelle à franchir, armure à briser. Maurice a les yeux qui brûlent de tant la regarder. Elle pose enfin ses mains sur les épaules de son amoureux. Son visage s'épanouit en un grand sourire. Elle articule bien haut :

- Oui, Maurice, je veux bien être ta femme. Et tu seras mon mari que j'aimerai toujours.

Ah ! La jolie danse qu'ils firent ce jour-là, ces deux-là ! En riant et en chantant ! Tant pis pour les passants qui les regardaient d'un œil amusé ou scandalisé. Oui, le spectacle était bien sur la place et non sur la scène des Célestins pour quelques instants !

Maurice sortit le coffret rouge de sa poche et passa, au doigt d'Adèle un anneau orné d'une pierre bleue.

Ils s'en allèrent au bord de la Saône, bras- dessus, bras-dessous comme de vieux mariés. Ils imaginèrent un logis, un grand lit, une belle noce.

- Et une belle robe ? Je veux une belle robe !

- Bien sûr, une belle robe pour Adèle ! J'ai quelques couturières dans mes relations !

- Hum ? Des couturières ? Elles sont comment tes couturières ?

- Jeunes et girondes, bien sûr !

- Bon, tu me fais marcher. Ce sont des amies de ta mère, n'est-ce-pas ?

- Oui, jeunes et girondes ! Et tes parents, il faut que j'aille voir tes parents. Ils sont au courant ?

- J'ai parlé de toi à ma mère. Qui a dû en parler à mon père ! Et à mes sœurs et à mes frères, voire à mes tantes et aux cousines…On a du mal à garder un secret dans la famille. Et on est nombreux ! Les nouvelles vont vite !

- Bon, prépare bien le terrain et pour ma prochaine permission, on se retrouve à Souzy. C'est bien Souzy n'est-ce pas ?

- Oui, Souzy, près de Saint Laurent de Chamousset. Tu demanderas la maison de Jules et de Rolande.

- Vendu ! Il me faut des gants blancs pour faire ma demande ?

- Pourquoi pas…mais je te conseille plutôt les bottes.

Un mois plus tard, Maurice, tiré à quatre épingles, arrive à Souzy. Il pénètre dans une large cour pavée entourée de bâtiments de pierre : des remises, des hangars, une maison aux fenêtres rares et étroites. Un chien qui aboie en tirant sur sa laisse.

Jules l'attend sur le pas de la porte, l'air peu affable, la moustache en crocs. Maurice sent son estomac qui se rétracte. Comment aborder ce géant ?

Heureusement, deux, puis quatre, puis six têtes réjouies apparaissent derrière le maître de maison.

- Entre mon garçon. Sois le bienvenu chez nous !

Celle qui s'adresse à lui est une petite femme tout en rondeurs. Un visage plein, des yeux rieurs, un grand sourire, toute sa personne respire la bonté. Derrière elle, se pressent, comme décalqués sur leurs parents, des enfants de tous les âges, les uns bruns et minces comme Adèle, les autres ronds et joyeux comme leur mère.

- Bonjour Madame, bonjour Monsieur, bredouille Maurice.

- Et bonjour Adèle n'est-ce- pas ? s'exclame Rolande.

Adèle s'approche et vient planter un baiser sur la joue de Maurice qui pique un fard monumental.

Un sourire se cache sous la moustache en crocs.

- Allez, entrons, dit Jules.

Maurice reconnait immédiatement la pénombre, le parfum des vieux meubles cirés, l'odeur du pain et celle du café toujours prêt sur le coin de la cuisinière, et, dominant le tout, celle des feux de bois incrustée dans les moindres recoins de la pièce. En un instant, il est à Pouzol, il a dix ans, les vaches vont rentrer, le lait bourru tout chaud lui sera offert par Aline dans son bol à fleurs rouges. En un instant, il est chez lui et se sent bien.

Rolande a perçu son émotion, l'a attribuée à sa timidité.

- Allons ! Asseyons-nous ! dit-elle.

Les frères et sœurs s'égayent dans la cour. Restent, autour de la table, Jules, Rolande, Adèle et Maurice. Rolande sort des verres, un pichet de vin et de la limonade et s'installe avec eux.

- Alors, comme ça, tu trouves ma fille à ton goût ? interroge Jules.

C'est au tour d'Adèle de rougir. Elle se tient droite sur le banc et dévore Maurice des yeux. Pourvu qu'il plaise à son père !

- Et tes parents ? Ils sont au courant de vos projets ? reprend Jules

- Ma mère aime beaucoup Adèle, répond Maurice, mais je n'ai plus mon père. Il est mort en 14.

- Mort en 14 ? Pauvre petit, tu l'as à peine connu alors ? Moi aussi, j'y étais à cette saloperie de guerre. J'ai été blessé à Verdun. Des éclats d'obus dans le bide. Je me demande comment j'en suis sorti vivant.

- Adèle était au berceau. Son frère avait un peu plus de deux ans, se souvient Rolande. Quelle triste période. Heureusement, Jules est rentré pour sa convalescence et, ensuite, il a été affecté à l'arrière.

- J'espère qu'on ne verra plus jamais ça. Vous les jeunes, vous avez la belle vie devant vous ! Tu as un bon métier mon garçon ?

- Je suis ferronnier d'art. Je vous promets de donner une belle vie à Adèle si vous m'accordez sa main.

- Ah ! Alors, nous y voilà ! Et bien, puisque tout le monde est d'accord… Tu es bien d'accord Adèle ?

Adèle n'a pas l'habitude d'être au centre de tant d'attention de la part de ses parents. Pendant toute son enfance, sa présence parmi ses frères et sœurs est passée inaperçue. Adèle s'appliquait à ne pas poser de problèmes. Elle se sentait élément d'un tout, sans contours réels, habituée à obéir sans murmures. Aujourd'hui, pour la première fois, on s'adresse à elle en particulier. Elle se voit là, assise sur ce banc familier et prend soudain conscience que sa vie lui appartient. Tous les regards sont sur elle. Elle se tait. La solennité imprévue de ce moment la rend muette. Une angoisse légère mais tenace se niche dans son cerveau. Son costume de petite jeune fille insouciante tombe à ses pieds et la voici nue pour partir à l'aventure. Elle se tait.

Maurice est statufié, incrédule, aussi blanc que sa chemise. Il dévore son amour des yeux pendant un temps qui semble s'étirer sans fin. Rolande sourit faiblement et tente de percer les sentiments de cette fille aînée qu'elle n'a pas eu le loisir de chérir. Jules sourit aussi, mais il n'est pas homme à perdre son temps à hésiter.

- Alors, Adèle ? Tu veux bien te marier ? interroge-t-il à nouveau d'une voix ferme.

Adèle semble s'ébrouer comme au sortir d'un rêve étrange. Elle se voit enfin passer le seuil de son enfance et s'entend dire :

- Oui, Papa. Maurice sera un bon mari, j'en suis sûre.

- Alors, il ne nous reste plus qu'à préparer cette noce. En septembre ça irait ?

La vie suspendue un instant reprit son cours. Le cœur de Maurice s'envola, son esprit se mit à sauter des barrières comme un cabri au printemps. Quelques yeux bleus, quelques yeux bruns se remplirent de larmes, ceux de Rolande et ceux d'Adèle, ceux de Maurice aussi. On trinqua aux futurs mariés. On parla encore de la guerre puis de la ferme. Jules expliquait : les primeurs, les fruitiers, les quelques bêtes, les bonnes et les mauvaises saisons, les orages qui gâtent tout.

Maurice approuvait, questionnait et racontait Pouzol, ses hivers tellement longs, les forêts, l'élevage et les grandes foires aux bestiaux. Rolande se disait que son Jules avait adopté ce nouveau fils en peu de temps. Et Adèle attendait ! Elle attendait de se retrouver seule avec son fiancé tout neuf pour l'emmener par les chemins de son enfance et pour l'embrasser à bouche que veux-tu. Puisqu'elle l'aimait et qu'il l'aimait.

Souzy, 1931

Rolande s'échine à faire rentrer la petite main potelée de Marcel dans les cinq doigts du gant blanc. Qui a eu l'idée d'exiger cette élégance pour toute la famille ? Cela fait des jours qu'elle n'en dort plus, Rolande. Il a fallu réunir quatre robes du même tissu pour les filles et des costumes du dimanche pour le fils aîné, pour le cadet et pour son homme. Elle, elle portera sa jupe noire, trop longue et démodée et son plus beau chemisier. Pourvu qu'il lui aille encore…

Cela faisait plaisir à Adèle d'avoir ce cortège pour son mariage. Elle est la première de la fratrie à passer devant Monsieur le Maire et Monsieur le Curé. Il fallait bien célébrer convenablement l'événement. Mais quel souci grands dieux ! Rolande est heureuse malgré tout. Ce petit forgeron a l'air bien convenable. Et Adèle aura peut-être une vie plus douce que la sienne. Lorsqu'elle s'est mariée avec ce brave Jules, leur aîné se cachait déjà sous sa robe. Ensuite, il y eut encore trois enfants en quatre ans ! Puis des jumeaux, puis encore un petit qui n'a pas vécu, et enfin Marcel. De quoi s'y perdre ! Et Jules a dû s'y perdre un peu au moment de déclarer son dernier-né à la mairie. Il a oublié qu'il y avait déjà une Marcelle dans la famille ! A moins qu'il ait un peu trop arrosé cette ultime naissance…

Rolande a réussi à faire rentrer tous les doigts de Marcel dans les gants. Les sœurs sont fin prêtes, toutes de bleu vêtues, les cheveux frisottés au sucre et au papier de soie pendant la nuit, elles entourent Adèle qui rayonne dans une fluide robe blanche juste marquée à la taille. Une couronne de fleurs retient le voile posé sur ses cheveux courts, au ras des sourcils. C'est Hélène qui a mis tout son cœur et tout son talent à la confection de cette tenue. Adèle a su séduire la mère de ce fils unique. Elle a su se faire adopter comme une fille imprévue. Pendant ces mois qui ont précédé le mariage elles étaient joyeuses, complices, deux femmes liguées pour le bonheur du même homme. Adèle tourne la page de l'existence terne qui aurait pu être la sienne, dans cette grande ferme perdue dans les Monts du Lyonnais. Elle laisse volontiers à son frère et sa future belle-sœur cette vie qui ne l'attire pas, les journées sans fin auprès des bêtes et des marmots, les mains gercées par le froid, le dos cassé par les tâches, tout ce qui a fait la vie de sa mère. Elle chasse de sa conscience le remord de s'enfuir et de la laisser seule à trimer tout le jour. Non, son destin ne sera pas celui-là ! Elle est déjà ailleurs. Maurice l'attend. Il a trouvé pour eux un minuscule appartement dont elle aura la surprise dès demain. La vie est devant eux ! Elle sera belle !

Une petite foule se rassemble sur la place. Les cousins de Pouzol sont là : Marthe et son jeune époux, Alphonse et Francine toujours célibataires, Louis. Aline et Hélène. Qui est la plus émue des deux ? Aline qui a bercé ce petit ou Hélène qui l'a vu devenir un homme ? Elles se regardent et, sans parler, se devinent. « Nous avons œuvré à faire de cet enfant celui qu'il est aujourd'hui. Toutes les promesses sont tenues. Nous l'avons tellement choyé, ce garçon que la guerre a privé de père, qu'il est devenu solide comme un arbre. Ses racines sont profondes, racines de mémoire dont il n'a pas conscience mais qui vont le tenir debout pour longtemps. Regardez- le qui avance, élégant, sûr de lui, on dirait qu'il vole tant il est heureux »

C'est vrai, on dirait qu'il vole, Maurice, un grand sourire l'éclaire. Il passe saluer les uns, embrasser les autres. Julien sera son témoin. Odile n'est pas là. Oubliée Odile ! Le monde est plein de jeunes filles et même de femmes mariées qui regardent le beau Julien et qui aiment danser.

Rien ne manquera à cette noce, ni le discours du maire, ni la grand messe dans l'église de pierres blondes, ni les photos où Adèle sourit près de Maurice qui la mange des yeux, ni le repas interminable à l'auberge, ni le bal. Les petits mariés sont un peu perdus au milieu de toute cette foule. Maurice, riche de trois cousins seulement, se retrouve adoubé par une vingtaine d'oncles et de tantes et par leur descendance, sans compter les voisins et voisines de tout le canton qui passent embrasser les mariés. Il a le tournis, essaye de distinguer les rejetons de la branche maternelle de ceux de la branche paternelle, les plutôt blonds des plutôt bruns. Il tâche de faire bonne figure mais il lui tarde d'être seul avec Adèle qui passe de bras en bras et ne semble pas s'en lasser, toute à la joie d'être la reine du jour.

Un qui ne s'ennuie pas, c'est Julien ! Très chic dans son costume croisé, il danse sans faire une pause, sacrifiant même à la valse et au tango pour approcher les belles. On l'entoure pour admirer son déhanché au charleston. On l'applaudit. Rose-Marie soupire….

- Qui a bien pu me faire un fils pareil ?

- En voilà un qui ne rentrera pas tout seul ce soir ! glisse Suzanne à Louise.

- Sans doute mais pas avec nous ! Il ne nous regarde même pas. Trop vieilles pour lui !

Les petites couturières sont toujours célibataires. La rumeur dit qu'elles ont fini par se mettre en ménage ! Elles avaient pourtant placé tous leurs espoirs de rencontre dans cette fête. Mais la soirée avance sans que le moindre galant s'approche.

La nuit est tombée sur l'auberge. Il va être l'heure pour les mariés de s'en aller. Toute la noce est aux aguets. Le jeu est de leur tendre une embuscade, de leur barrer la route, de mettre en panne la voiture du maire qui s'est proposé pour les raccompagner à l'hôtel des voyageurs où ils ont réservé une chambre, d'accrocher une ribambelle de casseroles au pare-choc, enfin, d'imaginer toutes les ruses pour les empêcher de partir. On exige d'Adèle qu'elle lance son bouquet par-dessus son épaule. Celle des jeunes filles qui le ramassera est assurée de se marier dans l'année ! Les bouteilles se vident et les cerveaux s'embrument. Une bagarre éclate dehors dont les protagonistes auront oublié le motif demain. Les enfants s'endorment sur les bancs. Les grands-mères piquent du nez au côté des grands-pères bien trop rouges. La cousine Charlotte a disparu. Julien aussi. Hélène est fatiguée.

Au petit matin, Maurice et Adèle seront réveillés par une bande de cousins éméchés qui leur apporte la « rôtie » : dans un pot de chambre en porcelaine, des morceaux de pain tartinés de chocolat fondu flottent dans du champagne. Ils seront bien obligés de faire contre mauvaise fortune bon cœur et de partager avec eux le délicat breuvage. Les voici donc mariés.

Lyon, 1931/1936

Maurice entrouvre un œil. Voici deux jours que son horizon se limite aux deux rideaux de mousseline verte qui ferment l'alcôve. A sa droite l'armoire à glace ventrue. Il y aperçoit les fesses rondes d'Adèle et un fouillis de draps froissés. Elle dort la tête posée sur le bras, la bouche gonflée de tous les baisers qu'ils se sont donnés.

Passée cette fête qui leur a échappé et dont ils étaient plus les spectateurs que les acteurs, passés quelques essais brouillons et cette courte nuit à l'hôtel, ils se sont retrouvés dans le grenier que Maurice a trouvé pour loger sa belle : une cuisine minuscule et une vaste pièce en soupente éclairée par un œil de bœuf. Tout au fond, dans une pénombre quasi constante, il a installé ce grand lit, leur terrain de jeu depuis deux jours. Ils ont découvert leurs corps et les prodiges répétés qu'ils offrent à qui prend le temps de les écouter. Ils se caressent du bout des doigts cherchant chaque terminaison nerveuse propre à les réjouir. Ils jouent à s'agacer d'attentes criminelles. Ou alors, ils se ruent, ils gueulent comme des bêtes, ils s'emballent et se livrent une impudique guerre, se pourfendent, se dévorent, s'assassinent et se meurent. Ils s'essoufflent et se trempent. Ils tombent de fatigue jusqu'à recommencer.

Au matin, Adèle ouvre les yeux, quitte les rêves et revient à l'incroyable réalité de la chambre. Elle rassemble ses jambes pour crocheter Maurice. Il joue à s'en défaire. Il l'attrape à son tour, les mains remplies de ses seins haut perchés. Les voilà repartis pour l'incroyable festin des corps jamais repus.

- Quelle heure est-il ?

- L'heure de s'aimer !

- Quel jour est-on ?

- Le jour de gloire est arrivé ! Allons enfants…

- J'ai faim…

- On sort ?

- Non, pas encore.

Deux jours ainsi à s'aimer et à dormir, à se nourrir de fruits, de pain et de chocolat noir.

Ils sortent enfin, au matin du troisième jour, les corps perclus d'un excès de caresses. Adèle regarde les gens dans la rue. Elle se demande s'ils connaissent tous les tours qu'elle vient d'inventer avec Maurice. Elle se demande qui elle était avant et par quel fabuleux mystère son corps qui vivait en sourdine s'est révélé tellement puissant, tellement exigeant. Maurice qui la croyait fragile et n'osait la toucher est presque intimidé par la petite démone qu'il vient de découvrir. Pas assez intimidé toutefois pour se retenir de lui glisser la main sous la ceinture ou le corsage.

Ils s'en vont rue Montebello. C'est le fief des marchands de vaisselle. Les cadeaux de mariage sont restés à la ferme. Ils doivent acheter deux assiettes, trois casseroles, des verres, des tasses, une cafetière, un moulin à café. Ils remplissent un panier. Il leur faut de la viande, des gâteaux, du vin, du fromage, des raisins. Il leur faut du café. Les grains roulent. Torréfiés à l'instant, ils embaument la rue. Du pain chaud. Des brioches.

Un baquet ! Adèle veut un baquet ! Oui, un baquet en zinc avec un fond en bois, une baignoire en quelque sorte, où elle pourra barboter, un peu pliée en deux, mais qu'importe.

- Tu pourras me frotter le dos ! précise-t-elle.

- Ça ne se refuse pas, s'amuse le marchand.

Ils rentrent, chargés comme des ânes, et grimpent au grenier. Ce sont deux enfants un beau jour de Noël. Ils préparent un festin, déchirent le pain, mordent la viande en furieux carnassiers, boivent à la bouteille, s'arrêtent enfin, repus.

Maurice tente de régler le poste de radio sur Radio-Lyon. L'appareil trône à la place d'honneur dans la grande pièce. Posé sur une table marquetée, il a séduit Maurice à cause du bois précieux de la caisse et de la toile décorée d'ondulations et de notes de musique qui recouvrent le haut-parleur. Julien a pu obtenir un bon prix de cet appareil d'occasion qu'il venait de remettre en état. L'aiguille se déplace à la recherche de la bonne fréquence. Ils vont pouvoir écouter un concert classique puis le Journal parlé et ce soir de la musique pour danser, seuls, tous les deux dans le grenier !

Ah ! Ils vont s'arranger une jolie vie ! Ils se sentent invincibles, ils craquent aux coutures, ils renversent les tables. Ils règnent sur un domaine grand comme une cuisine et cela les contente.

Ils sont sourds aux bruits du monde.

Le 30 janvier 1933, Adolf Hitler devient chancelier du Reich. Adèle et Maurice vont s'acheter un billet de la toute nouvelle Loterie Nationale. Ils gagnent... de quoi en acheter un autre !

Le 6 février 1934, alors que Stavisky vient « d'être suicidé », l'Action française, les Croix de Feu et les Camelots du Roy manifestent dans les rues de Paris. La police évite de justesse l'invasion de la Chambre des députés. On se bat toute la nuit dans Paris, à coups de boulets de charbon, de débris de fonte, de billes d'acier et de balles de révolver, de lames de rasoir fixées au bout d'un bâton pour couper les jarrets des chevaux. On compte vingt neuf morts et un millier de blessés. Les forces de Gauche tentent de s'unir contre le fascisme. Adèle et Maurice chantent avec Albert Préjean « Amusez-vous, foutez-vous d'tout, la vie est si courte après tout, faites les cent coups, dépensez-tout, prenez la vie par le bon bout.... »

Le 16 mars 1935, le service militaire est fixé à deux ans « à titre exceptionnel jusqu'en 1939 ». Maurice s'en moque ! Son service militaire est déjà fait. Il chante avec Adèle « Tout va très bien Madame la Marquise ».

Le 14 juillet 1935, les militantes du Parti Communiste défilent tête nue et le poing levé. Hélène se dit qu'il va lui falloir fabriquer autre chose que des chapeaux.

Le 3 mai 1936, le Front Populaire remporte les législatives. Trois femmes entrent au gouvernement alors qu'elles n'ont même pas encore le droit de vote ! Devant les mairies, sur les places publiques, on chante l'Internationale, la Carmagnole et la Marseillaise. L'or et les capitaux quittent la France. Un mouvement de grève éclate. Deux millions de travailleurs cessent le travail. Adèle et Maurice aussi. Ils chantent « ça vaut mieux que d'attraper la scarlatine » et écoutent les aventures de la Famille Duraton.

Le 4 juin, la grève s'étend à tous les secteurs. On danse entre hommes dans les usines, on dort en costume-cravate dans les bureaux, les boulangers ne font plus de pain faute d'approvisionnement en mazout, les magasins ferment. Les femmes des grévistes apportent du ravitaillement et du vin pour soutenir leurs hommes. Et on chante encore, au milieu des machines arrêtées, dans ce moment de fraternité extraordinaire où se retrouvent ouvriers, employée et contremaîtres. Maurice, Adèle et Julien vont danser au Palais d'Hiver.

Le 7 juin, les accords de Matignon sont signés. La semaine de travail est ramenée à 40 heures, les congés payés sont fixés à deux semaines et les salaires augmentent de 7 à 15%. Maurice et Adèle vont s'acheter une tente canadienne, une popote, des quarts en aluminium et une carte routière du Var.

Le 17 juillet c'est le début de la guerre d'Espagne. Maurice et Adèle prennent le train pour Hyères. Les sacoches des vélos sont remplies à bloc. Ils sont fous de joie. Ils n'ont encore jamais vu la mer. Julien a promis de les rejoindre.

Lyon - Hyères, 1936

Adèle et Maurice sont assis sur la banquette en bois du wagon de troisième classe. Droite comme un i, Adèle se tord le cou pour ne rien perdre du paysage. Ils ont quitté la gare de Perrache tôt ce matin avec le billet de congés payés qui leur a été accordé avec 40% de réduction ! Les vélos sont dans le wagon de queue, les sacs à dos près d'eux avec ce qu'il faut de victuailles pour tenir la journée. C'est le temps qu'il faudra pour atteindre Toulon puis Hyères, après une correspondance.

Vienne, Valence, Montélimar, Orange, Avignon... Le Rhône s'élargit en même temps que la température s'élève dans le train. En même temps que l'impatience grandit et que les nuques deviennent douloureuses, surmenées par les secousses et les siestes incontrôlées qui relâchent les muscles et voient plonger brusquement les têtes lourdes. Le ciel est chauffé à blanc.

Des conversations s'engagent, on échange un biscuit contre un œuf dur, une cigarette contre un bonbon. On commente, on compare ces paysages nouveaux avec ceux qu'on a toujours connus. Les chemises sont trempées de sueur et les gorges sont sèches malgré les généreuses rations de vin coupé de limonade qui circulent dans les gobelets en métal. Les quarts d'heures semblent des heures et les heures s'étirent mollement. Dans les gares, la monotonie du voyage s'interrompt pour un moment. Quelques nouveaux venus s'installent et offrent une diversion, de nouvelles têtes à observer et l'étonnement de ce parler chantant qui surgit dans les bavardages.

- C'est comment la mer ? demande Adèle.

- Je ne sais pas. Au cinéma, elle est grise et elle bouge.

- Oui. Mais en vrai elle est bleue comme le ciel. Et immense.

- Un peu comme un grand pré, mais bleue. Et, à la place des vaches il y a des bateaux !

- T'es bête ! On arrive bientôt ? J'ai chaud...

- Mets ta tête sur mes genoux et dors un moment, le temps passera plus vite.

Adèle s'installe. Bientôt, Maurice n'a plus qu'à la regarder, pelotonnée, ses beaux genoux ronds ramenés contre elle. Sa poitrine soulève la robe légère au rythme de sa respiration de dormeuse. Elle est brûlante, abandonnée, les poings serrés comme ceux d'un petit enfant, un léger pli entre les yeux comme pour se concentrer sur ses rêves. Il relève une mèche sur le front moite et sourit. Elle soupire.

Soudain, la sainte Baume s'élève, sentinelle abrupte plantée sur la plaine dans son écrin de maquis. Au sortir des tunnels, dans le fracas des bielles, les yeux s'ouvrent sur un éblouissement de verdure, sur des villages perchés, sur une maisonnette et son cheval, sur une promesse bientôt tenue.

- Adèle ! Réveille-toi ! J'ai vu la mer !

Elle est bien là. Non pas bleue comme ils l'avaient imaginée, mais blanche et percée de courtes lames glacées qui accrochent le soleil en un mouvement ininterrompu.

- La mer cligne des yeux ! s'exclame Adèle, à l'orée du sommeil.

Un éclat de rire général la cueille et elle rougit. Maurice la serre contre lui.

- Elle nous fait signe, chuchote-t-il à son oreille, tandis que l'effervescence gagne les passagers.

Le wagon est plein de jeunes gens qui, comme eux, voient la mer pour la première fois. Ils s'en vont tous en vacances pour ces congés payés inespérés. On s'exclame, on trinque à Léon Blum. Les filles secouent leurs jupes à fleurs, les garçons défroissent leurs chemises et passent un peigne dans leurs cheveux. Le wagon enfle de leur enthousiasme comme une bulle prête à s'envoler par la fenêtre du train qui chante son staccato de plus en plus vite, de plus en plus gaiement. Quelqu'un soulève une fenêtre. L'iode, les pins, les cistes arrivent en bousculade, pénètrent les peaux, se glissent dans les replis des sens et enivrent chacun. Le vent ! Le vent leur apporte la mer. Elle vient à eux avant qu'il s'en approche. Elle est esprit, elle est liqueur, elle est immatérielle et pourtant tellement réelle, là sous leurs yeux trop étroits pour la contenir. Plus personne ne parle. Il suffit de respirer et c'est comme un premier bain qui leur est offert.

Le train s'arrête enfin. Après tant d'immobilité, il faut se réhabituer au mouvement, rester concentré sur les bagages, les vélos à récupérer, la bonne direction à prendre. La gare de Toulon est pleine d'une foule cosmopolite. Adèle ploie sous la charge du sac tyrolien et se cramponne à son vélo. Maurice dirige le sien d'une main et, de l'autre, il tente de la guider. Ils doivent trouver le quai d'où partira le train qui doit les conduire à Hyères. Le vacarme est assourdissant : annonces, sifflets, fracas des locomotives qui entrent dans la gare et la quittent et, par-dessus tout ça, les cris des voyageurs obligés de hurler pour se faire entendre. Des marins en goguette lorgnent les courbes de la jeune femme sous la mince robe que la sueur lui a collée au corps. Malgré le bras protecteur de Maurice, elle se sent vulnérable dans ce tumulte. Qu'adviendrait-il d'elle si elle venait à le perdre ?

Elle le sent sûr de lui, responsable de leur vie. A Lyon, dans le décor familier des rues et de leur grenier, ils partagent facilement les tâches et les décisions mais, ici, dans cette pagaille, elle n'a d'autre choix que celui de se laisser guider. Un joli supplément d'amour mêlé d'étonnement et d'admiration lui vient au cœur et lui donne du courage pour continuer. Comme une page en couleurs au livre de leur histoire. Elle sourit à cette idée, imagine le dessin d'une main sur sa nuque, imagine Maurice en train de dessiner cette main.

Les panneaux d'affichage sont enfin sous leurs yeux. Vite, il faut trouver le passage souterrain, se débrouiller pour descendre les escaliers avec les vélos, réussir à les hisser en face et déboucher enfin sur le bon quai.

- Ouf ! Ma belle, nous sommes sauvées ! s'exclame Maurice en se jetant sur un banc et en sortant son paquet de cigarettes.

- Grâce à toi, mon chevalier sans peur et sans reproche ! dit Adèle, en se jetant à son tour sur le banc.

- Oui ! Je suis invincible et, regarde, je souffle de la fumée par les narines !

- Très impressionnant ! Un dragon ! Et qui sait faire du vélo, en plus ! Je veux voir ça très vite.

- Tu vas voir ça très vite et aussi tout ce que je sais faire d'autre ! Attends un peu qu'on soit installé.

- Ouille ! J'ai peur...

- Tu peux ! dit-il en l'attrapant par la taille et en lui collant un baiser dans le cou.

Lorsque le train des Pignes arrive, ils ont eu le temps de reprendre leur souffle et d'oublier leur moment de panique. Ils s'installent et se taisent devant le paysage qui s'affiche au cadre d'une nouvelle fenêtre.

Le soleil décline. Les couleurs prennent une intensité nouvelle, plus franche, plus aisée à capturer, loin de l'éblouissement qui sature le regard. La mer n'a jamais si bien porté sa gamme bleu-marine. Les rochers explosent dans le rouge et les plages dans l'or. Les grands pins noirs habitent le haut du ciel pour dessiner des vagues jalouses de celles qui se brisent en longues langues blanches, paresseuses, indécises. Il faut du silence à cette perfection, du respect, des prières…

Ils sont saisis, les petits amoureux, hébétés et muets. Ils avaient rêvé la mer mais les couleurs, mais les parfums, mais le bruit des vagues et le souffle du vent ne peuvent s'offrir en rêves qu'aux dormeurs avertis. En ce jour de baptême, ils reçoivent la manne pour nourrir leur mémoire. Ils savent tous deux que cet instant les lie davantage que tous les serments et tous les cérémonials. Ils ne savent pas qu'un jour, il leur suffira de convoquer ces images au fond des nuits, aux égouts des malheurs, aux vrilles des souffrances pour apaiser le mal. Ils se serrent l'un contre l'autre et laissent glisser le temps.

A Hyères, le soir a emprisonné la chaleur dans les rues étroites où l'ombre a pris toute la place. Ils poussent leurs vélos. Au pied des hautes maisons roses et blondes, les grands-mères prennent le frais sur des chaises bancales. Elles regardent passer ce jeune couple et jasent en Provençal. Maurice soulève sa casquette et Adèle sourit. L'une d'elles les apostrophe :

- Eh ! où allez-vous comme ça les pitchouns ? Et vous venez d'où ?

- On vient de Lyon. On voudrait camper sur la plage…

- Ouh ! Vous voulez bivaquer ? Il vous faut aller à l'Aiguade. Au prochain crousadou vous virez à gauche.

- Ah ! Merci beaucoup, Madame.

- Et fai ti méfi les mousquitoun ! ajoute sa voisine dans un éclat de rire qui dévoile son unique dent.

L'Ayguade Hyères, 1936

Deux vélos tombent sur le sable de la plage déserte. Bientôt suivis par quatre sandales. Les rejoignent, une robe, un pantalon, une chemise, quelques sous-vêtements. Quatre pieds nus s'en vont en courant vers la mer, y pénètrent, se recroquevillent au contact de l'eau fraîche. Les petits cailloux ronds roulent sous les vagues. Les pieds s'enhardissent et avancent. Plus loin, ils retrouvent le sable fin, éprouvent, curieux, la douceur de ce sol incertain.

Maurice tient Adèle par la main et l'encourage. Elle plisse un peu le front. Tout est si nouveau. Les voici dans l'eau jusqu'à mi-cuisses.

- Maintenant le plus dur. Ton petit minou n'a pas peur de l'eau ?

- Et ton petit oiseau qu'est-ce qu'il en pense ? On dirait bien qu'il a rétréci !

- Touche pas ! Allez ! Hop ! Maintenant, tu peux t'asseoir comme dans un fauteuil ! Le fond n'est pas très loin. Tu essayes ?

- Toi, d'abord ! Montre- moi ! Tu peux me lâcher.

- D'accord, regarde.

Maurice se laisse aller en arrière, ses pieds surgissent. Il joue à agiter ses orteils et à croiser les mains derrière sa nuque puis s'allonge de tout son long sur l'eau.

- Peinard ! Comme dans mon lit ! Elle est bonne ! A toi maintenant. Je vais te soutenir la tête.

Adèle accepte de se laisser aller, les mains de Maurice en guise d'oreiller, elle se détend et apprécie cette sensation de légèreté incroyable, tellement nouvelle, tellement agréable. Elle bouge à peine les bras, agite à peine les jambes pour les ramener à la surface. Elle prend le temps de regarder le ciel.

L'oreiller est parti sans qu'elle s'en rende compte.

- Voilà ! Tu flottes mon petit bouchon !

- Non !

Vite, elle s'accroche au bras de son maître-nageur et reprend pied.

- Et si ! Tu flottes que tu le veuilles ou non ! s'exclame Maurice. Maintenant, il va falloir apprendre à bouger dans tout ce bouillon ! Admire !

Il s'élance vers le large dans un crawl impeccable. Adèle voit ses épaules qui surgissent de l'eau à intervalles réguliers et ses bras qui moulinent en cadence. Il s'éloigne trop ! Saura-t-il revenir ? On dirait bien qu'il sait nager mais tout de même…

En attendant le retour d'Ulysse, parti vers les îles d'Or, elle tente de retrouver la douce sensation de légèreté. Elle pose ses mains au fond de l'eau et laisse aller ses jambes. « C'est vrai, on dirait bien que la mer me soulève. A la rivière, avec mes frères, impossible de s'allonger sur l'eau, on manquait de place ! Et puis, elle était glacée. La mer est tiède, c'est fou ce que c'est bon.»

Soudain, un bras solide l'attrape et l'entraîne en soulevant des gerbes d'écume. Ils sont deux à flotter, à danser, à voler accrochés l'un à l'autre.

- On peut faire l'amour dans l'eau ? interroge Adèle

- Je sais pas. Ça demande réflexion ! On essaiera demain. Il serait peut-être temps qu'on installe notre chambre à l'hôtel de la plage.

- D'ac ! Je commence à avoir froid. Et si ça continue, il va faire nuit. Allez, on sort !

Ils sortent de l'eau, ruisselants, grelottants, dépècent les sacs à dos pour trouver des serviettes et des vêtements chauds puis s'attellent à monter la canadienne sous un pin. Après quelques manœuvres inutiles, quelques essais hasardeux et beaucoup de fou-rires, ils réussissent à faire tenir la tente debout, ses cordes bien tendues comme autant de pièges pour culbuter dans le sable au premier déplacement.

- On a oublié de prendre de l'eau au village !

- Il m'en reste un peu dans ma gourde. Quel menu pour ce soir ?

- Sardines en boîte, pain dur et croûtes de fromage !

- Hum ! J'ai hâte…

Maurice plante trois bougies dans le sable, installe une couverture, dispose leurs maigres provisions.

- Madame est servie !

L'horizon a disparu. La lune n'est pas encore levée. S'il n'y avait le bruit des cailloux roulés sous les vagues et la gifle qu'elles donnent au rivage en se brisant, on oublierait que la mer est à vingt pas. Ils sont dans la main de la nuit comme dans une conque gigantesque qui les abrite, percée d'étoiles de plus en plus nombreuses. Leurs souffles accordés dans le silence disent le mystère, un peu d'angoisse douce, une écharpe de crainte nouée sur leurs épaules jointes. Tellement seuls et tellement liés dans cette solitude et cette immensité, tellement sûrs l'un de l'autre pour chasser la peur et attendre le jour, deux minuscules humains revenus aux premiers jours du monde lorsqu'on ne savait pas que demain existait.

Adèle frissonne.

- On rentre ?

- On rentre !

Ils se glissent par l'ouverture de la tente et s'installent. Enroulés dans la couverture, ils s'endorment comme des enfants.

Au matin, un rayon de lumière traverse la toile. Maurice ouvre les yeux. Tout le bonheur d'être là surgit en un instant à son esprit. Il rampe vers la porte, dénoue les lacets de la tente et passe la tête dans l'ouverture.

- Adèle ! Viens voir ! Le soleil se lève !

Adèle chasse le poids du sommeil sur ses paupières et s'approche. Un soleil énorme monte derrière le cap de Brégançon, poussant la brume matinale.

Ensuite, tout va très vite. La mer reprend des couleurs, les pins frémissent, une cigale s'éveille suivie par d'autres, les parfums montent dans l'air qui se réchauffe. Il est l'heure de s'embrasser et plus encore, de passer un short et une chemisette et de pédaler jusqu'au village pour trouver une terrasse où boire un café et manger un croissant. Il est l'heure du marché débordant de tomates, d'aubergines à griller, de melons, de poissons, de pêches et d'abricots. Il est l'heure de retrouver la mer et d'apprendre à nager, de sécher au soleil, de se rincer d'eau fraîche sous la réserve d'eau accrochée dans le pin. Il sera bientôt l'heure de se terrer à l'ombre puis de recommencer.

Chaque jour se ressemble et c'est tout ce qu'ils veulent. Leurs peaux se cuivrent et se salent. Ils en aiment le goût et ne s'en privent pas. Ils s'en vont à la fraîche, grimpent à Bormes, découvrent des mets nouveaux sous les platanes, au café de la Place : pissaladière et aïolis, le pistou, la fougasse comme autant d'aventures. Ils parcourent les routes, grimpent des cols en râlant puis descendent, trop vite, vers la mer dont le bleu les étonne encore. Ils longent les rochers en s'écorchant les pieds, ils découvrent des criques, se baignent nus. Ils allument des feux dans des cercles de pierres, font griller des poissons, boivent du vin rosé.

Adèle est dorée. Ses cheveux ont repoussé. Son corps s'est arrondi. Elle est belle. Maurice se repait de son image lorsqu'elle sort de l'eau ou lorsqu'elle s'allonge au soleil sur le sable blanc.

Ils sont presque seuls sur « leur » plage. Parfois, ils aperçoivent des nageurs au loin ou un feu dans la nuit.

Les villageois regardent avec étonnement et méfiance ces « étrangers » vêtus trop légèrement. Ils se demandent comment ils peuvent survivre en plein soleil avec si peu d'eau fraîche mais ils leur vendent volontiers fruits et légumes à « prix d'amis ». Et si on ne répond pas toujours à leurs bonjours, on doit reconnaître qu'ils n'en sont pas avares. Toute cette faune n'a décidément rien à voir avec la clientèle habituelle mais, finalement, elle apporte un peu de piment à la saison. Les riches estivantes y trouvent leur compte lorsqu'elles glissent des regards connaisseurs vers les muscles des garçons pendant que ces messieurs en canotiers lorgnent les cuisses des filles. Un frisson d'aventure les saisit lorsqu'ils s'encanaillent le soir, dans les guinguettes des plages, à se trémousser comme des roturiers sur de la musique de jazz. Cet été 36 est décidément bien étrange…

Un jour, la chaleur se fait plus lourde, le ciel est noir à midi, les vagues enflent comme de grosses bêtes en colère. Adèle et Maurice sont assis au bord de la tente et regardent ce spectacle nouveau. La toile claque sous les assauts du vent. Un grondement sourd roule. Venu de partout, ininterrompu, né des collines et happé par la mer. Des éclairs zèbrent le ciel, au loin, puis de plus en plus près. Enfin, après un moment de calme menteur, l'orage se déchaîne. Les pins se tordent sous les bourrasques et la pluie tombe en paquets furibonds tandis que les coups de tonnerre assourdissants déchirent l'air. Le double-toit de la tente est vite trempé mais, par bonheur, le sable absorbe rapidement l'eau et l'intérieur reste sec. Adèle et Maurice rabattent la toile sur l'ouverture et se réfugient vers le fond en attendant la fin de la fête !

- C'est le Bon Dieu qui joue aux boules ! déclare Adèle.

- Oui, avec le Petit Jésus ! complète Maurice.

- Et, bing ! Un carreau !

- Et, bang, le cochonnet dehors !

- Je me demande qui va gagner ?

- Et moi, j'embrasserais bien Fanny en attendant !

- Attends un peu ! La partie n'est pas terminée.

- Ça ne saurait tarder…

En effet, l'orage cesse bientôt. Les roulements de tambour s'éloignent, la pluie ralentit, le pin s'ébroue sous un dernier coup de vent. Malgré le calme revenu, la plage est méconnaissable, jonchée de brindilles et d'algues. Des rigoles d'eau de pluie descendent vers la mer en creusant des sillons. La chaleur étouffante a fait place à un petit temps frisquet.

C'est le moment que choisit Julien pour faire son apparition. Trempé comme une soupe, courbé sous un sac à dos.

- C'est ça que tu appelles le paradis terrestre ? interroge-t-il. C'est bien cc que tu m'as écrit ?

- Désolé, mon vieux, je ne commande pas la météo ! D'où viens-tu comme ça ?

- De Lyon, pardi, en passant par Hyères. Une vieille édentée m'a dit qu'il y avait deux Lyonnais par là.

- Epatant ! Tu as fait la bonne rencontre. Bienvenue à l'Hôtel de la plage ! Mille étoiles dès ce soir…

- Ouais, ou mille gouttes d'eau ! A voir…

- Non, c'est bon, l'orage est passé.

Adèle ne peut s'empêcher de rire à la vue de cet épouvantail dégoulinant.

- On va t'aider à monter ta tente. Tu pourras te changer.

- Tente ? Quelle tente ?

- Tu n'as pas de toile de tente ?

- Non, pour quoi faire ? Mais, j'ai mieux !

Julien ouvre son sac. Il en sort une corde à sauter, un ballon, un costume de bain, deux chemises, une bouteille d'alcool de prune, un saucisson, un jeu de cartes, un jeu de dés, un harmonica et… un hamac.

- J'ai pensé qu'il y aurait des arbres pour l'accrocher.

- Yen a ! C'est de la chance !

Dès lors, les vacances vont prendre un autre tour.

Pendant la journée, Adèle s'approprie le hamac où elle retrouve l'odeur de nuit de Julien. Elle les regarde tous deux. Ils sont beaux lorsqu'ils courent à la lisière des vagues, leurs longues jambes en cavale, beaux lorsqu'ils s'élancent en multipliant les roues et les sauts carpés, beaux lorsqu'ils plongent sous la vague et en ressortent pour s'élancer au large en baratant l'écume, beaux lorsqu'ils sortent de l'eau. Julien secoue sa crinière blonde en jetant sur le ciel des confettis de lumière. Maurice passe sa main dans ses cheveux et Adèle a aussitôt envie de cette main dans ses propres cheveux.

Elle les rejoint pour des parties de volley sans filet, pour des concours de saut à la corde, pour se laisser jeter à l'eau sans crainte, pour qu'on la repêche et qu'on la noie encore. Pour être folle et libre dans un corps triomphant.

Au soir, las du chahut et heureux de retrouver l'ombre, ils allument un feu, boivent de l'alcool de prunes. La nuit revient, douce à leurs peaux recuites, complice aux gestes tendres. Julien embrasse son harmonica à pleine bouche en regardant Adèle. Maurice effleure son sein. Adèle ferme les yeux. Ils chantent :

Sur la plage l'on entend les flots

Qui se brisent comme des sanglots

Tout respire par ce soir d'été

Les délices de volupté

Pourquoi lutter contre le désir

Et laisser ce cher moment s'enfuir

Nous aimer ce serait doux

Attendre ce serait fou.

Lyon, 1936

Le dernier soir arriva, avec ce qu'il fallait de nostalgie, de feu de bois, d'agapes et de rires. Ils savaient tous les trois que ce qu'ils venaient de vivre était des instants suspendus, que rien ne ressemblerait plus à cette liberté. Ils savaient aussi qu'ils resteraient riches de ces deux semaines, que ce viatique bleu leur appartenait pour toujours..

Adèle, les jambes repliées sous le menton, les bras crochetés, caressait sa mélancolie à petits mouvements. Maurice la prit dans ses bras pour mieux la bercer. L'harmonica de Julien jouait au loin.

- Maurice…

- Oui, ma belle…

- Je crois que j'attends un enfant.

Longtemps après, Maurice, en se souvenant de cet instant, se demanderait comment un seul cerveau pouvait, en aussi peu de temps, envisager autant de choses à la fois : l'image du feu de bois, son parfum, la plainte de l'harmonica et toutes ces pensées qui se mirent à courir dans sa tête comme les vagues le long de la plage, se fixèrent dans sa mémoire y laissant la trace d'une étoile filante dans leur ciel d'été.

Il vit Adèle, son ventre joli tout rempli de vie, il vit sa propre mère qui souriait un enfant dans les bras, il vit Aline émue aux larmes, il vit le grenier où ils devraient trouver la place pour un berceau, il vit Julien en parrain. Enfin, il se vit, se souvint qu'il n'avait pas eu de père, se demanda comment il pourrait le devenir et sut immédiatement qu'il saurait. Et oublia de répondre.

- Maurice…tu n'en veux pas, c'est ça ?

- Adèle ! Non ! Oui ! Je t'aime. Oui, mille fois oui, je le veux ton petit.

- Le tien !

- Oui, le mien, le tien, le nôtre. Quand sera-t-il là ?

- Patience mon amour ! Pas avant la fin de l'hiver.

- Ah… Le temps va me sembler long. Je vais lui forger un lit de Prince avec un baldaquin. Tu verras. Et Aline brodera les draps et...

- Hé, doucement, Prince ou Princesse on ne sait pas.

- Ah ! Oui, c'est vrai mais à une princesse, une brunette comme toi, il lui faut aussi un lit.

Le feu continuait à crépiter, la mer continuait à rouler ses galets, la lune continuait à les regarder de ses gros yeux bêtes et, pourtant, tout venait de changer. Maurice avait envie de courir annoncer la nouvelle au ciel, aux vagues, au vent, à Julien mais Adèle le retint.

- Gardons encore un peu notre secret, veux-tu ?

- Oui, tu as raison, gardons notre secret et allons dormir. Tous les trois…

Adèle sourit et sentit le gros poids qui pesait sur son cœur depuis plusieurs jours qui s'envolait tel un ballon au clair de lune et qui disparaissait avalé par la nuit. Elle s'autorisa à penser à cet enfant qui flottait incertain quelque part sous la peau encore bien tendue de son ventre. Elle le dessina tout rond, tout chaud, accroché à son sein, avec son odeur de petit animal et elle posa sa bouche contre le crâne chauve pour respirer sa vie. Elle pensa aussi à sa mère, à toutes ces grossesses imposées, à tous ces accouchements où on l'entendait hurler dans la chambre de la ferme. Elle tenta d'apprivoiser ses craintes, celle de ne pas pouvoir supporter la douleur, celle de perdre son enfant, celle de ne pas savoir l'aimer. Elle se dit qu'elle l'aimait déjà, se serra plus fort contre Maurice qui avait posé sa main là où tout avait commencé et s'endormit.

Au matin, il fallut plier la couverture, plier la tente, faire rentrer dans les sacs et dans les sacoches tout le matériel, plus les coquillages, plus le bouquet d'immortelles à odeur de poivre, moins les livres déjà lus dont on a fait cadeau à Julien qui s'activait lui-aussi, hamac, chemises, jeu de cartes, harmonica…La bouteille de prune était vide. Elle pouvait rester là et le ballon aussi.

- Je file devant, je suis à pied. A tout à l'heure à la gare.

- Vas-y. On arrive.

Tout est rangé. Maurice et Adèle s'approche une dernière fois des vagues. Ils s'embrassent. Dans ce baiser se mêlent le sel de la mer et le sucre du lait, le regret de partir et l'espoir de l'enfant.

- On reviendra avec lui, mon amour ?

- On reviendra, promis, on reviendra avec elle ! Je fabriquerai une remorque à accrocher à mon vélo. Allez, en route et fais attention à toi !

Hyères, Toulon, les banquettes de bois, il faut refaire le chemin à l'envers mais ces deux semaines de liberté les ont aguerris. La foule bigarrée, les annonces, les changements de quai n'ont plus de secrets pour eux. Ils se faufilent sans peine dans les couloirs ventés et s'installent enfin dans le train pour Lyon. Adèle est lasse. Elle somnole longuement tandis que les garçons jouent au 421. A l'approche de Lyon, le ciel se plombe de lueurs d'orage.

C'est en arrivant sur le quai, à Perrache, qu'elle sent une douleur fulgurante lui traverser le corps en même temps qu'une rigole de sang glisse le long de sa cuisse. Tout à coup, ses jambes ne la soutiennent plus, tout son corps est vide d'énergie. Elle s'accroche à Maurice et gémit :

- Maurice, il y a quelque chose qui ne va pas. Asseyons-nous un moment.

- Julien ! Hé Julien ! On s'arrête…crie Maurice.

Julien qui marchait devant en poussant le vélo d'Adèle, fait demi-tour.

- Que se passe-t-il ?

- C'est Adèle qui se sent mal.

- Adèle ? C'est le voyage qui t'a fatiguée ? Tu veux un sucre ? De la limonade ?

- Non, non, ce n'est pas le voyage…Je crois…C'est le bébé…

- Le bébé ? Quel bébé ? Où y a-t-il un bébé ?

- Julien, Adèle est enceinte. On voulait te le dire plus tard …

- Merde alors ! Et ça ne va pas ? Qu'est-ce qu'on fait ?

- Reposons-nous un moment, murmure Adèle. Ça va passer.

Ils sont assis de chaque côté de la jeune femme, désemparés par ce souffle court et ce teint gris qui masque son bronzage. Julien est muet, sous le coup de la nouvelle et Maurice se demande que faire de plus utile que de lui tapoter la main. Des centaines de jambes passent devant leurs yeux sans que personne ne s'arrête pour leur venir en aide.

Adèle tente de se redresser malgré les coups de poignards qui lui déchirent les reins. Elle essuie le serpent rouge qui s'est faufilé jusqu'à sa chaussure et glisse une serviette dans sa culotte.

- Je crois qu'il faut que j'aille à l'hôpital, murmure-t-elle.

- A l'Hôtel Dieu ? Oui, ce n'est pas loin. Tu pourras marcher ?

- Oui, ça va aller.

- Je m'occupe de ton vélo, dit Julien. Donne-moi aussi ton sac.

Ils quittent la gare, traversent la place Carnot et s'engagent dans la rue Victor Hugo.

Drôle d'équipage : Adèle pliée en deux, les mains sur le ventre comme s'il y avait encore quelque chose à sauver à l'intérieur, Maurice qui s'interdit de penser à autre chose qu'à guider son vélo surchargé d'une main et à soutenir Adèle de l'autre, Julien qui préfère les précéder pour ne rien voir de leur désarroi mais qui ne les abandonnerait pour rien au monde et qui rumine des questions sans réponses…Le chemin est long jusqu'à la porte de l'Hôtel-Dieu. Sous un ciel opaque, dans la lourde chaleur du début du mois d'août, ils forment un misérable petit bloc perdu dans la ville. Comme des pierres chauffées au soleil et jetées dans l'eau glacée, ils entrevoient le malheur qu'ils ne connaissaient pas, toute la déception et la souffrance qui les éloignent du soleil qui était le leur il y a si peu de temps.

Ils passent sous le porche de pierre, longent les arcades de la galerie et se présentent à la loge de l'accueil.

Adèle n'oubliera jamais le visage de la bonne sœur qui va la pousser sur un chariot le long des couloirs de l'hôpital. Elle n'oubliera ni les sourcils épais sur le regard d'un bleu de glacier, ni l'ombre de moustache sur les lèvres serrées, ni la largeur de la cornette qui volait au vent de sa marche rapide et l'odeur âcre qui se dégageait de la lourde robe noire, ni le bruit du chapelet qui battait contre le brancard. Elle n'oubliera pas le flot ininterrompu de paroles malsaines, les insultes et les sortilèges que lançait cette sorcière déguisée en sainte femme.

- Dieu vous regarde ! Dieu vous juge ! Vous avez fait mourir ce que Dieu a créé. Vous êtes en état de péché mortel. Dieu vous punira. Deux hommes en plus ! Petite traînée... Dieu vous regarde ! Dieu vous juge ! Dieu vous punira !

Adèle tente de répondre puis décide d'être sourde, de rassembler le peu de dignité qu'il lui reste en serrant sa robe autour d'elle. Elle tremble et grelotte malgré la chaleur. Le torrent de mots qui s'abat sur elle ne lui laisse pas la place pour une réponse. La vieille la pousse sans ménagements dans une salle aux murs jaunes violemment éclairée. Elle lui remonte les jambes, l'écartèle et glisse une cuvette froide sous ses fesses. Un homme arrive pour fouiller son corps. Il appuie de tout son poids sur son ventre et, s'en est fait, de son enfant. Il va tomber sur l'émail blanc et ne vivra jamais. Il y aura encore ce curetage à vif qui la fera hurler, du sang, encore du sang et ce fut tout.

Lyon, 1936/1938

Jamais plus un enfant ne tiendra au ventre d'Adèle. Maurice aura beau la bercer, la réchauffer, soir après soir, enclose dans ses bras comme dans un nid de feuilles, il aura beau l'aimer de toute sa tendresse, attendre qu'elle guérisse, lui écrire des poèmes, elle restera celle qu'on a écartelée, petite poupée cassée qui fait encore semblant de marcher droit pour continuer à vivre.

Ils reprennent leurs habitudes, la forge, la poste, le grenier...Hélène les entoure de son affection, cuisine des desserts qu'elle leur livre le soir. Elle traverse la Place Guichard, rejoint la Rue Paul Bert, arrive rue des Trois Rois et grimpe au grenier avec son sac en toile cirée noir d'où elle sort un gâteau roulé débordant de confiture de framboise ou des chaussons aux pommes.

Hélène, riche d'un seul garçon dont elle n'a pas connu la petite enfance, partage, mois après mois, la déception de la jeune femme. Elle en rêve, elle aussi, de cet enfant à chérir et elle souffre de voir son fils triste et désemparé.

Tout le sucre des gâteaux fond avec leur amour.

Quant à Rolande, elle ne comprend pas la tristesse d'Adèle. Il lui a été si aisé de fabriquer tous ses enfants qu'elle n'imagine pas qu'on puisse avoir des difficultés à « tomber enceinte ». Encore moins s'il s'agit de sa propre fille ! Pour elle, la maternité allait de soi, comme le printemps succède à l'hiver. Elever tous ces mômes ne posait guère plus de problèmes. Torcher, nourrir, talocher, débarbouiller n'était qu'une partie des tâches qui occupaient ses journées. Les enfants poussaient comme les arbres au verger et allaient donner des fruits à leur tour. Sans qu'on y prenne garde.

Elle se souvient cependant du jour où elle a à peine entraperçu un minuscule nouveau-né aux lèvres violettes et de son désarroi devant cet évènement inattendu. Elle se souvient de ses seins gonflés comme des outres d'un lait inutile et du vilain moment où il avait fallu porter en terre ce fruit étrange qui avait mûri dans son ventre. Mais elle avait gardé sa peine pour elle et, quelques mois plus tard, elle était à nouveau enceinte. Pas de quoi en faire une histoire !

Elle console Adèle à sa façon.

- Laisse faire la nature ! Ça viendra bien quand ça voudra ! Profite donc de la vie ! Les mioches c'est bien mais on doit pouvoir vivre sans…Moi…

Elle s'interrompt, ne sachant pas bien imaginer ce qu'aurait pu être sa vie sans enfants. D'ailleurs, elle va bientôt être grand-mère. Sa récente belle-fille attend un enfant qui viendra comme les autres s'accrocher à ses jupes. Alors, les larmes d'Adèle…

Et Julien ? Julien, il se cache, il se terre, loin de la rue des Trois Rois. Cette nuit passée sur le banc de la cour de l'Hôtel Dieu a sonné la fin de son insouciance. Il ne peut oublier la petite figure chiffonnée d'Adèle au moment où elle les quittait, ses mains crispées sur son ventre douloureux. Il aurait voulu lui prodiguer les mêmes caresses que Maurice, essuyer son front mais il n'en avait pas le droit. Lui qui, quelques jours avant, l'attrapait aux hanches pour la culbuter dans l'eau tiède, qui, à l'occasion, apercevait un sein ou frôlait sa cuisse ferme, n'osait plus la toucher. La camarade des jeux innocents était devenue lourde d'un destin de femme. Et Julien, malgré ses conquêtes faciles, ne connaissait rien aux problèmes de femmes et, sans oser se l'avouer, n'avait pas du tout envie d'en savoir davantage. Cela fait plus d'un an que Maurice et Adèle sont sans nouvelles de lui et qu'ils ne cherchent pas à le revoir. Comme si sa présence allait rallumer les souvenirs trop ensoleillés d'une joie perdue.

En décembre 1937, à l'approche du Nouvel An, Adèle a décidé de s'amuser. Elle court les magasins avec Hélène, choisit un jersey rouge pour une nouvelle robe qu'elle veut près du corps et décolletée ! Elle s'achète un manteau sublime, garni d'épaulettes et cintré à la taille. Hélène invente pour elle un très petit chapeau à fixer sur ses cheveux bouclés grâce à une « permanente ». Elle se maquille, se parfume, passe des bas fins dont la couture souligne le galbe des mollets. Elle se perche sur des chaussures à talons. Maurice est ébloui ! Et intimidé !

Pour faire bonne figure, il s'est fait faire un costume chez le tailleur juif de la rue Paul Bert. Le pantalon d'un gris anthracite tombe admirablement sur ses chaussures du meilleur cuir. La veste l'avantage, élargit ses épaules. Adèle repasse sa chemise blanche et lui offre des boutons de manchettes.

C'est décidé ! Ils vont tout oublier en ce soir de la Saint Sylvestre. Le Palais d'Hiver est illuminé de centaines de guirlandes électriques. Les nombreuses tables, nappées de blanc, décorées de fleurs et de bougeoirs qui mettent en valeur la vaisselle fine, laissent un espace suffisant pour danser devant la scène. A leur arrivée, l'orchestre joue déjà. Adèle a le cœur qui bat au rythme du swing. Bientôt les cuivres jetteront des éclats de lumière dorée et de notes chaudes. Il y aura des danseurs de claquettes, des démonstrations d'acrobatie, une contorsionniste, un chansonnier, des chansons d'amour, du champagne et des cotillons à minuit.

Les convives quittent les tables et se regroupent devant la scène où un nouvel orchestre a pris place. C'est une série de valses. Maurice enlace Adèle. Il sent son cœur qui bat tout contre le sien. Ventre chaud contre ventre chaud, robe rouge contre chemise blanche, ils s'en vont au rythme de la musique. Leurs quatre pieds savants connaissent la parfaite harmonie de la valse à trois temps. Ils se jouent des embûches, épousent la musique et tournent encore et encore autour de la piste. D'autres couples les frôlent, aussi appliqués qu'eux, à jouir de l'instant. La lumière s'accroche sur un bijou, sur une chevelure, au creux d'une épaule dénudée... Les souffles se mêlent sans un instant pour des paroles ou un baiser.

Soudain, Maurice reçoit l'éclair d'une ampoule électrique dans la pupille. Sans qu'il comprenne pourquoi, cet éclair fait naître d'autres images, en surimpression sur les images de la fête. Il essaie de les chasser, de se concentrer sur la beauté d'Adèle, sur son front qui se couvre de fines gouttelettes comme pendant l'amour, sur son parfum exalté par la chaleur. Il serre plus fort sa taille, sous le jersey rouge. Elle est prête à s'envoler... Robe rouge, lumière jaune, robe rouge, lumière jaune...

Les images reviennent à chaque tour de valse lorsque ses yeux rencontrent la lumière de l'ampoule. Il devrait fermer les yeux mais les images sont têtues. Robe rouge, lumière jaune, robe rouge, lumière jaune... Il devrait embrasser Adèle, s'envoler avec elle comme dans ce tableau de Chagall où des amoureux flottent au-dessus de la ville. Il devrait partir faire l'amour avec elle, là, tout de suite. Robe rouge, lumière jaune... Et les images. Pourquoi les images ? Encore un tour et elles s'effaceront, elles le laisseront vivre l'insouciance et la joie de cet instant. Mais plus il tourne, plus la musique impose sa cadence, plus les images vues ici ou là, dans les journaux, aux actualités avant les films, d'autres imaginées peut-être, plus il tourne, plus les images terribles surgissent de sa mémoire :

Guernica écrasée sous les bombes au phosphore, un jour de marché pendant trois longues heures. Le vacarme, le silence. Des milliers de morts et de blessés, des ventres ouverts, des chevaux, des femmes, des enfants, un nouveau-né accroché à un sein vide. L'incendie qui gagne toute la ville.

Le feu qui a brûlé les toiles de « l'Art dégénéré » et celui qui a brûlé les livres jugés contraires à « l'esprit allemand ».

Léon Blum gisant sur la chaussée, agressé par les Camelots du Roi.

Hitler haranguant les foules dans cette langue allemande qu'il rend nauséabonde. Il le voit remettant l'insigne d'or du Parti Nazi à Mussolini. Il voit tout cela, Maurice, malgré la robe rouge ou à cause d'elle peut-être. A cause de cette année 37 qui se termine et de la corde qui se noue autour de son cou alors qu'il est perché sur la falaise d'une nouvelle année. S'il tombait maintenant, le nœud se resserrerait sur sa gorge et Adèle...

Adèle, concentrée sur son ventre qui saigne chaque mois, n'a rien vu ou n'a pas voulu voir. Elle croit aux hommes intègres et fraternels, au récit palpitant de la Grande Illusion, à Gabin, à Fresnay, à l'amitié qui abolit les frontières entre les hommes qu'ils soient Juifs ou Chrétiens, Français ou Allemands. Elle chante « Un jour, mon Prince viendra » et « Fleur Bleue ». Elle se tient debout et vivante, tellement vivante. Lumière jaune, robe rouge, la valse s'achève. Ils se jettent sur leurs chaises et remplissent leurs verres.

Paso-doble, tango, java, fox-trot. Maurice est un peu gris. Adèle danse pieds-nus. Leur jeunesse les reprend sous son aile. On est déjà demain.

Ils vont aller embrasser Hélène en faisant semblant de ne pas voir le journal qu'elle cache lorsqu'ils poussent sa porte ni la fêlure de sa voix pour leur souhaiter une bonne année. Ils vont aller embrasser la tribu d'Adèle, leur petit neveu né il y a une semaine, « un petit Jésus » dit Rolande, les yeux mouillés.

Il aura à peine quatre mois lorsque 99% des Autrichiens accepteront de se ranger aux côtés d'Hitler sous la bannière à croix gammée. Tout juste 7 mois, lorsque la mobilisation générale sera décrétée en Allemagne. En novembre, ce sera la Nuit de Cristal : plus de deux cents synagogues brûlées, près de huit mille magasins juifs pillés, trente cinq mille juifs déportés dans les camps de concentration, une centaine exécutés.

Heureusement, le 6 décembre 1938 un traité de bonne entente est signé à Paris entre les Français et les Allemands. On peut continuer à chanter !

Pouzol, 1939

Le temps est radieux sur Pouzol en ce mois de juillet 1939. Le soleil a séché les foins. Une légère brise participe aux efforts des faneurs pour aérer les rangs en attente d'être mis en meules. A chaque coup de râteau, s'envolent des nuées de brindilles d'or et un parfum sucré qui rend fou les insectes et les gens.

Maurice a voulu faire découvrir à Adèle son village en été. Elle a revêtu la blouse en coton fleuri des paysannes et a noué un foulard sur sa nuque comme le lui a montré Francine. Maurice, torse nu, retrouve les gestes de son enfance, la morsure du soleil sur la peau, le vin clair coupé d'eau qu'on boit à la pause. Aline est heureuse de retrouver son « petit ». La forge a modelé son corps. Elle ne se lasse pas d'observer sa silhouette solide et ses mouvements déliés. Elle se repait de son rire et de ses mots pour Adèle. Elle est un peu frêle cette brunette, un peu hésitante parmi ces gens inconnus. Son nez a rougi et des tâches de rousseur grêlent son visage mais elle tente de faire bonne figure et participe aux travaux des champs sans rechigner. Aline observe tout son monde, veille aux repas, multiplie les régals de tourtes et de pâtés. Hélène est là, elle aussi, heureuse de retrouver les odeurs des sapins, du lait caillé et de l'étable, contente d'être utile, elle qui se sent parfois un peu vieille et délaissée à Lyon. Ses amies Louise et Suzanne sont parties tenter leur chance aux Etats-Unis !

Alphonse vient de s'installer à Sassac, un hameau voisin, avec sa jeune femme Léontine et le petit Louis qui vient de naître. Mais au moment des foins, tout le monde se retrouve. Le soir, il y a dix ou douze convives autour de la table. On fait honneur au repas en évoquant la besogne du jour et celle à venir.

Personne ne parle de la guerre. Pourtant, à l'heure dite, les hommes se regroupent autour du poste de radio pour écouter les informations. Depuis des mois, des noms de pays dont on avait oublié l'existence circulent sur les ondes. La Tchécoslovaquie leur paraît bien lointaine. Comment s'émouvoir de sa disparition ? La Pologne, la Russie et tous ces messieurs qui négocient des alliances ou profèrent des menaces n'ont pas de véritables contours. La guerre civile a cessé en Espagne. Un général qui porte l'honnête nom de Franco est au pouvoir. Est-ce un bien ?

L'Albanie, la Lituanie, la Roumanie, les Sudètes… Comment savoir ce qui sortira de cet imbroglio de puissances alliées ou ennemies ? Et les Anglais ? Et les Italiens ? Amis ou ennemis ? Même les Etats-Unis s'en mêlent. On parle aussi de la Chine et du Japon. Comment comprendre et comment deviner ce qui va se passer ici, alors que le soir tombe, que les grillons ont rempli l'obscurité de leurs stridulations et que le parfum des foins monte dans l'air frais de la nuit, imprégnant chaque pore de chaque peau recuite au soleil.

Les vociférations d'Hitler les mettent mal à l'aise. Rien de bon ne peut venir d'Allemagne, de ça, au moins, on en est sûr. Et toutes ces histoires qui circulent sur les Juifs, la confiscation de leurs biens, l'interdiction qui leur est faite de devenir propriétaire, les saccages. Tout cela parle à ces paysans amoureux de leurs terres et soigneux de leur héritage.

- Pourquoi les Juifs ? demande Alphonse.

- Ils ont tué le Christ, marmonne la Grand-mère.

- Balivernes ! s'exclame Maurice. C'est surtout parce qu'Hitler a besoin d'or pour fabriquer des armes et les Juifs sont riches !

- Tu en connais toi des Juifs ? interroge Francine.

- Oui, un ou deux. Mon tailleur, le coutelier Bishoff sur la Place Voltaire.

- Ils sont riches ?

- Oui, non, je ne sais pas. Pas plus que le boucher ou la crémière. Des commerçants, quoi.

- C'est pas une raison pour aller casser leurs vitrines !

- C'est vrai. Mais en France, ils ne risquent rien. On n'est pas en Allemagne.

- Grâce à Dieu ! ajoute la Grand-mère en se signant.

- Grâce à nos hommes surtout, murmure Hélène.

Les regards se portent vers elle. Elle est bien droite dans sa robe noire. Elle n'a cessé de porter le deuil depuis plus de vingt ans. Tous les jours, elle se souvient en revêtant ses tenues sombres du dernier baiser que Jacques lui a donné. Tous les jours elle reçoit son manque comme un creux dans le cœur. Comme un cadeau aussi. Tous les jours elle cultive ce manque comme la seule chose qui lui reste de lui.

On n'entend plus les grillons, seulement le balancier de l'horloge. Et aussi, une armée de petites souris qui s'insinuent dans les cerveaux. Qui galopent et frappent de leurs pattes menues les imaginations de tous. Qui grignotent l'insouciance, le déni, l'ignorance. Qui mettent en miettes l'idée que la guerre est loin, qu'elle est pour les autres, qu'elle n'arrivera pas ici, qu'il suffit de faire les foins au soleil pour s'en protéger. Et dans cet amas de miettes, chacun voit les départs, les séparations, la violence et la perte des êtres aimés. Aline regarde Hélène qui regarde Maurice qui regarde Adèle qui serre ses mains sur son ventre. Il leur faudrait se lever, se prendre dans les bras, se faire buisson de chair pour repousser l'angoisse qui les brûle mais ils ne bougent pas, tétanisés par la peur et par la soudaineté de cette noire communion.

Oui, c'est ce soir là que chacun a laissé pénétrer en soi l'idée qu'on voulait écarter, l'idée que tout allait recommencer.

Maurice, dans sa chambre d'enfant, a pris Adèle dans ses bras. Il caresse ses cheveux et embrasse ses yeux fermés.

- Il va y avoir la guerre ? demande-t-elle. Tu vas partir ?

- Comment savoir ? Il me faudra bien obéir aux ordres. Rien n'est sûr. Viens, allons dormir. Ne t'inquiète pas, notre armée est la première du monde !

Ils sont serrés dans le noir, sans bouger. Le lit étroit leur suffit. Ils éprouvent chaque centimètre de leurs corps et ne dorment pas. Il leur faut se souvenir de tout, de chaque creux, du souffle, des mains, du front. Pas de larmes. Juste un temps suspendu qui ne pourra leur être volé, juste un semblant d'espoir accroché à leur crainte.

Le 1er septembre l'armée allemande pénètre en Pologne. Le 2 septembre c'est la mobilisation générale en France et le 3 la guerre est déclarée.

Narbéfontaine, 1939

Le 15 septembre 1939

Mon petit Amour,

Me voici donc à la guerre. Si je n'avais pas les habits militaires mais mon short et mes espadrilles, je me croirais en vacances à Pouzol. Je n'ai pas encore tiré un seul coup de fusil. Nous entendons plutôt les oiseaux et les vaches qui meuglent. Le village est désert. Tous les habitants ont été évacués. Nous avons dû les aider à monter dans les camions pour rejoindre la gare. On nous a dit qu'ils partaient dans le sud de la France. C'était bien triste de voir toutes ces femmes avec leurs enfants, les vieux chargés de ballots qui s'en allaient en laissant leurs maisons et leurs bêtes. Depuis, il nous faut bien nous en occuper. J'ai été désigné pour traire les vaches ! Un sacré boulot ! On ne sait pas quoi faire de tout ce lait. Dans la section, il y a un gars qui était boucher dans le civil. Il ne manque pas d'occupations non plus. A nous les entrecôtes ! Nous avons aussi adopté un chien qui s'intéressait à nos restes.

Je me demande ce que je fais là alors que tu es toute seule à Lyon. J'espère que tu vas bien et que tu t'ennuies beaucoup de moi comme je m'ennuie de toi. Je t'embrasse de partout ma chaude petite caille.

Donne des nouvelles à ma mère. Je n'ai pas le temps de lui écrire aujourd'hui. Il faut que j'aille voir « mes » vaches !

Ton Momo qui t'aime

Lyon le 20 septembre

Mon grand amour,

Ça alors ! Me quitter pour t'en aller traire les vaches en Moselle, on aura tout vu ! J'espère que c'est le signe que cette guerre n'aura pas lieu et que tu reviendras vite.

Ici, rien de bien nouveau. J'ai appris que ton cousin Alphonse avait été mobilisé lui aussi. Et qui va traire ses vaches ? Le monde est fou…

Ta Maman va bien. Tes nouvelles l'ont rassurée. Ecris-nous vite. On lit le journal ensemble et on essaye de rester optimiste.

Je t'embrasse bien fort. Ta petite caille chaude. Adèle.

Bazoncourt le 3 octobre 1939

Ma belle,

Me voici déménagé. On dirait bien qu'on recule sans s'être jamais battu. On voit de temps en temps passer des avions et c'est tout. Je crois que personne ne comprend ce qui se passe. Le confort ici n'est pas excellent. Je dors dans la paille. Ça gratte ! Si au moins tu étais là, on pourrait se rouler là-dedans pour rigoler. Plus de vaches mais encore des poules et des lapins. On en a zigouillé deux ou trois ce matin pour améliorer l'ordinaire. Pour occuper les journées, nos chefs nous font marcher. Les forêts commencent à être magnifiques en ce début d'automne. Je n'imaginais pas la guerre comme ça. C'est une drôle de guerre !

Il y en a qui parle de permissions. Si seulement je pouvais te serrer dans mes bras.

Je t'embrasse en attendant. Ton Momo qui s'ennuie.

PS : je joins un dessin de notre cantonnement. Je regrette de ne pas avoir pris mon appareil photo. Si tu penses que c'est raisonnable, peux-tu me l'envoyer ? Normalement les lettres et les colis suivent.

Lyon le 20 octobre1939

Mon Momo,

ici aussi c'est la drôle de guerre. On nous a distribué des masques à gaz et on voit partout des plaques sur les immeubles qui annoncent le nombre de personnes qui peuvent trouver place dans les abris. Il paraît qu'en cas d'attaque, on devra se rendre à la cave dès que les sirènes se feront entendre. Il faudra éteindre toutes les lumières, fermer les volets et couper le gaz.

Le concierge a préparé des réserves d'eau et chacun a dû donner des provisions et des pansements au cas où on serait bloqué longtemps en bas.

Je me promène avec mon masque à gaz en bandoulière pour aller au travail. C'est chic ! Hélène refuse de le prendre. J'ai essayé de la convaincre mais rien à faire. Elle dit qu'elle en a vu d'autres !

Le dimanche, je vais à la Croix-Rouge, rue de Créqui. Il y a là des dizaines d'enfants réfugiés. J'aide au service des repas puis je les fais jouer à des jeux de société ou je leur raconte des histoires. Il y a un petit Paul de cinq ans qui m'a adoptée, je crois.

Je vais me renseigner à la Poste pour ton colis. Je pense que ce sera possible de te l'envoyer en recommandé.

Plein de baisers très doux mon Momo. J'espère que tu auras une permission. Adèle

Ancy su Moselle le 2 novembre

Ma chère Maman,

Nous avons encore changé de cantonnement. Pourquoi ? Mystère. Les occupations restent les mêmes : marches, entretien des armes, quelques exercices de tir et surtout beaucoup de parties de cartes. Le moral est bas comme est bas le ciel de Moselle. Il pleut, il pleut, il pleut…Nous nous sentons complètement inutiles et piégés dans ces villages déserts. Je voudrais tant être près de vous. Avec l'hiver qui approche, les journées sont de plus en plus tristes et je commence à avoir froid. Aurais-tu mon vieux pull jacquard dans un placard ? Je ne crois pas qu'il soit chez nous. Tu peux le passer à Adèle. Elle doit m'envoyer un colis.

Merci ma petite Maman. Sois bien courageuse. Ce qui ne veut pas dire téméraire. Prends ton masque à gaz avec toi et renseigne toi bien sur les abris près de chez toi. Je t'embrasse bien fort.

Ton Momo.

Ancy sur Moselle 10 décembre

Merci, merci Adèle !

Il n'y a bien que tes lettres pour me remonter le moral et aujourd'hui, un colis ! Avec mon appareil photo, des pellicules, un pull tout neuf, des chaussettes, un bonnet, un carnet de croquis, du café, des biscuits, des dattes ! C'est Noël ! Avant l'heure… Je vais vite écrire à ma mère et à Tante Aline pour les remercier de toutes leurs œuvres d'art !

Depuis que j'ai mon bonnet, les copains m'appellent Atchoum comme le Nain de Blanche-Neige ! Tant que ce n'est pas Simplet… ou Grincheux.

Mon amour, je n'en peux plus d'être loin de toi. Prends bien soin de toi. Je veux te retrouver très belle en rentrant. Mon bonjour au petit Paul et mes plus doux baisers pour toi.

Lyon le 20 décembre.

Momo

Mon amour,

Comme ce Noël va être triste sans toi ! Je me souviens de notre réveillon de la Saint Sylvestre l'an dernier. Retrouverons-nous un jour cette insouciance ? J'avais dansé pieds nus, tu te rappelles ? Cette année, je serai sans doute avec Hélène et peut-être avec Rose-Marie, la maman de Julien. Elle a écrit une lettre à ta mère pour lui demander des nouvelles. Julien n'a pas été mobilisé à cause de son souffle au cœur.

L'autre soir, nous avons eu une alerte. Quelle panique ! Tout le monde dégringolait les escaliers pour se rendre à la cave. La « probloc » du premier étage voulait entrer avec ses trois chats mais elle n'arrivait pas à les attraper. Elle refusait de fermer la porte tant qu'il en manquait un et appelait « Minou, minou, minou » avec sa voix de fausset. Ce n'était pas le moment de rire mais je crois qu'on riait quand même. Heureusement, les avions sont passés sans lâcher de bombes. C'était de simples reconnaissances d'après le Progrès.

Joyeux Noël mon amour et que l'année qui vient nous voit nous retrouver enfin. Je t'embrasse très fort et très tristement de loin.   Ton Adèle

Ancy sur Moselle le 1ᴱᴿ janvier 1940

Ma chérie,

Cette fois la page est tournée. Nous sommes en 1940 et je suis toujours loin de toi. Quelques avions allemands passent au-dessus de nos têtes mais on ne leur fait pas de mal. D'après ce qu'on en sait personne ne bouge non plus sur la Ligne Maginot. Peut-être que les « huiles » sont en train de négocier pour que tout le monde rentre à la maison ! Quelle fête ce sera ce jour-là ! Je te ferai l'amour trois fois !

Le soir de Noël, je suis allé à la messe de Minuit. Tu sais que je ne crois pas au Bon Dieu mais ça m'a fait du bien d'entendre les chants de Noël et de passer ce moment avec les copains. Moi, je pensais surtout à toi et à ma mère. A Aline et à Francine aussi. Quand j'étais petit on partait dans la neige avec des lanternes pour aller à l'église et on mangeait des tartines rôties au feu, en rentrant.

Ici, nous avons eu un bon petit réveillon. Tout le monde avait mis les colis en commun. On avait aussi trouvé du genièvre pour arroser le café.

Le 31, des copains avaient préparé un récital de chansons. On a repris en chœur « Félicie aussi », la Java Bleue et des chansons de Maurice Chevalier toujours en buvant du genièvre. C'est étrange de se sentir parfois gai alors que la situation ne l'est pas.

Je m'inquiète pour ces alertes à Lyon. Sois bien prudente mon amour. Tu peux raconter mes petites histoires à ma mère et embrasse-la pour moi. Mes meilleurs vœux à toute ta famille, à Rose-Marie et à Julien si tu les vois.

Mes meilleurs baisers pour toi. Ton Momo.

Lyon 10 février 1940

Mon fils chéri, je joins ma lettre à ce petit colis qui, je l'espère, te trouvera en bonne santé. Il y a des saucisses sèches de Sassac, un pot de griottes à l'eau de vie et des gants que je viens de terminer. Ici, on nous annonce des restrictions alimentaires. Pour l'instant, on n'en souffre pas. Pas plus que des alertes. Il fait un froid de loup à Lyon et aussi au Puy. Chez toi aussi sans doute. Mais, on s'habitue ! Sauf à ton absence. J'ai croisé Julien la semaine dernière. Il travaille maintenant à la nouvelle Société des téléphones. Rose-Marie a bien de la chance de l'avoir gardé près d'elle. Prends soin de ta santé mon fils. Je t'embrasse ainsi qu'Adèle qui s'en va expédier ce colis dès demain.

Ta Maman Hélène.

Sebourg le 20 janvier

Ma petite caille chaude, j'aurai grand besoin de toi pour me réchauffer. On est dans la neige depuis 15 jours. Neige bien dure !

Heureusement ce nouveau cantonnement n'est pas trop mal conçu. On peut faire du feu à volonté avec les réserves de bois. Par contre, les réserves de bouffe sont en baisse et les colis n'arrivent plus. Gelés sans doute ! Ou réquisitionnés. Donne-moi vite de tes nouvelles et tiens-toi au chaud. Le journal parle de températures polaires à Lyon aussi.

Voici un dessin de moi en esquimau ! Entre l'écharpe et le bonnet, il y a mon nez rouge.

Je te fais donc un baiser d'esquimau ! Avec le nez !

Momo gelé

Lyon le 12 février

Gelée moi aussi ! Je mets des chaussettes par-dessus mes chaussures pour ne pas glisser sur le verglas. Les chenaux ont explosés côté cour. L'eau est coupée. Je suis allée vivre chez Hélène quelques jours. Elle a pu se faire livrer du charbon in-extrémis par le bougnat de la rue Chaponnay qui la connait depuis longtemps. Il n'a pas hésité à augmenter les tarifs mais au moins on a chaud toutes les deux. Le soir on tricote. Elle m'a appris à faire les chaussettes. Avec quatre aiguilles !

Si je savais dessiner je ferais le bonhomme Michelin pour me représenter avec mes trois gilets, mon manteau qui ne ferme plus, mon châle, mon cache-nez et mon turban. Je rêve de porter un pantalon.

Baiser d'esquimau donc ! Ton Adèle toute chaude à l'intérieur.

Sebourg le 12 mars 1940

Ma chère Maman,

Ton colis vient de m'arriver ! Il a dû faire le tour de France en un mois ! Un grand merci pour toutes ces bonnes choses. Les gants me vont impec ! Même si la température est un peu plus douce, je les apprécie beaucoup.

Nous sommes tout près de Valenciennes. J'ai eu une permission dimanche dernier et j'ai pu porter mes photos à développer. Je vous les enverrai bientôt.

L'hiver n'en finit pas et l'ennui et le cafard. Nous avons monté une bibliothèque. Je lis les Maigret et les romans d'Agatha Christie. J'ai beaucoup aimé « Les Dix Petits Nègres » Quand on lit, on oublie tout !

Porte-toi bien. Encore merci. Bons baisers de ton Momo.

Lyon le 24 mars

Mon amour, le printemps me déprime encore plus que l'hiver. C'est Pâques aujourd'hui. Je n'en peux plus d'être seule. Reviendras-tu un jour ? Je t'embrasse. Adèle.

Sebourg, le 17 avril 1940

Holà jeune fille ! Je ne veux pas que tu sois triste. J'ai besoin de ton courage pour garder le mien. Tu vois bien que rien ne se passe. La guerre va s'arrêter en même temps que les arbres fleurissent et c'est pour bientôt. La campagne est magnifique, pruniers et mirabelliers partout. J'ai eu mes premières photos. Les voici et je vais en prendre d'autres.

On a organisé un tournoi de foot. Avec des paris. Mais, chut, c'est interdit. Je joue milieu de terrain. Il faut du souffle ! Mon équipe est en quart de finale.

Va te promener un peu mon Adèle. Tu vas être pâlichonne quand je rentrerai si tu restes enfermée. Va un peu voir tes parents au bon air. Et emmène donc Hélène, ça lui fera du bien à elle aussi.

Je mets une fleur de pommier dans ma lettre.

Je t'embrasse très fort et partout, partout. A bientôt. Momo.

France - Allemagne, 1940

Adèle et Hélène ne disent rien à Maurice de l'invasion du Danemark et de la Norvège en avril.

Maurice ne dit rien à Hélène et Adèle du retour à l'entraînement et des nouvelles pessimistes qui circulent sur l'avancée des Allemands.

Le 10 mai, les troupes allemandes envahissent les Pays-Bas, la Belgique et le Luxembourg. Des bombes éclatent sur Valenciennes. Il faut aller au secours des Belges. Le régiment de Maurice s'engage, passe la frontière belge dans la pagaille des réfugiés qui refluent à contre-courant. Les familles se sauvent à pied en traînant des landaus bourrés d'enfants et de victuailles ou en poussant des vélos qui croulent sous les valises. Les plus chanceux ont attelé un cheval qui tire une charrette remplie à ras-bord, cages à poules et à lapins, matelas ficelés au sommet. Une vache est parfois attachée à l'arrière. Des voitures pleines à craquer roulent au pas. Lorsque les avions surgissent, volant très bas, c'est la panique. Les chevaux affolés par le bruit et la mitraille s'enfuient, disloquant les charrettes. Tout le monde se précipite dans les fossés et certains ne se relèvent pas. Les enfants hurlent de frayeur en cherchant leurs parents. Au bord des routes, on voit les carcasses de voitures abandonnées et des chevaux morts, des vaches au ventre gonflé les quatre pattes dressées vers le ciel.

L'armée française et les Anglais réussissent à avancer pendant quelques jours. C'est le piège imaginé par Hitler qui laisse faire pour mieux les encercler et pour franchir, pendant ce temps, les Ardennes réputées imprenables. Les parachutistes allemands sautent sur Liège. Les Allemands se déploient jusqu'à l'embouchure de la Somme tandis qu'à Dunkerque les Anglais et les Français qui ont réussi à se replier à temps seront évacués in-extrémis, grâce à tous les bateaux disponibles, destroyers, dragueurs de mines, chalutiers, remorqueurs, péniches, yacht de plaisance et même le bateau-pompe de la Tamise. 300 000 hommes réussissent à s'échapper.

Maurice écrit :

Le 18 juin, au milieu des bois.

Ma chère Adèle, ma femme bien aimée,

La plus grande confusion règne dans nos rangs depuis une vingtaine de jours. Nous avons eu ordre de nous replier puis les officiers ont disparu. Nous sommes avec notre lieutenant aussi paumé que nous, livrés à nous-mêmes sans ordres et sans vivres. Nous sommes obligés de nous servir « chez l'habitant » pour nous nourrir. Certains n'hésitent pas à fracturer les portes et à remplir leurs musettes d'objets divers. Quelle pitié de voir ces maisons pillées par ceux-là même qui auraient dû les défendre. Nous dormons n'importe où, dans les prés, dans les cours, bien contents quand il ne pleut pas. Nous marchons, nous marchons, nous marchons, sans savoir où aller, avec les réfugiés qui fuient, comme nous, l'avance allemande. Dans les villages, les maires, s'ils sont encore là, nous demandent de ne pas faire usage de nos armes contre les Boches, de crainte des représailles. Nous courons en avant comme une armée de lapins pris dans les phares d'une bagnole. Et les voitures allemandes, les motos, nous rattrapent parfois, nous dépassent en pétaradant. Toute une armée vert de gris, sûre de sa puissance, est en train d'envahir la France à toute vitesse. A ce train, ils ne tarderont pas d'être à Lyon. Moi, je ne sais plus si je suis encore un soldat ou si je suis un déserteur, si je dois rentrer au plus vite pour te protéger, si j'aurai encore l'occasion de me battre, si je vais mourir comme mon père au bout de vingt jours de guerre....

Maurice n'a pas eu le temps de terminer sa lettre et de l'expédier.

Au matin, il est réveillé par un coup de feu et un ordre hurlé :

- Hände hoch !

Pas besoin d'avoir étudié la langue pour comprendre. Tous les hommes sautent sur leurs pieds, les mains en l'air. Les armes sont saisies. Ils sont prisonniers.

Adèle est atterrée lorsqu'elle lit les nouvelles dans le Progrès. Jour après jour, l'angoisse la submerge comme un torrent furieux. Aucun radeau pour s'accrocher. Aux nuits sans sommeil succèdent des jours sans fin. Les événements s'enchaînent tous aussi catastrophiques les uns que les autres.

En deux mois, l'essentiel de l'armée française tombe aux mains de l'ennemi. Le 14 juin, les Allemands défilent sur les Champs Elysées. Le 16, Paul Reynaud démissionne et Albert Lebrun fait appel au Maréchal Pétain pour former le nouveau gouvernement. Le jour même, le 22 juin 1940, l'armistice est signé à Rethondes dans le même wagon qui avait vu la fin de la guerre de 14-18. La moitié nord de la France est occupée, sa côte atlantique aussi, tandis que les Italiens contrôlent les frontières alpines. Pétain est à Vichy, en zone dite « libre » mais sous le contrôle étroit des Nazis.

Elle écrit :

Lyon le 21 juin 1940

Mon amour,

Je ne sais où je vais t'adresser cette lettre. D'ailleurs, la poste est fermée depuis l'arrivée des Allemands à Lyon. Je ne travaille plus. Le téléphone et les télégrammes sont interdits. Tout est sens dessus-dessous.

L'aéroport de Bron a été bombardé. Les dépôts d'essence et le Port Edouard Herriot ont été incendiés. Des soldats sénégalais ont tenté de ralentir l'invasion au Fort de la Duchère mais ils ont dû se rendre. Ils ont tous été exécutés. Pas de prisonniers noirs !

Je suis folle d'inquiétude, sans nouvelles de toi. Je n'ose même pas aller voir Hélène. On tomberait dans les bras l'une de l'autre, ça ferait un joli gâchis de sanglots. Tant que je suis seule, j'arrive à me tenir droite, remplie de larmes, mais droite.

Les familles ont fait partir les enfants loin de la ville. Mon petit Paul a dû être évacué, lui aussi. Pour la première fois, je me dis que c'est mieux que nous n'ayons pas eu d'enfants. Je ne voudrais pas voir un petit dans cette tourmente, avec toi au loin, en plus.

Certains disent qu'on a tort de s'inquiéter et que les soldats qui se promènent en ville sont « très corrects ». Au moins, on ne risque plus de bombardements depuis qu'ils sont installés. C'est déjà ça !

Ils ont même donné un concert de musique militaire. Tu penses si je suis allée applaudir !

Il paraît aussi qu'ils ont réquisitionné des centaines de trains remplis de toutes sortes de marchandises pour les expédier en Allemagne ! Qu'allons-nous devenir s'ils nous pillent tout ?

Mon amour, je t'écris sans savoir où tu es. C'est tellement difficile. C'est tellement injuste. Aurons-nous encore des beaux jours ?

Je t'embrasse bien fort quand même. Ton Adèle.

Cette lettre est restée dans le sous-main d'Adèle faute de savoir où l'envoyer.

Maurice n'écrit pas de lettres mais il a commencé un journal qui ne le quittera plus.

25 juin 40 : enfin un instant de repos. Nous sommes parqués dans une cour d'école après avoir marché tout le jour, en rang par cinq, sous un soleil écrasant. On nous a confisqué notre casque et notre masque à gaz. Il ne me reste qu'une musette où j'ai pu cacher le bloc de papier à dessin qui me sert de journal. Je n'essaie pas d'écrire à ma douce Adèle. Je ne pourrai que l'attrister et l'inquiéter et je n'aurai pas la possibilité de poster une lettre. Nous sommes sales, affamés, dépenaillés, épuisés. Je regarde mes camarades d'infortune, hirsutes, barbus, les yeux hagards et je sais que je suis comme eux.

Les soldats allemands qui nous encadrent sont fringants, joyeux, armés mais pas trop brutaux. Nous traversons les villages, encore et encore. La population nous regarde avec des mines déconfites. L'armée française n'a pas fière allure, un troupeau de mendigots qui guettent la moindre miche de pain sur le bord de la route. Je me fais la promesse de rester digne mais qu'en sera-t-il de moi lorsque la faim ou la soif me monteront au cerveau et noieront toutes mes bonnes résolutions ?

27 juin 40 : nous traversons la Belgique. Sans manger. Les gens nous jettent du pain par les fenêtres. Aussitôt, c'est la ruée. Les gardes-chiourmes donnent des coups de crosse, voire de baïonnette, dans le tas pour ramener le calme. Heureusement, il y a de l'eau aux bornes-fontaines où nous pouvons remplir nos gourdes mais il faut faire fissa pour ne pas prendre un coup de matraque. Hier au soir, nous avons été cantonnés dans une caserne. Les officiers à l'intérieur et nous, la pauvre piétaille, dans la cour. Je me suis fait un abri pour la nuit avec des planches qui traînaient par là et ma couverture. Ce soir, j'ai fait la queue pendant trois heures pour avoir une gamelle de soupe claire. Mon esprit est embrouillé par la faim et la fatigue. Je n'arrive plus à trouver mes mots pour écrire.

28 juin 40 : marcher, toujours marcher et presque sans manger. Dans l'après-midi, nous avons essuyé un gros orage. Ça faisait du bien de recevoir toute cette eau mais maintenant, je vais devoir dormir dans mes vêtements mouillés, sur le sol détrempé d'une cour de ferme. Où va-t-on ainsi ?

30 juin 40 : nous avons passé la frontière hollandaise. Les nouvelles circulent dans les rangs. Ceux qui comprennent l'allemand racontent que l'armistice a été signé par Pétain. La guerre est donc terminée ! On va rentrer à la maison ? Je préfère ne pas y penser… Nous avons formé un petit groupe avec des copains fiables. A plusieurs, nous nous organisons mieux pour avoir notre part de soupe et de pain et pour faire front aux connards de resquilleurs qui essayent de passer plusieurs fois à la distribution ou qui fayotent avec les Allemands. Nous avons un chanteur parmi nous ! Il connait par cœur toutes les chansons à la mode, ça fait passer le temps pendant les pauses et le soir. Je suis content d'avoir ce cahier pour écrire et dessiner. J'ai aussi récupéré un livre qui circule de mains en mains. Les Misérables ! Victor Hugo…. ça ne s'invente pas ! Si je n'avais pas autant mal au bide et aux pieds ça irait encore mieux.

12 juillet 40 : voici une semaine que nous sommes cantonnés près de Tiburg, en Hollande. Confort incroyable : des vraies tentes dans un grand pré, une bouffe à heures régulières et plus de marches éreintantes, juste une heure de queue pour avoir accès aux chiottes et une autre heure pour avoir de l'eau. Nous sommes au moins mille là-dedans. Il y a des barbelés tout autour qui seraient faciles à franchir *mais personne ne pense que c'est une bonne idée de risquer un coup de fusil dans le dos puisque nous allons être libérés bientôt. Les Allemands nous l'affirment : retour à la maison ! Je lis mon bouquin peinard les pieds en éventail. A bientôt mon Adèle !*

17 juillet 40 : que dalle ! Libération mon cul ! Un beau matin, appel puis en route avec quelques vivres et de l'eau. C'est reparti comme en 14. Marche, marche, marche. Bivouac n'importe où avec les Chleuhs toujours en pleine forme qui rigolent le soir et picolent comme des Polonais pendant qu'on est à la flotte tiède. Comment en est-on arrivé là ? Est-ce que nos hommes politiques sont des incapables, est-ce qu'on est incapables nous-mêmes ? La moitié de la France est occupée. Que deviennent les miens dans ce grand bordel ? On est à Aix la Chapelle entassés depuis ce matin sur le quai de la gare.

2 août 40 : misère ! Je croyais avoir vécu le pire mais la marche à pied c'est du gâteau à côté du transport en train. Je ne suis pas sûr d'avoir bien compté les jours mais j'ai bien cru crever dans ce wagon à bestiaux. On était au moins soixante entassés pire que des bêtes. Rien pour pisser, que les gamelles qu'on faisait circuler pour les vider à ceux qui avaient la chance d'être près des ouvertures. Pour les autres, pas d'air, une chaleur de four. Pour tous, gosiers secs et ventres creux. Rationnement pour un quart d'eau ou un croûton de pain. Nous sommes restés stationnés une journée entière en plein cagnard au milieu de nulle part. Valait mieux pas choper la chiasse ! A tour de rôle, on a réussi à s'allonger pour dormir un peu. Dans la nuit, il y a un jeunot qui a pété les plombs. Il s'est mis à hurler et à appeler sa mère. Quand on en a eu mare de l'entendre crier, c'est un grand costaud qui l'a calmé d'un bon coup sur le crâne.

Et tout ça sans savoir où on allait. Pas en France en tous les cas. C'en était bien fini de nos espoirs de libération ! Faits comme des rats qu'on était ! Par les vasistas, certains apercevait le nom des villes traversées et ça sonnait pas français du tout ! Ah ! On ne chantait plus, chacun se renfermait sur lui-même torturé par l'incertitude et par la peur de ce qui nous attendait.

Au matin du 7 août, ce fut la délivrance. C'est con à dire mais sortir à l'air libre, voir le ciel et les arbres, même s'il fallait marcher en rang pour rejoindre les barbelés, ça nous a fait plaisir.

Là, fouille totale pour nous enlever le peu qui nous restait. J'ai pu planquer mon carnet et mon stylo grâce à un copain. J'ai réussi à les lui faire passer en douce alors qu'il était déjà à poil et il a planqué le tout sous des planches qui traînaient par là.

Nos vêtements ont été passés à l'étuve dans un sac à notre nom ou jetés au feu. Après, on a été rasés de partout y compris les roubignoles, tondus, badigeonnés de produit à épouiller et enfin direction la douche ! Ah ! la bonne ambiance ! Un troupeau de bestiaux à conduire à l'abattoir ne serait pas plus joyeux ! Et, comme les bêtes, nous avons un numéro. Sur une plaque métallique que nous devons garder sur nous en permanence. Nous avons été photographiés avec ce numéro inscrit sur une ardoise. J'ai rempli une carte pour avertir Adèle de ma situation. Me voici bel et bien prisonnier. Et pour combien de temps ? Si j'étais en taule, au moins je connaitrais la fin de l'histoire.

Sandbostel, 1940

Le 15 août 1940

Mon amour,

Enfin je peux te donner de mes nouvelles et une adresse où tu pourras m'écrire.

Tu as sans doute reçu une carte de la Croix-Rouge pour t'avertir que je suis prisonnier comme tant d'autres soldats. Après des semaines difficiles, la vie s'organise un peu ici, au Stalag X. Nous sommes très nombreux. Nous vivons dans des baraques en bois alignées le long d'immenses allées. Dans chaque baraque, des rangées de lits sur trois niveaux. J'ai hérité de l'étage du milieu ce qui me laisse le bonheur d'entendre monter les ronflements du voisin du dessous et de recevoir la poussière du voisin du dessus chaque fois qu'il se tourne dans son sommeil. Mais je suis tellement crevé par les journées de travail pour agrandir le camp que je dors quand même. Et puis, la nuit est bien le seul moment où je peux tout oublier et où je suis avec toi dans mes rêves.

Ma pauvre Adèle, aujourd'hui c'est le 15 août, quel mauvais sort est le nôtre ! Nous devrions être à Pouzol à faire les foins ou, mieux, au bord de la mer à batifoler dans les vagues. Que fais-tu toute seule à Lyon ? Attends-moi, mon Adèle. Toute cette misère finira bien un jour. Je t'embrasse comme tu sais. Je respire ton cou tout chaud et tes cheveux d'herbe sauvage. Je t'aime. Maurice.

Voici mon adresse

Maurice Rodier Matricule 51.513 Stalag X B A.K.DO. N°983 Sandbostel Province de Hanovre Allemagne

Ecris-moi vite !

Lyon le 12 septembre

Maurice, mon amour,

Enfin une lettre et une adresse où t'écrire. J'ai cru devenir folle d'inquiétude et Hélène aussi. Nous avions cependant de l'espoir puisque tout le monde disait que les prisonniers étaient très nombreux, nous espérions que tu en faisais partie. J'espère que tu tiens le coup dans cette vie difficile. Nous allons t'envoyer des colis.

Les Allemands ont quitté Lyon. Ils ont paradé quelques semaines sur la Place des Terreaux et de l'Hôtel de Ville puis ils ont disparu. Tout le nord de la France est occupé mais nous, nous sommes en zone libre. Pouzol aussi. La vie a donc repris presque normalement, à part pour les commissions qui nous prennent de plus en plus de temps parce que tout manque. On nous a demandé de nous inscrire à la mairie pour avoir des cartes d'alimentation selon notre âge. Je vais tous les dimanches à Souzy pour voir mes parents et je rapporte de quoi tenir la semaine. Hélène parle de partir à Pouzol. Elle t'embrasse bien fort et va t'écrire dès demain.

Mon pauvre amour nous voici séparés. J'essaie de ne pas oublier ta voix et ta peau et ton odeur. Je t'écris dans notre lit sous la lampe verte avec ton foulard de soie sur mon oreiller. C'est comme ça que je m'endors le soir, ton foulard de soie tout contre mon nez. Reviens vite mon pauvre amour que j'aime. Ton Adèle.

Selsingen le dimanche 13 octobre

Ma chère Maman,

Je viens de recevoir une lettre d'Adèle mais rien de toi. Je m'inquiète beaucoup. Comment vas-tu ? Es-tu partie à Pouzol ? La vie serait peut-être plus facile pour toi, là-bas.

Ma situation a un peu changé ici. Je fais maintenant partie d'un Kommando. Je loge dans une sorte de vieille auberge pas trop inconfortable avec d'autres copains qui ont dit, comme moi, être paysans. Nous sommes bouclés et gardés la nuit mais la nuit c'est fait pour dormir ! Tous les matins, nous sommes rassemblés et nous partons en camion dans la campagne environnante. C'est une région de marais et de forêts mais avec de l'élevage et des champs de pommes de terre. Le camion nous dépose dans les fermes. Je suis affecté à une grosse exploitation. Le patron est parti à la guerre sur le front de l'Est. C'est la patronne qui dirige tout et ce n'est pas le travail qui manque. Mais je suis heureux d'être au grand air et de retrouver des tâches qui m'étaient familières quand j'étais petit. Et puis, surtout, je mange à ma faim ! Je n'oublierai jamais mon premier repas ! Une soupe d'orge et une saucisse. Un vrai festin après des mois de soupe claire et de pain dur.

Le dimanche c'est repos et distribution du courrier et des colis. J'en ai reçu un de la Croix-Rouge . Du coup, on peut se partager les vivres, cuisiner à notre façon et se reposer un peu.

Je t'embrasse fort, ma chère Maman, soigne-toi bien et donne de mes nouvelles à Adèle.

Ton fils qui t'aime. Momo.

PS : mes pieds passent à travers mes chaussettes ! Peux-tu m'en envoyer une paire ? Merci ! Mon adresse est toujours la même.

Selsingen Dimanche 13 octobre

Adèle chérie,

Je viens d'écrire à ma mère. Elle te racontera ma nouvelle vie, pas trop mauvaise.

Pour toi, je ne veux que des mots d'amour. Je caresse en pensée ton petit ventre doux, ton joli nid d'oiseau et je retrouve dans mes mains la juste mesure de tes seins ronds. Comme le temps est long loin de toi mon amour. Je lis et je relis ta lettre où j'essaie de retrouver ton parfum. Je t'aime tant… Attends-moi je t'en supplie. Ton Maurice bien triste.

Lyon le 30 novembre

Mon amour,

Nous venons juste de recevoir tes lettres. Comme c'est long tous ces jours sans nouvelles. Voilà plus d'un an que tu es parti. Je tricote tous les soirs auprès d'Hélène qui ne se décide pas à partir à Pouzol. J'espère que ce colis te trouvera en bonne santé. Ici, il commence à faire frisquet, alors, là-haut, en Allemagne, tu dois être dans la neige. Les chaussettes grises, c'est Hélène et les beiges, c'est moi. Il y a aussi une écharpe à rayures avec tous les restes de laine qu'on a pu trouver et on l'a tricotée chacune à notre tour. Hélène dans la journée, pendant que je suis à la poste, et moi le soir. Je mets aussi des mouchoirs parfumés. J'espère qu'ils ne donneront pas mauvais goût aux saucisses sèches de Pouzol ! Et des cigarettes. Et des sablés (à la margarine mais bon…). Si ça se trouve, tu ne vas pas recevoir tout ça avant Noël.

Ici, Noël sera bien triste sans toi. On commence à mettre de côté ce qu'on peut pour pouvoir améliorer un peu l'ordinaire mais le ravitaillement est de plus en plus difficile. Nous avons des tickets de rationnement. Pour le charbon aussi. Il faut « participer à l'effort de guerre » a dit le Maréchal Pétain.

Moi, je suis fatiguée de vivre comme une somnambule, de partir dans le froid le matin et de revenir sans espoir de te retrouver le soir à la maison. Je lis et relis tes lettres même si je les connais par cœur. Elles sont usées à force. Cachées sous mon oreiller.

J'espère que tu es toujours bien traité dans ta ferme. Je t'embrasse fort, fort, fort. Sois bien courageux et bien prudent. J'essaye de l'être aussi.

Ton Adèle qui t'aime.

Janvier 1941

Ma chère Adèle,

Encore un changement de situation. J'en ai ramassé des patates et des patates. A peine au bout d'un sillon il fallait repartir en sens inverse, un peu comme si ma vie était ce champ de patates à parcourir sans jamais en sortir. Ensuite, j'ai débité des stères et des stères de bois. Et puis, la neige est arrivée ! Le paysage est devenu magnifique, étincelant sous le soleil rasant de décembre. Mais, on n'était pas là pour faire de la poésie !

J'ai juste eu le temps d'apprendre à ma patronne à faire des frites (elle ne connaissait que les pommes de terre bouillies) et zou, retour au stalag XB. On n'a plus besoin de nous aux champs cet hiver mais pas question de rester peinards sur la couchette en attendant les beaux jours. Me voici dans un nouveau Kommando où nous sommes beaucoup plus nombreux, dans la région de Hambourg. Je travaille à l'usine à fabriquer des pièces pour des véhicules. Travail à la chaîne usant pour le corps et crétinisant pour l'esprit. Gare aux doigts de celui qui s'endort !

Le camp est très bien organisé. Des baraques toujours, mais aussi une chapelle, une infirmerie … Je me suis fait un copain belge, Robert Copéry. On discute pas mal, de choses et d'autres. On s'est fabriqué un jeu d'échec avec des tombées de bois. Ça occupe l'esprit et c'est ce qu'il faut. Si on commence à compter les jours on devient fou. On joue aussi aux cartes avec d'autres, les jours de repos.

Mille baisers mon Adèle. Pour le courrier toujours la même adresse. Maurice.

Lyon 10 janvier 1941

Momo, mon amour, j'ai froid, j'ai froid, j'ai froid … Plus de charbon, des coupures d'électricité, de gaz, des complications sans fin pour gérer les tickets et les cartes de rationnement, des queues interminables devant les magasins et lorsque notre tour arrive enfin, il n'y a plus rien à acheter !

Noël est passé, le jour de l'An aussi. Quelles tristes fêtes sans toi ! Je les ai passées à Souzy dans ma famille. J'ai dû y aller à vélo, les transports sont de plus en plus compliqués à cause des restrictions d'essence. J'ai des mollets d'acier à force de pédaler tous les dimanches mais je rapporte quelques provisions.

A Souzy, l'élevage de lapins a pris des proportions industrielles ! On les engraisse, on les mange et on vend leur peau aux chineurs. Après, les peaux sont travaillées pour faire du cuir et les poils transformés en tissu de feutre. Vive les lapins ! Ma petite nièce Jacqueline a une jolie pelisse blanche. Hélène fabrique des toques et tout le monde mange du lapin ! Les mauvaises langues disent que les chats passent aussi à la casserole ! Tout se cuit, tout se mange, les feuilles des choux-fleurs et les feuilles de betteraves. J'ai oublié le goût du chocolat et celui du café. Tu vas me retrouver encore plus mince que tu m'as laissée.

Bon, j'arrête de me plaindre. Ta vie n'est sans doute guère meilleure que la nôtre. Je ne vois pas le bout de ce tunnel sans toi. Qu'avons-nous fait de mal pour mériter toutes ces souffrances ? Heureusement le Maréchal est là pour nous sauver. Il nous dit qu'il faut accepter l'épreuve, que nous n'étions pas dignes d'avoir la victoire, que sans la défaite nous n'aurions pas pu connaître le relèvement. Nous devons rester unis pour que la France renaisse. A la mairie de Souzy on a mis son buste à la place de la Marianne. Mes petits frères ont appris une chanson à sa gloire. Il va nous sortir de là bientôt.

Ecris-moi vite. Je t'embrasse. Adèle.

Lyon, mars 1941

Adèle quitte le bureau de poste de l'avenue Berthelot à 18h, comme tous les jours. Soudain, elle se fige. Depuis l'autre côté de la rue, cet homme qui l'observe lui est familier. Son cœur s'emballe tout à coup. Elle hésite entre courir à sa rencontre et se sauver dans l'autre direction. Elle reste immobile. C'est Julien qui se dirige vers elle en poussant son vélo. Julien. Son corps aminci, ses épaules élargies, ses joues plus creuses et ses yeux cernés, sa mèche en bataille. Sûr de lui, comme toujours, il s'approche.

- Que fais-tu là ? Réussit-elle à articuler.

- Je t'attends.

- ...

- J'ai besoin de toi.

- ...

- Ne t'inquiète pas, ma belle ! Marchons un peu. Je vais t'expliquer.

Adèle a les jambes en coton, la gorge serrée. Une onde de chaleur parcourt tout son corps, emplit son ventre, irrigue les plus intimes molécules de sa peau. Elle est consciente de ce bouleversement mais ne veut pas l'entendre. Elle résiste à faire affleurer à sa conscience l'impossible idée. Elle s'arque boute et se ferme, offre un visage détaché et tente de calmer sa marche. Elle trébuche. La main ferme de Julien sur son avant-bras la retient. La retient, mais l'emporte encore plus loin dans son vertige.

- Comment vas-tu ? Tu as des nouvelles de Maurice ?

- Oui, il ne va pas très bien. La vie est dure pour lui, répond-elle, le souffle court.

- La vie est dure ici aussi, n'est-ce-pas ?

- C'est vrai. On n'en peut plus du rationnement et du marché noir. Heureusement, mes parents m'aident. Ma belle-mère reçoit aussi des colis de Pouzol. Elle m'en fait profiter.

- Bien. Ma mère est partie dans le sud de la France. Moi, je me débrouille. Mais j'ai besoin de toi...

A nouveau, le creux dans le corps, la chaleur aux tempes.

- Tu as besoin de ravitaillement ? bégaie-t-elle.

- Non, je me débrouille, je te dis. Il s'agit d'autre chose.

- Mais...

- Tu sais bien taper à la machine ?

- Oui, je ne suis pas mauvaise dactylo. Mais...

- On est un groupe de copains. On veut lancer un journal. Il nous faut quelqu'un pour taper les articles.

- Un journal ? Des articles ?

- Oui, pour l'instant on tire à la ronéo. Il nous faudrait un imprimeur. Je crois qu'on l'a trouvé du côté de Villeurbanne. Quant aux articles, ils ne sont pas à la gloire des « Verts de gris » tu penses bien.

Adèle se tait. Plus de creux dans le corps, plus de chaleur aux tempes. Le soulagement et la déception prennent la place des pensées à peine formulées qui s'envolent de son esprit. Des images qu'elle n'aurait jamais voulu voir s'évanouissent. Julien n'est venu la chercher que pour ses talents de dactylo !

Il la réclame pour une mission incertaine. Il n'a pas imaginé un instant qu'elle pouvait ne pas partager ses idées. Il lui livre, avec une confiance totale, un projet risqué. Doit-elle s'enfuir, ravaler cette bouffée de joie qui lui est venue au corps en le voyant. Doit-elle se poser d'autres questions ? Elle ne soupçonnait pas que, dans la ville grise, parmi les ombres grises, il existait une porte ouverte vers plus de lumière. On peut donc, on doit donc se battre encore ? Julien se bat alors qu'elle rampe, misérable petite fourmi, seulement préoccupée par ses tickets de rationnement.

- Quoi ? Tu n'es pas pour le Maréchal tout de même ? Tu ne sais pas que De Gaulle est à Londres et que la Résistance s'organise ? Tu veux te laisser bouffer par les Frisés ? Et Maurice tu crois pas qu'il faut faire quelque chose pour lui ?

- Pour Maurice ?

- Oui, pour Maurice, pour tous les prisonniers, pour que cessent les compromissions, les discriminations. La guerre n'est pas finie. Nous devons renoncer à ramper devant les Nazis, nous devons relever la tête et nous battre. Nous devons mobiliser les esprits. Il faut des mots pour cela. Il faut d'abord écrire, écrire des tracts, des journaux. Il faut que les vraies informations circulent pour contrer les mensonges de Vichy. Il faut libérer les cerveaux pour préparer la Libération !

La cape grise qui recouvrait les épaules d'Adèle depuis des mois, tombe à terre. C'est le poids de la résignation qui tombe ainsi à ses pieds. Entendre Julien exprimer ses idées avec cette clarté et cet enthousiasme lui ouvre des portes qu'elle n'imaginait pas. Elle se redresse et regarde Julien. L'évidence de ses idées lui apparait avec une clarté incroyable. Elle ne pense pas au danger. Elle pense à lui, au plaisir qu'elle ressent de marcher à ses côtés, à la fierté d'avoir sa confiance, aux jours qui vont venir et qui lui apporteront de nouvelles rencontres, aux amitiés qui vont se nouer. Elle pense à Maurice qui se morfond au loin. Enfin une vie nouvelle lui est proposée, enfin un but lui est montré. Elle se sent plus grande soudain, investie d'une mission qui va l'aider à se tenir droite. Elle fait taire la voix qui lui dit de réfléchir encore. D'un ton résolu, elle prononce la phrase qui va changer sa vie.

- D'accord, Julien, je peux me charger de ce travail.

- Attention, tout doit rester secret ! Il y aura aussi des lettres à taper et à expédier à Londres. Tu es bien placée pour ça, non ?

- Oui, bien sûr.

Ils sont arrivés place Jean Macé. Julien s'arrête avec elle, à l'arrêt du tram qui la conduit chaque soir chez elle.

- Bon…tu as une machine à écrire ?

- Ah non !

- Je vais t'en procurer une. Il faudra rester discret. Tes voisins ne doivent rien savoir. Arrange-toi pour isoler ta chambre du bruit. Mets la radio quand tu tapes.

- Ne t'inquiète pas, ils sont durs d'oreille ! Et ils passent toutes leurs soirées chez la voisine du premier.

- Bon, je t'apporte la machine dès demain. Je t'expliquerai pour les transferts de documents. Ne parle de ça à personne ! C'est très important, Adèle, à personne tu m'entends ?

- A personne, promis ! A demain ?

- A demain.

Julien s'éloigne déjà. Il enfourche son vélo et disparait.

Adèle doute de la réalité de ce qui vient de se passer. A-t-elle rêvé ? Elle se souvient de son trouble lorsqu'elle a vu Julien, de cette décision qui est tombée comme un fruit mûr tombe de l'arbre. Quelle emprise a ce garçon sur elle ? Peut-elle revenir en arrière ? Qu'en penserait Maurice ? Ne rien dire à personne, elle a promis. De ça, au moins, elle en est sûre.

Elle grimpe dans le tram, comme tous les jours. La crainte commence à s'insinuer en elle. Dans le fracas des rails, elle observe les passagers. Ils sont sans doute les mêmes que la veille mais elle ne peut s'empêcher d'imaginer des vies secrètes, des dangers, des traîtrises. Comment savoir si cet homme gris est un ami ou un ennemi, si cette jeune femme qui lui ressemble est engagée comme elle ? Et comment peuvent-ils deviner qu'elle vient d'accepter cette tâche hasardeuse ? Elle n'a rien d'une aventurière ! Elle serre son manteau contre elle, piètre protection, et descend du tram.

Elle entre dans l'immeuble, monte au quatrième. La pièce est déjà sombre. Elle se poste devant l'œil de bœuf. Les branches des platanes élagués montrent leurs moignons indécents. Comment y voir clair dans tout ce fatras opaque ? Elle se sent tellement seule et perdue, sans personne à qui parler. Maurice est au loin. Julien est pressé. Elle est au pied du mur.

Elle écrit :

Mon cher Maurice,

La vie sans toi n'est pas la vie. N'est pas notre vie. Je dois m'en réinventer une autre sinon je vais tomber en miettes. Les jours sont tous les mêmes, gris et tristes. Notre grenier est glacé. Glacé le matin, lorsque je me réveille sans toi. Je m'en vais vite au travail pour retrouver un peu de chaleur et les bavardages des collègues. Glacé le soir, lorsque je rentre après avoir piétiné une heure pour obtenir du pain ou du lait.

Je vais m'enfouir sous les couvertures et essayer de ne plus penser à rien.

Je ne sais pas si une autre existence a été la nôtre un jour mais je me souviens qu'on s'aimait. Et toi, t'en souviens-tu ? Est-ce que cela t'aide à vivre ? Comment as-tu réinventé ta vie ?

Si tout cela finit un jour, si nous nous retrouvons, pourrons-nous être encore ce que nous avons été ?

Je t'embrasse. Adèle.

Le lendemain, alors qu'elle approche de chez elle, elle est bousculée par un inconnu qui disparait avant qu'elle ait le temps de se ressaisir. Elle sent qu'il a glissé une lettre dans sa poche.

« Ne fermez pas votre porte ce soir »

Adèle ne ferme pas sa porte mais ne ferme pas l'œil non plus ! Elle guette les bruits toute la soirée. Son cœur tambourine à ses oreilles. Elle se tord le cou à la minuscule fenêtre pour apercevoir la rue, fait les cent pas dans la chambre, oublie de manger et finit pas s'assoupir à sa table, la tête dans les bras, à plus de deux heures du matin. Lorsqu'elle se réveille, le dos et les épaules endoloris, une énorme Remington trône à vingt centimètres d'elle !

Elle n'a rien entendu ! « Quelle belle espionne je fais... Avec moi, on va vite gagner la guerre ! Julien va avoir une haute idée de mes performances» se dit-elle, mortifiée ! Puis, gagnée par la curiosité, elle examine la machine qui va devenir sa compagne de chaque soir.

Les lettres et documents manuscrits arriveront au guichet numéro 2 de la poste. Apportées, chaque fois par une personne différente, ils porteront, au milieu d'une adresse fantaisiste, une discrète paire d'ailes qu'Adèle reconnaîtra bientôt au premier coup d'œil. Il lui suffira de donner quelques bons coups de tampon sur les enveloppes avant de les glisser dans son propre sac et non dans le sac de courrier en partance pour le tri.

Chaque soir, lorsqu'elle rentre chez elle avec des lettres manuscrites, le voyage est une épreuve. « Prends l'air badin ! » lui a recommandé un de ses contacts. Facile à dire !

Elle est soulagée lorsqu'elle arrive à bon port. Elle se met au travail. Une grosse couverture fixée à sa porte et une autre sous la machine étouffent les bruits. La radio joue et Adèle tape pendant de longues heures puis elle relit les feuillets destinés au journal.

En entête, se trouve la devise de Napoléon : « Vivre la défaite c'est mourir tous les jours » puis ce conseil aux lecteurs : « Lisez attentivement. Recopiez soigneusement. Distribuez prudemment ».

Ensuite, viennent les articles, plus ou moins documentés, plus ou moins emphatiques mais tous inexorablement dirigés contre l'armée d'occupation.

« Les Allemands sont une race menteuse, fourbe, avide de pillage », s'exclame l'éditorialiste. Un autre fait remonter aux Gaulois et aux Romains le désir d'expansion des « Germains ». « Il est temps d'étonner le monde » affirme un troisième « car au point où en est Hitler, il ne lui reste plus que deux alternatives, la victoire totale ou le suicide » paroles prémonitoires en cette année 1941. Comme sont prémonitoires les réflexions de celui-là qui démontre que « Hitler veut diriger l'Europe » que la France deviendra l'esclave de l'Allemagne, son grenier, et que ses industries seront ruinées. Tous exhortent à la résistance, à la lutte armée, au départ en Angleterre.

Adèle s'imprègne de tous ces beaux discours. Elle recopie aussi des listes de noms, des indications géographiques qu'elle doit acheminer à des adresses en Angleterre. Certains soirs elle copie sans relâche des tracts à distribuer.

Le lendemain, il lui faut se rendre au rendez-vous qui lui a été fixé la fois précédente. Elle tremble jusqu'au moment où elle réussit à se débarrasser du paquet encombrant. Les « contacts » sont quelquefois des gamins de quinze ans ou des ménagères au-dessus de tous soupçons. Embusqués dans les portes cochères, ils surgissent au dernier moment lorsqu'elle approche. L'échange se fait à toute vitesse, sans paroles ou presque, et chacun reprend sa route. Les tracts dissimulés dans des cahiers d'écoliers ou dans les cabas à provisions s'en vont pour être distribués dans la ville. Les discours s'en vont chez l'imprimeur.

A chaque rencontre, elle espère que ce sera Julien qui l'attendra mais il n'est jamais là. Elle continue cependant son travail de bestiole obstinée. Elle tape et tape de plus en plus vite, fais disparaître les brouillons compromettant en les brûlant dans l'évier de la cuisine, traverse la ville presque chaque jour pendant sa pause de midi pour se rendre aux adresses indiquées. Elle continue pour ne plus se sentir seule et inutile, un peu pour aider Maurice et surtout pour ne pas décevoir Julien.

Sources : Archives. Les Petites Ailes de France est un journal clandestin fondé en septembre 1940 par Jacques-Yves Mulliez. Il l'a sabordé en juin 41 par crainte d'une arrestation. Il réapparait sous le nom de « Vérités » puis fusionne avec «Liberté » en novembre 41 et devient «Combat» fin 41. Il était imprimé chez Joseph et Marceline Martinet à Villeurbanne au N°5 de la Rue Mozart.

Journal de Maurice, 1941/1942

Avril 41 : maintenant pour écrire à notre famille il nous faut un formulaire spécial et pareil dans l'autre sens ! Et un par mois seulement, non cacheté bien entendu et minuscule. C'est peau de chagrin. C'est peau de balle et balai de crin ! Evidemment tout est passé au peigne fin. Il ne s'agit pas de se permettre des confidences, ni de donner son avis sur la politique !

J'oublie que j'ai eu une vie avant. Je ne me souviens plus du corps d'Adèle, ni de son rire, ni de sa voix. Comment pourrons-nous nous reconnaître ? Elle aura changé et moi aussi. Je me sens tellement différent depuis que je suis ici. Résigné, docile, sans désirs ni volonté propre. J'obéis aux ordres sans me poser de questions, par commodité, pour ne pas avoir d'ennuis avec les gardiens, pour garder un minimum de liberté à l'intérieur des barbelés. Ma tête accepte les dix heures de robot que j'impose à mon corps. Je dors d'un sommeil de brute. Je mange tout ce qu'on me propose. Les popotes et les colis «Pétain» ou les colis de la Croix-Rouge, sont des récréations dont on n'a pas idée. Ce sont nos responsables, des Français, qui calculent les parts au millimètre, à la fraction de cuillère pour éviter la resquille. On a imaginé, pour cuisiner, un réchaud fait d'une grosse boîte de conserve et alimenté par des boules de papier serré. Encore nous faut-il trouver du papier ! Notre cuistot ne manque pas d'imagination pour transformer les ingrédients en plats aux noms pompeux qui évoquent de loin les régals d'avant-guerre. La conversation tourne inlassablement autour des banquets d'antan, de l'odeur incomparable du poulet rôti, de la saveur des mirabelles chaudes cueillies sur l'arbre, des orgies de framboises et des mérites comparés de tel ou tel vin qui accompagnerait bien tel ou tel met. Pauvres réjouissances !

Cet hiver a été détestable et infiniment long. Le printemps est pourri. Toute la campagne est noyée sous la pluie. Le matin on nous réveille à 6 heures pour l'appel devant la baraque, il fait encore nuit, et en route pour l'usine. Le soir, on rentre, toujours la nuit. Tout ça pour une paye mirobolante en « argent de camp » qui nous permet d'acheter quelques bricoles, un peu de tabac pour ma pipe, du savon, denrée rare comme sont rares les possibilités de se laver correctement. Mais, comme on pue tous la même odeur, y'a pas de gêne !

Je résiste parce que j'ai l'habitude des travaux pénibles mais les gars qui travaillaient dans des bureaux ou les profs sont anéantis de fatigue et prennent souvent des mauvais coups par la police de l'usine lorsqu'ils font des conneries. Ils sont accusés de saboter les pièces. Il y a un clerc de notaire qui a les mains en sang.

Mai 41 : L'autre nuit, grand branle-bas de combat ! Tout le monde debout ! Rassemblement devant les baraques. Les Allemands hurlaient des ordres en tous sens et nous comptaient et recomptaient. Il manquait du monde ! Je ne connais pas les évadés. Ils ont bien du courage. La plupart du temps, ils sont repris et enfermés dans des camps disciplinaires où il ne doit pas faire bon vivre. Si on réussit à y vivre !

Comment se débrouiller pour circuler dans un pays dont on ne connaît pas la langue, avec une capote militaire marquée KG, sans argent et avec tous les civils aux aguets pour vous dénoncer ?

Deux nuits plus tard, nouveau réveil en fanfare, à 4h du matin, cette fois pour fouiller les piaules !

Mon journal était au chaud dans ma paillasse soigneusement recousue. Je suis un as de la couture ! L'hérédité, sans doute...

Cette manie qu'ils ont de nous compter sans cesse. Bizarrement, ils ne trouvent jamais le même nombre. Il y a des petits malins qui se faufilent à l'arrière des rangs pour embrouiller les comptes. Les Boches ne comprennent pas ! Ils deviennent enragés mais nous, ça nous fait un peu de spectacle...surtout quand il fait beau. Les jours de pluie, les calculs sont toujours exacts ! Etrange mon capitaine !

30 mai 1941 : le petit Marcel est mort, faute de soins. Il avait fait une chute sur la tête il y a quelques jours et s'était évanoui. Le toubib l'a traité de simulateur et l'a renvoyé au camp. Maintenant, il « simule » la mort. Un pauvre gosse de 25 ans que les siens ne reverront jamais. Quelle merde ! Je ne reverrai peut-être jamais Adèle. Je ne sais plus quoi lui écrire. Elle, de son côté, moi du mien. Chacun sa misère et rien pour consoler l'autre.

Je passe mon temps libre à dessiner des filles plutôt girondes et en tenues légères. Je donne mes dessins ou je les vends, c'est à la tête du client.

22 juin 1941 : la Russie a déclaré la guerre à l'Allemagne. Bonne ou mauvaise nouvelle ? Si on doit rester là jusqu'à ce que l'Allemagne écrase la Russie, on n'est pas de la classe ! On réussit à avoir des nouvelles par les gars qui sortent pour des boulots à l'extérieur. Je ne sais pas comment ils réussissent à écouter la BBC. Si on se contentait des communiqués officiels qui nous sont faits tous les soirs, on pourrait croire que le Grand Reich vogue sur la Mer de la Félicité.

13 Juillet 41 : chaleur de four. On est resté collé à la paillasse jusqu'au soir, ce dimanche. Ce matin, grande répétition. Je me suis inscrit à la troupe de théâtre du Stalag. La pièce raconte la légende du Roi Arthur. C'est un copain, instituteur dans le civil, qui l'a écrite. Ça fait deux mois qu'on répète. Même nos gardes-chiourmes viennent voir les répétitions et se marrent. Il faut dire que le grand Georges en

Reine Guenièvre, c'est croquignolet ! Moi, je suis un modeste chevalier de la Table Ronde. Accessoires, décors, costumes, tout est prêt pour la représentation de ce soir ! Une manière de fêter le 14 juillet sans que les Allemands s'en doutent ! Ou font-ils semblant ? Il y aura aussi la chorale qui chantera des airs à la mode, en évitant cependant la Marseillaise !

Août 41 : les beaux jours sont encore plus durs à supporter que les jours gris. Aux jours gris, moral gris, ça passe. Mais au soleil, la vie craque aux coutures. Mon corps est affamé de tendresse, de caresses et rien à l'horizon ! Même rien à l'horizontal…

Je pense à tous les anniversaires que j'ai manqués. Notre anniversaire de mariage, les trente ans d'Adèle. Ma mère qui vieillit loin de moi. Les privations en France sont terribles, paraît-il. Malgré tout, elle m'envoie des colis bourrés de victuailles, du papier pour mes dessins, une merveilleuse petite boîte de peinture qu'elle a cachée dans un pâté de viande à la croûte bien refermée. Quelle surprise ! Sans cette précaution, la boîte serait partie égayer un marmot allemand. Mes frangines vont prendre des couleurs sur les fesses !

Novembre 41 : même ici, la politique vient tartiner ses balivernes. Il s'est créé un très officiel « cercle d'études de la Révolution nationale » ou « Mouvement Pétain ». Les moutons adhèrent comme un seul homme et s'en vont écouter, béats, les conférences sous le portrait de Pétain. On chante le moralisme, l'apolitisme, la collaboration. On dénonce les dérives du Front Populaire. On rêve d'épurer la France des communistes et des Juifs. Bordel ! Autant coucher avec les Allemands ! C'est fayots et compagnie. Ça fait un paquet de gens infréquentables dans les parages.

Et nous, pendant ce temps on trime pour Hitler. Les usines tournent à plein tube. Peut-être même qu'on fabrique des pièces pour l'armement. Mais je ferme ma gueule ou j'en parle seulement à

Copéry qui partage mes idées. Qui sait ce que ma petite Adèle pense ? Dans ses lettres elle me chante les louanges de son Maréchal ! Qui va lui ouvrir les yeux ?

1er Décembre 41 : encore un hiver en Allemagne. Quand et comment tout cela prendra-t-il fin ? Nous allons peut-être rester la vie entière à travailler pour l'Allemagne. Tout est de plus en plus organisé ici. Une vraie ville avec ses coiffeurs, ses cordonniers, ses tailleurs, une sorte de marché aux puces où on trouve de tout. Une vraie société avec des petits chefs, des crevures et des mouchards, des gars bien, des rigolos et des râleurs, des combinards et des poltrons.

Quelquefois des bagarres éclatent entre prisonniers. Des mouchards se font casser la gueule. C'est tout ce qu'ils méritent. Le problème c'est que celui qui a administré la correction se retrouve au mitard et ça, c'est pas de la tarte ! Bouclé en cellule on a le temps de réfléchir et, au prochain règlement de comptes, on passe son tour !

Nous avons organisé une bibliothèque ! Grande merveille ! Les lectures sont surveillées mais c'est mieux que rien. On a regroupé tous les livres arrivés dans les colis dans une même baraque avec une table et des chaises pour lire tranquille. Dès que j'ai un moment je m'installe là. Et j'oublie tout pour un moment. Evasion sans risque de punition ! Merci Agatha Christie !

7 décembre 1941 : Dingo ! Les Japonais ont bombardé la flotte américaine à Pearl Harbour. Il y a des milliers de morts. L'Amérique entre en guerre. Quel bordel ! Quel espoir !

Janvier 1942 : Retour au Stalag où je suis dans une équipe chargée d'installer des latrines au bout du bout du camp. Là, derrière d'autres barbelés, on aperçoit les prisonniers russes. Misère ! Ça fait peur à voir ! Nous, en comparaison, on est des nababs. Ils sont maigres à faire peur, étendus au sol, sans réaction. J'ai vu passer une charrette pleine de cadavres. Ils ont été jetés dans une fosse commune et les Chleuhs y ont foutu le feu. Ces connards s'amusent aussi à tirer comme à la foire sur ceux qui sont encore debout.

20 janvier 1942 : Copéry a voulu lancer un morceau de pain par-dessus les barbelés des Russes. Tout un groupe a sauté dessus. Ils étaient prêts à s'entretuer mais les sentinelles s'en sont chargées en tirant dans le tas. Copéry a échappé de peu à la mort, lui aussi. Heureusement, notre garde-chiourme est intéressé par nos colis. On rétribue sa « bonté » en cigarettes et en gnole quand il s'en faufile dans les colis.

Février 42 : moral au plus bas. Adèle ne m'écrit plus. On pèle de froid. J'ai chopé une bronchite.

Maurice écrit :

Ma chère Adèle,

Pourquoi me laisses-tu sans nouvelles ? Les lettres sont tellement importantes pour nous tous. Elles sont si longues à nous parvenir. J'ai tout le temps de laisser courir mon imagination. Es-tu en bonne santé ? As-tu de quoi te nourrir, te chauffer ? Travailles-tu toujours au même bureau de poste ? Et surtout est-ce-que tu m'aimes encore ? Est-ce- que cette guerre nous aura tués tous les deux même si elle nous laisse vivants ? Réponds-moi, je t'en supplie.

Nous avons été affectés à un nouveau commando, dans une usine de Hambourg. Les journées de travail sont dures et n'en finissent pas. Nous mangeons à la cantine de l'usine, le midi. Fayots et patates. Quatre étoiles comme tu penses bien. On essaye de faire un peu mieux le soir, avec les colis partagés. Quand il nous reste du courage. Parce que le plus pénible dans tout ça, ce sont les trajets en *camion brinquebalants pour retrouver notre camp. Et à l'arrivée, les sentinelles nous demandent parfois de faire l'exercice si la fantaisie leur en prend. La nuit, on tâche de dormir pendant que les trains s'arrêtent de rouler. Les puces, elles, n'arrêtent jamais.*

Je ne sais plus si je suis un homme ou un robot.

Je t'embrasse Adèle, mais de si loin que ce ne sont que des baisers de papier qui n'arriveront peut-être jamais ou que tu déchireras. Maurice. Avril 42

Il écrit encore

Ma chère Maman,

Je te remercie pour ton colis qui m'est arrivé après plus d'un mois. De nouvelles chaussettes et une ceinture ! Quelle bonne idée ! Mon tour de taille s'est réduit et, comme je te le disais dans une précédente lettre, j'ai été obligé de tresser une corde pour retenir mon pantalon ! Quelle élégance ! Il faudra lancer la mode en France. Je crois que vous avez tous minci là-bas aussi.

Je suis content de te savoir à Pouzol où tu peux manger à ta faim et rester à l'abri de ce qui pourrait se passer à Lyon. Moi, je vais bien. Je travaille maintenant à l'usine, à Hambourg, et je loge pas très loin. Le dimanche, comme aujourd'hui, c'est repos. On en profite pour faire notre courrier, notre lessive et pour jouer aux cartes. J'ai de bons camarades surtout Robert. On se soutient dans cette captivité qui n'en finit pas.

À bientôt, ma chère Maman. Prends bien soin de toi. Donne mes affectueuses pensées à tout le monde à Pouzol. Ton gone qui voudrait bien rentrer à la maison.

Lyon, 15 août 42

Adèle a bruni ses jambes grâce à une décoction de plantes et, pour compléter l'illusion, elle a dessiné au crayon la couture de ces bas en trompe-l'œil. Elle a glissé ses pieds dans de nouvelles chaussures à semelles de bois, obtenues à grand-peine, après deux heures d'attente à la mairie, pour avoir les tickets correspondants, et une course dans Lyon pour arriver à temps au magasin qui les proposait. L'avis était dans le journal du matin qu'elle épluche quotidiennement à la recherche de la perle rare, vrai ou faux café, savon, bons pour les pneus de son vélo. Elle fait griller des glands pour remplacer le café. Elle fabrique du savon à base de soude et de graisse, s'offre parfois le luxe d'un vélo-taxi. Elle observe la montée vertigineuse des prix, le marché noir qui se banalise, les petites et grandes escroqueries. N'a-t-on pas vu circuler de faux savons en terre glaise !

Elle sait que la grogne monte et elle grogne de concert avec ses compagnes. Des tracts circulent, parfois ce sont ceux qu'elle a, elle-même, tapés à la machine : « Femmes ! Ce sont les Boches de Vichy qui vous affament. Les dépôts des Boches regorgent de tout ! » D'autres encouragent les ménagères à se rendre dans les mairies pour exiger des pouvoirs publics la fin des coupures de gaz et d'électricité.

Hélène enrage lorsque les coupures de courant la surprennent en plein travail de « retapage » à la vapeur des formes de chapeaux. Malgré l'occupation, les femmes restent coquettes et demandent de nouvelles coiffures fussent-elles réalisées à partir d'autres plus anciennes. Alors, Hélène rafraîchit les coques, les pailles et les dentelles, rajoute une passementerie, une fleur sèche. Elle a plaisir à offrir un petit moment de bonheur à ces Françaises qui ne se résignent pas à la tristesse.

Adèle porte la robe blanche, imprimée de fleurs bleues, qu'Hélène a réussi à lui confectionner avec un coupon de tissu d'avant-guerre qui attendait son tour, près de la machine à coudre. Elle a souligné sa taille mince d'une ceinture rouge. Elle a arrangé ses cheveux pour obtenir la « coque » à la mode sur le dessus de la tête et a attaché d'un ruban les autres mèches sur sa nuque. Elle se sent belle. Belle et légère. Ses semelles claquent gaiement sur les pavés de Lyon.

Pourquoi tant de toilette ? Pour rien. Juste pour elle. Parce qu'elle en a assez des restrictions, de la vie grise, des économies de bouts de chandelle, de la mauvaise nourriture, des discours du Cardinal Gerlier qui interdisent la danse, « une insulte à la souffrance et à la douleur » a-t-il dit. Mais de quoi se mêle-t-il ? Lorsqu'elle se regarde dans la glace, Adèle se dit qu'elle va vieillir avant d'avoir vécu. Elle a envie de tout, de sucre et d'alcool, de musique, d'insouciance. Elle a envie d'amour, de beauté, de nonchalance. Elle ne se souvient plus avoir fait l'amour un jour. Les contours de Maurice sont devenus flous. Elle n'attend plus ses lettres qui, de toute façon, n'arrivent pas. Ou qui, lorsqu'elles arrivent, lui semblent dénuées de sens.

Il est chimère, il est mirage entraperçu au coin d'une rue, disparu aussitôt.

Ses semelles claquent. Elles l'ancrent dans la vie d'ici. C'est là que se trouvent son salut, son avenir. Elle s'en persuade. Elle marche la tête haute. On la regarde. Elle sourit. Elle avance dans les rues surchauffées de Lyon où circulent de rares voitures équipées de gazogènes.

Elle va au hasard, fait confiance à ses pas, sans flâner malgré la chaleur, sans chercher l'ombre. Le soleil lui va si bien. Elle avance, des chansons dans la tête. « Qu'est-ce qu'on attend pour être heureux ? » Ses semelles de bois mordent les pavés. Elle avance pour que sa vie cesse d'être immobile, pour que quelque chose se passe enfin qui ressemble à la liberté. Ses missions d'obscure dactylo au fond de son grenier ne lui suffisent plus. Les livraisons, ici ou là, sont devenues routine. Depuis des années, qui lui semblent des siècles, elle n'a vécu que pour rassembler de la nourriture, pour pédaler, été comme hiver, sur les routes du département, pour piétiner dans les files d'attente, les pieds glacés, sous la pluie, ou la tête écrasée de chaleur. Elle a dû prouver sa nationalité, sa non-appartenance à la race juive, son statut de femme de prisonnier. Elle est encartée, enregistrée, cataloguée, numérotée. Elle avance enfin vers quelqu'un pour fuir la laideur de cette vie. Elle ne le sait pas encore mais elle avance vers lui.

Elle marche sans but conscient. Si elle laissait affleurer à son esprit le plus petit souvenir des jours heureux, elle resterait clouée sur place, engluée dans les sédiments de sa mémoire, prisonnière des vagues et du sable, du rayon de soleil qui bondit par la lucarne du grenier au petit matin, captive de tous ses enfants jamais nés. Elle marche. Ses jambes avancent vers un point qu'elle ignore. Son corps lui commande de marcher. Elle lui obéit sans murmures. Elle marche. Ses semelles claquent. Elle traverse le Pont de la Guillotière, longe l'Hôtel-Dieu en s'interdisant de penser à son premier espoir d'enfant. Elle rejoint la rue de la République, s'amuse à traverser la presqu'île par le labyrinthe des petites rues désertes sous l'œil des fenêtres ouvertes d'où s'échappent des musiques. La voici au bord de la Saône. La rivière charrie lentement des tissus d'herbe feutrée à l'odeur fade. Elle marche. Elle traverse le Pont la Feuillée. Elle ne le sait pas encore mais elle est presque arrivée. Elle longe le quai. Elle a chaud. Elle mouille son mouchoir à une borne-fontaine et s'assoit un instant sous les platanes. Cet air qu'elle respire, elle le reconnaît. C'est celui qu'elle respirait lorsqu'elle venait chez Julien, avec Maurice et Odile, en ce temps si insouciant, si lointain qu'il lui paraît ne jamais avoir existé. Elle est au pied de l'immeuble de celui qu'elle croyait avoir oublié. Il suffirait qu'elle se lève, qu'elle défroisse sa robe et qu'elle continue son chemin pour que rien n'arrive. Mais son corps lui dit d'attendre. Un ordre impérieux lui dit de rester. Sa raison est muette. Ficelée, entortillée, bâillonnée, incapable de commander. Elle sait qu'elle est à la bonne place. Quand elle l'aperçoit sur le pas de la porte, quand il passe la main dans ses cheveux et réajuste sa chemise blanche, elle sait.

Elle sait qu'elle ne résistera pas. Qu'il va la prendre dans ses bras et que ce sera comme boire l'eau d'une source. Qu'il va l'embrasser et que ce sera comme mordre dans la chair d'une pêche en été. Qu'il va ôter sa robe et pénétrer son corps et que ce sera comme nourrir un ventre affamé. Elle sait qu'elle a couru au-devant du danger mais qu'elle n'a pas peur, que ses armes de défense sont tombées mais qu'elle n'en a plus besoin. Elle sait qu'elle a hâte, que chaque minute d'attente est une minute perdue. Elle sait que c'est lui qu'elle est venue chercher.

Depuis sa fenêtre, Julien l'a vue traverser le pont en conquérante. Il l'a vu longer le quai. Il a reconnu sa silhouette fine, ses jambes longues. Il a su, lui aussi. Adèle, ce sanctuaire, cette basilique, cette guerrière sans armes qui maintenant s'approche de lui et qui l'enlace sans dire un mot. Il a su qu'elle venait à lui, comme s'il l'avait toujours su. Adèle n'est plus la petite fille qui jouait dans les vagues à l'Aiguade, n'est plus la femme meurtrie de l'Hôtel Dieu. Adèle n'est plus à Maurice. La grande tourmente de l'Histoire a rebattu les cartes et les voici, tous deux, emportés par le vent fou des tempêtes, dociles à leur destin, sans résistance. Adèle est pour lui.

Il entoure ses épaules, sent sa peau chaude sous le tissu fin, la douceur de ses cheveux, son parfum de feuilles vertes.

Sans dire un mot, il l'emmène dans l'appartement où, naguère, ils avaient été surpris en train de danser avec Odile et Maurice. Ses longues jambes, déjà. L'appartement est dans la pénombre, volets tirés dans les pièces aux hauts plafonds. Il l'emmène là où tout aurait pu commencer, prend sa bouche, prend ses seins, ses hanches étroites. La vie palpite en eux comme un rouge oiseau blessé.

Sans dire un mot, ils font l'amour, se mordent et s'arrachent, se brûlent, se violentent, comme pour se prouver que tout est bien consommé, que plus rien ne pourra effacer ce moment. Que leur vie a basculé, là, ce jour-là, que l'irréversible a été commis et que c'est tant mieux, que tous les chemins devaient se rejoindre ici, dans cette chambre.

Longtemps, après l'amour, ils restent silencieux. Puis s'envolent des mots légers, mots-papillons sitôt éclos, sitôt éteints, des mots arrêtés à l'orée de l'oreille, des mots de rien, des mots d'avant, des mots pour dire la douceur de la peau ou le bonheur des bras. Puis naissent des mots fleurs, mots à cueillir, à effeuiller, des mots pour semer des sourires, pour dire la soif, pour dire la faim. Enfin, viennent des mots-forêts, mots à se perdre, à se cacher, des mots-tourmente, des mots-orages pour haïr la guerre, pour craindre les départs.

- Il faut que je me planque. Je ne veux pas partir travailler en Allemagne. Je ne crois pas à leur « relève ». Je suis plus utile ici.

- Non ! Pitié ! Ne pars pas toi aussi. Je n'y survivrai pas...

Le soleil est passé de l'autre côté de la maison. On ne voit plus la danse des grains émiettés en pluie dans les lames de soleil. La chambre est presque obscure. Julien s'est endormi. Adèle veille, remplie d'étonnement. Sa robe blanche à fleurs bleues et sa ceinture rouge gisent au sol, témoins d'un avant qui a existé et dont elle s'est dépouillée. Oui, c'est l'étonnement qui vient à elle maintenant que son corps est rassasié. C'était donc si simple ? La voici autre, la voici neuve, chargée de cette nouvelle vie, ouverte comme une maison et protégée par ses murs. Elle regarde Julien si beau dans son sommeil, son front soucieux, ses lèvres pleines. Ils se sont à peine embrassés. Penchée sur lui, elle tente de percer le mystère qui court dans ses rêves. Lorsqu'il ouvre les yeux, il est incrédule, lui aussi. Comment, de cette guerre absurde, a pu naître ce moment inouï ? Qui a enfanté ce destin ? Adèle, petite camarade de jeux innocents, Adèle prompte à rire et à danser, Adèle la femme de son meilleur ami est là, nue, dans son lit. Il la touche du bout des doigts, effrayé par ce qui vient de se passer, le corps encore bouillant mais l'esprit en déroute. C'est une erreur, un accident. La trombe d'eau qui les a soulevés, en traversant la mer, va les laisser, étourdis, rejetés sur la plage, coquillages égarés, brisés par la violence. Elle doit partir, il doit lui dire de partir, de ne plus revenir...

- Viens, partons, je t'emmène, je sais où te cacher, murmure Adèle.

Souzy, été 1942

Elle marche vite sur le chemin, malgré la pente. Elle veut sentir le sang à ses tempes, son cœur palpitant comme l'aile de l'oiseau blessé, sa respiration désordonnée et son nez qui coule dans le froid humide de la forêt. Elle enfonce des pas solides dans la terre grasse, n'évite pas les rigoles d'eau claire qui ruissellent entre les cailloux. Elle connait les grosses branches abattues par la dernière tempête et a appris à les contourner dans un amas de feuilles sèches ou à les enjamber d'un ciseau habile. Elle écoute le travail obstiné des pics sur les troncs, les trilles et les roulades du rouge-gorge, le refrain du pinson qui se tait à son approche pour mieux répéter sa chanson sitôt qu'elle s'éloigne. Elle connait le bruant jaune et le criaillement des pies en quête d'oisillons au nid.

Les flammes bleues et vertes des cimes, sapins et châtaigniers, frères siamois élancés vers le ciel, se balancent, penchent vers elle leurs yeux de lumière découpés dans le ciel.

Elle s'en va retrouver Julien qui est caché avec d'autres réfractaires, depuis la fin du mois d'août, dans une ferme abandonnée, près de son village de Souzy.

Dans chacun de ses pas, il y a un renoncement à ce qui fut sa vie. Dans chacun de ses pas, une blessure dans la terre pour enterrer ses souvenirs. Enterrée sa rencontre avec Maurice, les fleurs de marronniers dans les cheveux, leur premier baiser dans la ville chaude, un soir de juin. Enterrées leurs nuits derrière la mousseline verte et celles sous la tente quand les vagues mugissaient non loin. Enterrées les courses à vélo dans les villages roses, la musique de jazz, les festins en terrasse…Elle appuie d'avantage sur la terre meuble. Elle veut les laisser là, ces souvenirs, collés à la glaise du chemin comme elle veut oublier qu'il souffre au loin. De quel bois dur est-elle faite pour piétiner ainsi celui qu'elle a tant aimé ? Vite, il faut enclore l'impardonnable, s'en accommoder, le parer des atours des circonstances. C'est la faute à la guerre. Il faut museler le remords qui voudrait qu'elle fasse demi-tour sur le chemin et qu'elle s'en aille écrire une lettre d'amour à l'un, une lettre de rupture à l'autre. Mais comment choisir ? Elle ne peut se décider à crucifier Maurice déjà pantelant de douleur dans son exil. Elle ne saurait, non plus, lui mentir et lui dire qu'elle l'aime encore tant elle en est peu certaine. Et Julien, là-haut, bien vivant, l'aime-t-elle ? Ou est ce seulement son corps impatient qui la conduit vers lui ? Alors, ne pas penser, avancer, seulement avancer. Enfoncer dans la terre les projets de retour, l'élan des retrouvailles, la vie à reprendre comme si de rien n'était. Laisser surgir l'idée que rien ne pourra s'oublier. Avancer.

Après le pont, le chemin s'assèche, la vue s'élargit sur les prairies. Les menus insectes de la forêt s'éteignent. Les gros bourdons corsetés de velours titubent au hasard, ivres tout le jour. Elle respire mieux. Elle aperçoit le bouquet d'arbre qui cache la vieille ferme. Dans quelques minutes, elle aura franchi les derniers mètres, le serpent ondulant de la trace laissée par les pas dans l'herbe jaune. Les parfums de fenaisons et de miel l'appellent, prennent la place de ces odeurs d'humus qui vous torturent, trop riches de vie souterraine. Elle s'allège, Adèle. Sa culpabilité s'envole vers les nuages de coton. Elle ouvre un peu son corsage, s'autorise une halte, respire.

Julien est sur le pas de la porte. Il descend à sa rencontre et l'enlace sans parler. S'il parlait, il pourrait s'entendre dire qu'il est le félon, le traître, qu'il est indigne, qu'il mérite le fouet ou la mort. Mais Adèle est là, si chaude, si vibrante, si prête à tout accorder que, lui aussi, jette aux orties tous les souvenirs.

Ils s'en retournent vers la maison, mi-dansant, mi-flottant, entravés de leurs propres pas et s'en vont s'aimer sur le vieux lit grinçant. Sans remords, sans paroles. Leurs corps, bêtes dociles, obéissent à l'unisson, se bousculent, se meurtrissent et pulsent de la même vie pendant un temps où s'abolit le temps. Puis ils restent longtemps enlacés pour que passent, de l'un à l'autre, les délicieux flux calmes nés de leur emportement.

Et il faut bien, enfin, parler. Dire on ne lui dira pas. Ou dire ce n'est pas grave, dire on lui expliquera, il comprendra, on avait tellement faim, il faisait si froid tout le temps, on avait peur de mourir. Dire ce n'est rien, ce n'est pas la vie qu'on voulait et y aura-t-il un après ? Dire que la musique enfermée dans les gorges étouffe, que l'eau prise dans les barrages déborde, que la douleur d'attendre ronge. On ne s'aime pas Julien, n'est-ce-pas ? Dis-moi qu'on ne s'aime pas. Mais qu'on est tous les deux sur ce radeau, qu'on est faibles, que notre seule chance de survie, c'est ça, se cogner, se battre, se serrer pour se prouver qu'on existe encore un peu. Dire qu'il va revenir.

- Oui, Adèle, ne pleure pas. Il va revenir. Il y aura un après. Juste, laisse-moi t'aimer. Tu ne peux pas m'empêcher de t'aimer.

- Oui, Julien. Aime-moi bien si tu veux. C'est bon d'être aimée.

- On va se tenir la main encore un moment. On va virer les Boches. Les alliés sont prêts. Le débarquement n'est pas loin. Partout des groupes de résistants se forment. Nous attendons le signal.

- Je sais. Je vais vous aider. Tout le monde doit être prêt.

- Sois prudente, ma plume ! Ne te confie à personne. Saloperie d'époque où l'on doit se méfier de tout.

- Je sais, Julien. Ne t'inquiète pas pour moi. Je me faufile. Je passe inaperçue.

- Au revoir petite plume. Reviens vite.

Adèle redescend au village. Ses parents ne lui posent pas de questions. Toutes les fermes des environs cachent des jeunes gens qui viennent parfois aider aux travaux des champs en échange du gite et du couvert. Rolande cuisine des marmites de soupe et des ragoûts qui s'en vont dans les bois dans la camionnette de Jules. Adèle a, sans doute, des raisons qu'il est préférable de ne pas connaître pour aller passer du temps là-haut.

Souzy, automne/hiver 1942

Rolande est sur le pas de la porte, son petit-fils solidement amarré sur la hanche. On a frappé. Le chien aboie en tirant sur sa chaîne.

L'homme qui se tient devant elle est un inconnu. Mince, brun de peau et de cheveux, portant moustache drue, il triture nerveusement sa casquette et finit par s'adresser à elle dans un français approximatif.

- Chercher maison. Famille, enfants à Lyon. Besoin maison pour famille. Louer maison. Argent.

Rolande fait taire le chien et jette un coup d'œil par-dessus l'épaule de l'homme pour tenter de trouver de l'aide. Jules ne doit pas être loin. Elle ne sait comment répondre à cette demande imprévue. L'homme a glissé la main dans la poche de sa veste et en sort un portefeuille et une photo.

- Enfants. Femme. Bébé. Lyon dangereux pour famille.

Rolande a essuyé la bouche du petit René d'un preste revers de mouchoir et l'a posé sur le sol de la cour. Il s'est accroché à sa jupe un instant, sur des jambes pas encore très solides, puis s'est laissé tomber et est parti crapahuter à quatre pattes en direction du chien. Rolande observe la photo. On y voit une belle femme qui porte un enfant. Elle est entourée de trois jeunes filles et d'un petit garçon.

- Cinq enfants ?

Le visage de l'homme s'illumine d'un sourire éclatant. Ses yeux brillent de fierté.

- Cinq enfants oui ! Beaux enfants. Cacher enfants, Madame. Je prie…Petit neveu aussi.

Rolande reste silencieuse. Cette visite est tellement inattendue…

- C'est que, je ne sais pas…Je dois demander à mon mari.

- Oui Madame, merci Madame. Demande mari. Je m'appelle Lazare.

L'homme s'est éloigné. Rolande est allée cueillir René près du chien et l'a remis sur sa hanche. Elle a repris son travail quotidien, que ses mains connaissent par cœur, tandis que restait imprimée sur sa rétine la photo de cette famille et le sourire de cet homme. Qui est-il ? Il avait l'air tellement désemparé. Et ces enfants, si beaux, si jeunes, en danger de mort sans doute. Elle sait qu'ils l'obsèderont pour toujours si elle ne fait rien pour eux. Elle a entendu parler des rafles de juifs, du camp de Vénissieux où ont été internés un millier d'hommes, de femmes et d'enfants à la fin du mois d'août 42. Quel sera leur sort ? Qu'ont-ils fait de mal ? Tout en enfournant de bonnes cuillerées de purée dans la bouche de René, elle rumine et échafaude une stratégie pour convaincre Jules de mettre à l'abri ces petits.

Lorsqu'il rentre pour le déjeuner, elle le laisse boire son verre de vin et lui sert une bonne portion de saucisses aux lentilles. Elle le laisse manger, ressert un verre de vin. C'est le moment de se lancer.

- Tu sais, la bicoque du haut, celle qui appartenait à ta mère…

- Oui, la maison Piot, et alors ? Il y a un problème ? Le toit ? C'est le toit ? Je sais qu'il faut que je fasse quelque chose pour ce toit…

- Non, non, pas de problème. Mais j'ai peut-être trouvé quelqu'un qui voudrait la louer.

- Louer la maison Piot ? C'est qui ce malade ? Il n'y a ni eau ni électricité, les fenêtres ne ferment plus, il y a des gouttières, un mètre d'herbe dans la cour…

- Je sais…mais je crois qu'ils n'ont plus le choix. Des juifs, tu sais…une famille entière avec cinq enfants, j'ai vu leur photo.

- Ah, des Juifs…

Jules se tait, les yeux mi-clos, les mains sur son estomac bien rempli de saucisses aux lentilles. Il pense à son fils ainé et à son gendre, tous deux prisonniers en Allemagne, il pense à Adèle qui se tue tous les dimanches à pédaler sur les routes, aux jeunes gens contraints de se cacher dans les bois. Il pense que Pétain les a bien eus avec sa révolution nationale et sa collaboration. Il pense qu'on ne peut pas laisser mourir des enfants. Que toutes ces familles qui sont arrêtées ne reviendront sans doute jamais et que rien ne justifie cette chasse organisée. Et qu'il ne veut pas être complice de cette abominable connerie. Il pense qu'il veut pouvoir se regarder dans la glace le matin.

- Je crois qu'ils sont d'origine turque mais nationalisés français. Il vend du linge de maison sur les marchés, reprend Rolande. Il a l'air bien honnête.

- Et qu'est-ce que tu lui as dit ?

- Je lui ai dit de revenir à une heure.

Jules se tait à nouveau. Il soupèse encore le risque, se frise les sourcils, regarde Rolande qui attend son verdict puis se lève.

- Bon, je vais déjà faucher l'herbe de la cour qu'on puisse rentrer et, tant que j'y suis, je vais remplacer des tuiles sur le toit, depuis le temps que je veux le faire.

Rolande le regarde s'éloigner, son brave Jules. Elle a les larmes aux yeux et un large sourire aux lèvres.

- Et dis aux voisins que c'est des cousins ! lance Jules en repassant devant la porte les outils à la main. Et dis lui que ça fera 100 francs par mois !

Le sourire de Rolande s'élargit encore. Elle s'en va voir René qui dort comme un bienheureux, les poings serrés, le nez dans une vieille peluche décolorée par les baisers baveux et les lessives.

- Les cousins vont arriver ! Dors bien mon ange.

Le dimanche suivant, Adèle est sur le pas de la porte avec sa mère lorsqu'elle aperçoit une voiture qui s'engage sur la route en pente raide qui grimpe au village. Elle porte sa main en visière au-dessus de ses yeux et observe la guimbarde, surmontée d'une impressionnante hauteur de matelas, qui peine et souffle dans la côte comme une pauvre vieille bête, et qui finit par arriver.

Adèle et Rolande s'avancent vers les passagers. Trois jeunes filles sont à l'arrière, assises sur une pile de linge de maison, les pieds sur des cartons remplis de vêtements, d'autres paquets sur les genoux. A l'avant, se tient la mère, des paniers à ses pieds, un tout petit sur les genoux, un plus grand coincé près du chauffeur, un plus jeune à sa droite. La voiture s'immobilise dans un soupir de freins et les portes s'ouvrent libérant la famille.

Ils descendent un par un et se tiennent debout, immobiles, les yeux baissés. Adèle imagine leur gêne, le désarroi de ces jeunes filles qui viennent de quitter leur maison, leurs habitudes, leurs amis. La plus jeune d'entre elles lui semble particulièrement perdue.

Lazare fait les présentations.

- Sarah, ma femme. Notre dernier-né Daniel. Nos filles, Suzanne, Marie et Perla. Notre fils Léon et notre neveu.

- Venez boire un café, propose Rolande. On aura bien le temps de vous installer après.

Ils sont intimidés les « cousins » lorsqu'ils entrent dans la ferme. Rolande s'active, fait asseoir tout son monde, sort les belles tasses et offre des biscuits, s'excuse pour le « café » qui n'est que de l'orge grillé. Les enfants ne bronchent pas. Le père tourne sa casquette. Adèle dévore des yeux le petit Daniel blotti contre sa mère.

- Soyez bénis pour votre aide, prononce alors Sarah dans un français parfait.

« Soyez les bienvenus » est la réponse d'Adèle.

Et le silence retombe, gênant, épais tel un nuage d'août. On n'entend que le tintement des cuillères sur les tasses.

Jules a aperçu la voiture qui montait. Il entre dans la salle commune :

- Bon, c'est pas tout ça mais il y a du travail là-haut !

C'est le signal que chacun attendait.

La voiture s'engagea dans la ruelle en pente. Adèle prit la main de Perla. Sarah portait le petit Daniel. Rolande allait devant avec les autres enfants. Le chien accompagnait le groupe, allait et venait, bruyant, fier de rassembler son troupeau d'humains, certain de l'importance de sa mission. Ils arrivèrent bien vite à la maison Piot.

Et c'est là qu'en lavant à grands seaux d'eau le sol en terre battu de la cuisine, en récurant les planchers de l'étage, en détruisant les toiles d'araignées qui obscurcissaient les carreaux et en frottant les vitres au papier journal imbibé de bonne « gnole » que Rolande et Adèle firent la connaissance de Sarah et de ses filles et que la gêne se dissipa. Balais et chiffons leur rendirent la parole ! Sarah raconta : elle avait étudié à l'alliance française d'Istanbul avant de rejoindre, la France avec son amoureux.

- Pour nous, c'était l'Eldorado ! On en rêvait depuis longtemps. Nous nous sommes mariés à Lyon, nous avons eu nos cinq enfants. Nous étions heureux. Nous étions sûrs que la France nous aimait.

- Et vous n'avez pas eu peur jusqu'à aujourd'hui ?

- Non, nous étions inconscients du danger. Nous avons répondu aux convocations du Palais de Justice, nous nous sommes présentés en famille pour montrer nos cartes d'identité comme on nous l'a demandé. Nous avons le tampon « juif » sur nos cartes. Je crois que nous avons été protégés par notre bêtise !

- Qu'est ce qui vous a décidés à quitter Lyon ?

Sarah s'assombrit, ravale un sanglot, se tait.

- Pardon, pardon, murmure Adèle. Je ne voulais pas vous peiner.

- Non, ne vous excusez pas. Vous ne pouviez pas savoir. C'est ma sœur Zelda. Elle a été arrêtée avec son mari. Nous n'avons pas de nouvelles. Heureusement, son fils n'était pas à la maison ce jour-là. Depuis, il vit avec nous. Grâce à Dieu nous voici tous à l'abri. Nous ne vous remercierons jamais assez.

- Allons, c'est peu de chose, répond Rolande. Et cette maison n'est pas bien fameuse. Nos hommes vont s'arranger pour la rendre plus confortable et nous, nous échangerons des recettes.

Jules et Lazare s'activèrent pour rendre la vieille maison habitable. Il fallait remettre en marche la cuisinière à bois, sonder le puits pour voir s'il pouvait encore donner de l'eau, pirater l'installation électrique pour un minimum de confort, décharger la voiture…

Le soir venu, une nouvelle famille s'endormit, à l'abri, dans la maison Piot.

Dorénavant, Adèle fit, chaque dimanche, un détour par là pour saluer Suzanne et Marie. Elles parlaient chiffon. Les jeunes filles passaient leurs journées à fabriquer de solides tabliers bleus avec les mètres et les mètres de gros coton que Lazare avait réussi à emporter avec lui et qu'il allait vendre d'une ferme à l'autre.

Perla l'attendait avec impatience pour lui raconter sa semaine à l'école. Elle préparait son Certificat d'Etudes et adorait son maître qui le lui rendait bien. Après avoir récité ses poèmes et ses leçons à Adèle, elles s'en allaient toutes les deux par les chemins pour ramasser les châtaignes ou les noisettes en bavardant comme des pies grièches.

Ce jour-là, Perla semble impatiente de se retrouver seule avec Adèle. Des questions lui brûlent la langue.

- Dis-moi, Adèle, tu as un amoureux ?

-Hé oui, petite curieuse, il y a un garçon qui m'attend là-haut dans les bois.

- Ah ? Il se cache lui aussi ? Comme nous ?

- Oui, il se cache, il ne veut pas partir travailler pour les Allemands.

- Ah ? Pas comme ton mari qui travaille pour les Allemands…

Adèle s'arrête, interdite, au milieu du chemin.

- Mais, qui t'a raconté ça ? interroge-t-elle.

- C'est ma sœur qui me l'a dit. Ce n'est pas vrai ?

- Oui, non, je ne sais pas. Tout est compliqué. Tu es trop jeune pour comprendre. J'ai eu un mari. Nous étions très heureux mais il y a si longtemps qu'il est parti que je crois que je ne le reconnaitrai pas. J'étais tellement seule et malheureuse. Julien me console, c'est tout.

- Ah ? Et quand ton mari reviendra, Julien ne te consolera plus ?

Adèle se tait. Cette petite grande fille sait poser les questions qu'elle-même n'ose se poser. C'est une déchirure qui s'ouvre dans son cœur chaque fois qu'elle reçoit une lettre de Maurice, chaque fois qu'elle pose les yeux sur une photo ou sur un objet qu'il aimait. Mais c'est aussi ce même cœur qui bondit dans sa poitrine lorsqu'elle s'en va retrouver Julien. Comment peut-elle aimer deux hommes à la fois ? Elle se déteste de ne pas avoir su attendre. Elle ne peut renoncer à Julien. Moche, je suis moche… pense-t-elle sans cesse.

- Alors, il sera triste, Julien, s'il ne peut plus te consoler, reprend Perla.

- Oui, peut-être. Ou nous serons tristes tous les trois. C'est la guerre, ma tourterelle. C'est la faute à la guerre. Personne ne sait comment tout cela finira. Et toi, tu as un amoureux ?

- Ah, tu vois, tu es curieuse toi aussi ! Oui, je crois bien que j'ai un amoureux…Il est beau ! Si tu voyais comme il est beau !

- Oh ! Raconte !

- Il a les yeux bleus et les cheveux noirs. Il s'appelle René. Il a 17 ans. C'est le frère de mon amie Denise. Il se cache comme nous. Il me regarde tout le temps et m'envoie des sourires. Moi, je travaille bien pour l'impressionner !

- Hum ! Je comprends qu'il soit impressionné !

Perla éclate de rire. La vie selon Perla est tellement simple…

Perla, petite fille juive, que la folie d'un homme destinait à la mort, si joyeuse malgré l'exil, si prête à dévorer chaque instant de l'existence, apporte à Adèle le réconfort de son innocence. Et Adèle la bénit pour ces instants partagés.

Pendant les beaux soirs d'été, elle la retrouve avec ses sœurs et d'autres gamines du village. Le jour n'en finit pas. Il fait doux. Tous les parfums des prés montent dans l'air. Elles se promènent en bavardant puis vont s'asseoir sur le bord du talus qui domine la vallée. D'où vient cette chanson qui s'élève alors, déclamée à plein gosier, d'abord par les jeunes filles puis reprise par des voix lointaines ? Sur l'autre versant, des jeunes gens chantent, eux-aussi, cet air qui parle des beaux soirs d'Espagne, d'amour et de frissons, de Dolorès, d'Inès et Paquita. Adèle chante pour Julien. Julien chante pour Adèle. Les notes s'envolent, oiseaux de couleur dans la nuit qui tombe.

Adèle bénit aussi ces moments où elle câline le petit Daniel. Quel bonheur de voir sa bouille ronde qui s'éclaire lorsqu'elle passe la porte de la Maison Piot. Il s'arcboute sur sa chaise haute, joue des jambes et des bras et pousse des cris perçants jusqu'à ce qu'elle le prenne dans ses bras. Il est lourd, doux et chaud. Sa douceur, sa chaleur infusent chaque pore de la peau d'Adèle.

Chaque dimanche apporte son lot de progrès. Bientôt, il tiendra sur ses jambes. Encore quelques mois et il marchera. Adèle observe ce miracle. Une sournoise tristesse s'empare parfois d'elle qui ne connaitra pas la viscérale plénitude de l'enfantement. Elle le serre un peu plus, s'approprie son odeur de petit animal, le fait sien pour un moment encore. Elle ne peut s'empêcher de calculer l'âge qu'aurait son premier-né.

Un jour, Adèle trouve Perla, sa rieuse Perla, très en colère.

- Que se passe-t-il ma tourterelle ?

- Je suis fâchée, fâchée, fâchée !

- Je vois ça, que t'arrive-t-il ?

- C'est le Curé ! Il n'a pas voulu que je rentre à l'église !

- Ah ? Et pourquoi voulais-tu aller à l'église ?

- J'avais appris la chanson pour Noël ! Et tout le monde est allé à l'église pour la chanter ! Sauf moi et mon frère Léon.

- Quel imbécile ce pauvre Curé ! J'irai lui sonner les cloches ! Je comprends ton gros chagrin. Allez, viens, on va aller chanter la chanson toutes les deux à Maman Rolande. Elle sera contente.

Bien sûr, elle fut contente Rolande. Cela faisait des mois qu'elle accueillait, qu'elle logeait tant bien que mal des familles entières, qu'elle persuadait ses voisins de les mettre à l'abri dans toutes les granges et les remises des environs, qu'elle rassemblait toutes les provisions possibles et imaginables. La bonne adresse avait circulé parmi les Juifs de Lyon. Il fallait rajouter des matelas, trouver des vivres. On ne pouvait refuser personne.

À Souzy, il n'était pas rare, le vendredi soir à la tombée de la nuit, d'entendre quelques ombres se souhaiter un bon shabbat.

Hambourg - Vedel

Dimanche 8 octobre 42

Chère Maman

Je suis étonné de ne pas avoir de tes nouvelles. Que fais-tu ? J'espère que vous n'êtes pas malades, je suis bien triste de ne rien recevoir. Tous les copains ont du courrier, j'ai juste reçu une carte d'Alphonse. J'écris tous les jours et j'espère bien que mes lettres arrivent. Hier, j'ai écrit à Adèle, avant-hier aussi, pourtant je n'écris rien pour qu'elles soient supprimées. Aujourd'hui dimanche, je suis tranquille. On a fait nous-mêmes notre dîner : haricots, lard, fromage, compote de pommes et poires. Je crois que la salade que j'ai préparée sera pour ce soir car l'huile est de sortie pour le moment. Hier, j'ai touché le fameux mandat télégraphique de 100 francs mais ne m'envoyez plus d'argent pour le moment. Je vous le dirai. Je n'ai pas reçu le colis. J'aurai préféré car, comme dépense, j'achète juste des cigarettes et du tabac et du papier à lettres que j'ai pu avoir non sans peine.

Il paraîtrait que l'on va rester quelques jours ici. Je voudrais bien car comme cantonnement c'est pas mal. On peut dormir à l'abri du courant d'air, et ce n'est pas toujours le cas. A la section du commandement, on est exempt de garde et de pas mal de petites choses. Hier, j'ai aidé les cuisiniers à faire la vaisselle. J'ai bu 2 quarts, c'est toujours ça, car le vin il n'y en a pas toujours et la ration c'est juste un quart. Il y a bien un foyer ici mais c'est tout petit. Il n'y a pas moyen de se faire servir et ils ne vendent que de la bière, c'est pas bien mon affaire. Pourtant elle n'est pas chère, 16 sous le demi.

Comme tu vois, il faut me contenter de peu et prendre beaucoup de patience, je t'assure qu'il en faut par moment. J'espère que pour toi, chère Maman, cela se passe mieux et que vous pouvez vous procurer ce dont vous avez besoin, en espérant aussi qu'à Lyon c'est toujours calme. Je te quitte pour aujourd'hui et dans l'espoir que ma lettre te trouvera en bonne santé, reçois, chère Maman, mes meilleurs baisers. Ton gone qui t'aime. Momo.

Maurice s'endort. Le sommeil est son refuge. Il se gorge à longs traits du lait noir de la nuit. Il s'en repaît, s'y baigne et s'en délecte, laissant venir à lui tout le peuple des rêves, les lieux de son enfance, les courses libres, les scènes improbables, les envols et la mer accueillante.

Il se réveille en sueur sur la paillasse dure. Tout s'efface aussitôt. Il cherche une bribe, une miette, une impression fugace, une ombre à retenir, le frôlement d'un corps. Plus rien. Seule la réalité lui reste, l'arrachement aux siens, le labeur éreintant, la nourriture pauvre, les bornes à l'espoir, l'incommensurable fatigue du corps et de l'esprit. Combien donnerait-il pour, ne serait-ce qu'un instant, se blottir dans les bras de quelqu'un ? Pour pouvoir marcher libre au soleil sur une plage. Ou seulement pour savoir quand ce sera possible ? Pour être sûr qu'un ailleurs et qu'un après existent ? Le sommeil le fuit. La sarabande des questions sans réponses et des images sombres s'enkyste dans sa tête, y mène un tapage tel qu'il en devient fou. Il attend le coup de sifflet du réveil comme une délivrance.

Les jours s'enchaînent aux jours, tous gris, tous identiques. Du moment du départ, dans la lumière glauque du petit matin, jusqu'à l'heure du retour au cantonnement alors qu'il fait déjà nuit, il vit enfermé dans le fracas des machines. Il travaille de 7h du matin jusqu'à 6h du soir avec une demi-heure de pause à midi pour avaler une soupe et trois patates. Il n'a pas vu le soleil depuis des mois. Il est maigre et il tousse.

Les seuls moments de répit sont ceux qu'il partage avec ses camarades d'infortune. Il y a Georges et Robert et Claude, pour fumer, pour boire ou pour jouer aux cartes. Mais, sous les quelques rires, il sent toujours la corde du désespoir qui frotte et qui use son cœur. La corde qui finira par l'étrangler s'il n'y prend garde. Adèle flotte dans son souvenir, petit elfe, impossible à saisir. Sur la photo qu'il garde dans son portefeuille, on la voit, en maillot, sur la plage de l'Ayguade, surprise, appuyée sur un coude, ses longues jambes nues brillantes de sel et de sable. Voilà, Adèle n'est plus qu'une photo usée. Il ne retrouvera jamais la femme de chair et de sang qu'il a laissée. Il ne saurait dire pourquoi cette certitude s'ancre en lui de plus en plus profondément. Les lettres rares, les propos sages, presque polis, trop distants, ceux de sa mère qui évitent les banalités du quotidien et ne prodiguent plus que des encouragements et des inquiétudes, tout concourt à semer dans son esprit le poison du doute. Il écrit :

Ma chère Adèle,

Est-ce que je peux encore t'appeler ma chère femme ? Tu ne m'écris plus ou si peu et si mal. Pourquoi ? M'aimes-tu encore ? Il y a si longtemps que nous nous sommes quittés. Je crois que j'ai oublié ton corps et la chaleur de ta peau. Je crois que tu m'as oublié. J'écris cela en souhaitant bien fort le contraire. Il me reste si peu de raisons d'espérer ici que si je m'enlève encore la dernière, qui est de te retrouver un jour, je crois que je me laisserai mourir.

Je t'embrasse tout de même. Pardon pour tous mes doutes. Ecris-moi, je t'en supplie. Maurice.

Puis il reprend son journal.

Octobre 42 : il y a peut-être pire que les Boches dans cette baraque. Ce sont les puces ! Quelle sale engeance ! Dès qu'on croit s'en être débarrassé, une nouvelle couvée prend possession des lieux. Elles sautent du plancher et nous mordent pendant notre sommeil. On se gratte jusqu'au sang sans même se réveiller mais gare au petit matin ! On a le corps boursouflé et rouge comme un vieux pudding et pas la moindre pommade pour apaiser la gratte. J'ai soudoyé le cuistot pour avoir du vinaigre. C'est assez efficace. Nous avons été vaccinés contre le typhus mais ça n'empêche pas de se faire bouffer. Le sport en vogue consiste donc à choper les bestioles et à les faire griller dans des boîtes de conserve. Quant aux vêtements qui partent à la désinfection, ils reviennent trois tailles au-dessous. J'ai bien maigri mais tout de même…

Dans la baraque à côté, il y a un gars qui est devenu fou (pas à cause des puces). Il avait pris la manie de s'asseoir et de se relever puis de faire le tour de sa chaise et de se rasseoir et de se relever, comme ça pendant des heures. Il ne parlait plus, seulement un drôle de cri de temps en temps, le jour et la nuit. Les collègues de chambrée ne le supportaient plus. Il a été renvoyé. En France, j'espère. Ou bien là d'où on ne revient pas. Et un autre qui a pris une septicémie après des furoncles. Celui-là ne reverra jamais le pays. Il est mort. Comme sont morts deux évadés, l'autre nuit. On a entendu les coups de feu. Moi, je veux pas crever ici.

Ma seule consolation, ce sont les livres. Heureusement assez nombreux. Je me jette sur tout ce qui bouge. J'ai lu « les Raisins de la Colère ». Quelle magnifique évasion ! Et tant que j'étais dans Steinbeck, j'ai aussi lu «Tortilla Flat». Et tous les polars disponibles.

11 novembre 42 : les rumeurs concernant le débarquement des Alliés en Afrique du Nord sont confirmées ! Les Anglais et les Américains sont au Maroc et en Algérie ! Chouette nouvelle en ce jour symbolique. Nous avons fêté ça dignement. Repas « à la Française » et discrète Marseillaise.

Depuis quelque temps nous sentons que le moral des Allemands baisse de plus en plus. Les ouvriers allemands qui travaillent avec nous cachent à peine leurs convictions communistes. On dirait bien qu'ils attendent que les Russes enfoncent les frontières pour liquider Hitler et le Nazisme. Même les Catholiques ne croient plus en leur Furher depuis qu'on a fait enlever les cloches des églises pour les fondre. On entend plus de « Krieg Scheiss » que de « Heil Hitler ».

12 novembre : et merde ! La zone libre n'est plus libre ! Représailles à la victoire des Alliés en Afrique du Nord. La vie n'avait déjà pas l'air simple pour les miens. Que va-t-il se passer maintenant ? Ma pauvre mère et Adèle que devenez-vous ? Plus de lettres, plus de colis. Je voudrais pouvoir m'arrêter de penser, balayer mon imagination qui ne me fait voir que des scènes horribles, des Allemands dans mon lit, des tueries dans ma rue. Je suis en train de devenir maboul. Voici trois ans que je suis prisonnier. Combien de temps cela va-t-il encore durer ? La relève n'est rien d'autre qu'une vaste blague. Un libéré pour trois volontaires, fumisterie ! D'autant plus que les libérés sont tous des crevures et des collabos. Enfin, c'est bon débarras ! Ce faux espoir n'est là que pour qu'on se tienne tranquille et qu'on n'essaye plus de s'évader.

Lyon - Souzy, 1942

Le mercredi 11 novembre 1942, les Allemands sont à Lyon. Le bruit a couru d'un bout à l'autre de la ville. La foule se presse malgré tout dans les rues. On échange fiévreusement les nouvelles. « Ils » sont à l'Hôtel Terminus, à Perrache. Dans la cour du lycée Ampère, une rumeur de Marseillaise chantée par les élèves passe les murs.

Ce jour-là est un jour travaillé, pas question de fêter l'armistice ! Adèle quitte la poste et profite de sa pause de midi pour se rendre dans le hall du Progrès, rue de la République. Elle veut lire les dernières dépêches, écrites à la craie, comme chaque jour, sur de grands tableaux noirs. Sur les murs, il y a aussi une carte d'Europe avec des flèches qui indiquent l'évolution des troupes.

En représailles au débarquement des Alliés en Afrique du Nord, Lyon et toute la zone sud de la France sont désormais occupés. Adèle achète le journal sans se douter qu'elle tient dans ses mains l'avant-dernier exemplaire du quotidien qui sera saisi dès le lendemain par la Milice. En sortant du hall, elle croise des soldats casqués, bottés de noir et portant une arme à l'épaule. Son cœur se rétracte à la vue de ces hommes. Jusqu'ici la guerre ne représentait que des difficultés à se nourrir, à se vêtir, à se chauffer. Ses missions avaient cessé de lui faire battre le cœur. Aujourd'hui, elle prend conscience que la mort rôde et peut se rencontrer, pour chacun, au coin de la rue. A côté d'elle un vieil homme lève le poing et crie « Les Russes vous battront ! »

Elle a rendez-vous dans un café, rue des Marronniers. Elle serre contre elle son sac, son Progrès et son livre. La couverture en est épaisse. Elle dissimule une cache dans laquelle on peut glisser une lettre. C'est dans ce livre que transitent les messages de Julien à destination d'inconnus, jamais les mêmes, qu'elle retrouve aux adresses qu'elle a mémorisées. Elle se hâte sous le ciel opaque. Une pluie fine s'insinue sous le col de son manteau. Elle frissonne de froid autant que de peur. Elle pousse la porte du café. L'odeur de l'alcool et du tabac lui saute au visage. La fumée des cigarettes flotte dans une lumière dorée qui enveloppe le bar, les bouteilles multicolores et les affiches publicitaires vantant les mérites du Quinquina et du Cointreau. Elle se faufile parmi les guéridons et les chaises de bois, va s'asseoir tout au fond de l'établissement, sur la banquette rouge, et commande un café au lait.

- Voilà pour vous ! Café pur chicoré, lait-petit-lait et saccharine à volonté ! annonce le garçon en posant la tasse devant elle.

Elle sirote à petites gorgées le breuvage fumant en grignotant un biscuit sec tiré de son sac et feint d'entreprendre sa lecture, la couverture bleue et or du livre bien en évidence aux yeux des clients. Son cœur bat la chamade. Comment savoir si celui qui vient de s'asseoir à ses côtés est bien le destinataire du courrier caché dans le livre ? S'il commande un Picon-Bière, s'il ouvre son Progrès à la page quatre, s'il pose son chapeau sur la table et remonte son col, c'est bien lui.

Le Picon-Bière est servi, le journal ouvert à la bonne page, le chapeau, le col... Il est temps de sortir la lettre et de la glisser sous le journal. Adèle a l'impression que tous les yeux sont braqués sur elle. Le café au lait mêlé aux effluves d'alcool fait un drôle de remue-ménage dans son estomac. La lettre disparaît. Adèle ne demande pas son reste. Elle pose quelques pièces dans la soucoupe et se sauve.

Dehors, la pluie a redoublé. Adèle resserre son manteau et grimpe dans le tram qui la ramènera à l'heure au bureau de poste de l'avenue Berthelot.

Elle ne se sent pas héroïque, se refuse à imaginer des scénarios terribles mais quelle trouille !

En plus de ses missions de dactylographie, elle « emprunte » des liasses de papier vierge, des tampons et des bouteilles d'encre à la poste. Ils voyagent dans un premier temps dans les grandes poches qu'Hélène a cousu à l'intérieur de son manteau puis, le dimanche, dans les sacoches de son vélo, cachés sous ce qu'il faut de lingerie qui, elle l'espère, seront assez intimidantes pour que les Allemands ou les gendarmes oublient de trop pousser les recherches. Ils s'en vont au Maquis où Julien et ses compagnons s'entraînent à fabriquer des faux tampons pour de faux laissez-passer.

La trouille aussi, lorsqu'elle intercepte à son bureau de poste les lettres adressées à la BBC. Des dizaines de lettres par jour aux enveloppes naïvement illustrées de cœurs et de drapeaux, portant des adresses fantaisistes, parfois des écritures enfantines. Bouteilles à la mer, porteuses d'espoir vers l'Angleterre et la liberté, vers la voix qui chaque soir réunit les familles autour du poste réglé en sourdine sur Radio-Londres. Jusqu'à ce 11 novembre 42, les lettres transitaient par l'Espagne ou le Portugal pour rejoindre l'Angleterre. Dorénavant, il faudra prendre le risque de porter le courrier à L'Ambassade des Etats-Unis pour qu'il poursuive son chemin Outre-manche.

Depuis que Julien est caché dans la ferme, quelques réfractaires, de très jeunes gens souvent, l'ont rejoint. Il fait figure d'aîné parmi eux. La vie s'est organisée avec l'aide des paysans du coin et des visites d'Adèle. Ils font du sport, s'initient au bûcheronnage dans la forêt, apprennent à monter et démonter d'antiques pétoires surgies de derrière les engins agricoles rouillés, chargent les fusils de chasse, au cas où.

Ils s'ennuient parfois, rêvent de retourner au village et d'aller embrasser leur « bonne-amie ». Julien s'occupe à remettre en état tous les postes de radio des environs. La grande table est couverte de bobines et de lampes, de vieux postes éventrés et de fils. L'une des premières tâches a été de raccorder le réseau électrique à la ferme. Un fer à souder est arrivé dans les sacoches d'Adèle. Les gros postes de bakélite circulent dans la camionnette de Jules. De deux postes en panne, Julien fait un poste qui fonctionne et qui s'en retourne bientôt dans une maison d'où on le sortira de sa cachette, soir après soir, pour écouter ces « Français qui parlent au Français ».

Lorsque retentissent les quatre premières notes de la Cinquième Symphonie de Beethoven, plus rien ne bouge dans les demeures. A Souzy, Rolande ferme les volets, tourne la clé dans la serrure et s'installe avec Jules et les aînés dans la pièce la plus reculée. Les marmots ont intérêt à se tenir tranquille. Lorsque retentissent les quatre notes, on respire mieux. Les doigts se dressent, index et majeur, pour dessiner le V de la victoire. La voix de Frank Bauer s'élève. Ces courts moments sont un baume, un souffle d'air pur. Chacun tente d'imaginer d'où pourra venir la fin de cette guerre. Quelque part, au loin, il existe des hommes qui ne se sont pas soumis et qui préparent la libération. C'est flou, c'est incertain mais, au moins, cela existe, cela s'appelle l'espoir et l'espoir fait vivre, c'est bien connu. Ils écoutent religieusement les nouvelles puis s'appliquent à s'en souvenir et à les commenter.

Jules et Rolande savent que leur fille passe du temps, là-haut, dans la forêt. Ils n'en parlent pas mais ils savent. Quand elle passe à la ferme le dimanche, ils ne la questionnent pas. Ils ne prononcent plus le nom de

Maurice, ne demandent plus de ses nouvelles. Plus personne ne parle de Maurice. Il est comme le criquet caché dans la fissure de la cheminée. Obsédant, il chante son air monotone dans tous les esprits mais il est invisible. Gênant, bruyant, trop vivant, impossible à oublier, impossible à chasser.

Lorsque Julien aperçoit Adèle qui gravit le sentier, il voit l'ombre de Maurice qui lui tient la main. Lorsqu'Adèle s'accroche au cou de Julien, le nez dans le col en fourrure de la Canadienne, elle respire l'odeur de terre et de mousse, de tabac et de chypre qui était aussi celle de Maurice. Julien ouvre la veste et enferme Adèle à l'intérieur. Il y fait chaud. Adèle s'envole, la pointe des pieds à peine posée sur le sol. Adèle s'envole loin de sa mémoire, s'enroule dans l'instant présent, s'enroule dans Julien vivant. Ils s'aiment sous la couverture rêche et, font de ce moment leur échappée belle pour tenir tête au monde immonde.

Il faut qu'ils s'aiment et jouissent de leurs corps pour faire la nique à la mort. Il faut qu'ils mêlent leurs membres et leur salive pour oublier leur faim. Il faut qu'ils soient entièrement contenus dans l'éblouissement du plaisir pour oublier la peur. Pendant un instant seulement, ils se donnent le droit de n'être que chair et muscles, nerfs à fleur de peau, ils se dévorent, s'entre-nourrissent, se désaltèrent au plus profond des puits. Ils sont vivants, juste vivants. Ils ne savent pas pour combien de temps.

Plus tard, près du feu de bois, ils restent serrés sous la couverture et ne regrettent rien. Adèle s'en retourne à Lyon, une lettre enroulée dans la pompe de son vélo, des provisions dans les sacoches. Elle passe voir Hélène qui, elle non plus, ne parle pas de Maurice. Elle sent sur sa bru l'odeur d'un homme. Il sera temps de pleurer lorsqu'elle sera seule. Elle préparera un colis pour son fils et une lettre qui fera semblant d'être gaie.

Hambourg, 1942/1943

Journal de Maurice

décembre 42 : les Allemands sont enragés. Ils sont obsédés par les évasions. Nous ne pouvons plus circuler d'une baraque à l'autre à partir de six heures du soir. Les sentinelles ont ordre de tirer. Presque tous les soirs, c'est hurlements et compagnie et tout le monde dehors, en rang, pour nous compter et nous recompter. Au moindre mouvement, le «comptable » s'interrompt pour aboyer des ordres et tout est à recommencer ! Les pieds dans la neige, bien heureux si on a eu le temps de prendre nos capotes. Pendant ce temps, d'autres matons fouillent les baraques et mettent tout sens dessus-dessous. Je me demande ce qu'ils espèrent trouver. Nous mettons tous nos colis en commun et nous essayons de ne pas trop y toucher en ce moment car la Noël approche. On essayera de faire un bon repas ce jour-là. Robert a eu l'idée de fabriquer un piège pour essayer d'attraper un lapin ou un lièvre. Alors, on se raconte des recettes de « lièvre à la royale « et de « lapin chasseur ». J'ai peur qu'on ne piège que quelques malheureux rats !

20 décembre : J'ai reçu un colis : un gros chandail bien chaud. On y voit toutes les laines récupérées sur d'anciens vêtements et retricotées en dessins compliqués. Comme je m'y sens bien ! Merci, merci, ma bonne maman ! Il y avait aussi une écharpe du même tonneau ! Et de la confiture de groseille ! Quelle bonne journée !

Janvier 1943 : Changement d'année mais peu de changement de situation. Sauf que mon Kommando est affecté au déchargement des wagons en gare de Hambourg. L'autre jour, il y avait un train stationné. Les portes des wagons de marchandises ont été ouvertes mais ce n'était pas le chargement habituel de caisses qu'on pouvait voir à l'intérieur. Ce que j'ai vu, jamais je ne pourrai l'oublier. Je n'aurais jamais cru une chose pareille possible. Je vais avoir du mal à trouver les mots. Il y avait là-dedans des centaines de femmes et d'enfants, dans un état épouvantable, debout, serrés les uns contre les autres. Dès que les portes ont été ouvertes, il y a eu comme une vague, puis une immense bousculade où cette foule semblait vouloir se dévorer elle-même. C'était à qui pourrait s'approcher de la porte pour respirer un peu d'air frais. D'autres visages blancs de fatigue apparaissaient aux ouvertures barrées de barbelés. Les cris des enfants transperçaient le vacarme général. Sur tous les vêtements on pouvait voir une étoile jaune. Nous étions tétanisés sur le quai, incapables de comprendre ce que faisaient toutes ces femmes entassées comme des bêtes. Et les enfants aux yeux écarquillés, écrasés contre leur mère. Ça n'a duré qu'un instant. Les garde-chiourmes ont eu tôt fait de repousser tout le monde à l'intérieur à grands coups de crosse. Les portes se sont refermées. Un coup de sifflet et le train est reparti. J'ai entendu « Ravensbruck ». Puis il a fallu se remettre au travail. On s'est mis à trimballer nos caisses comme des robots. On n'a pas dit un mot de la matinée. Nos têtes étaient restées dans le wagon avec les femmes. Si on avait ouvert la bouche, on aurait pu vomir.

Février 1943 : les camarades communistes pavoisent au Stalag. Quant à moi qui ne partage pas toujours leurs idées, je dois dire que les nouvelles du Front Russe m'ont remis du baume au cœur. Enfin, Hitler a pris la pâtée ! A Stalingrad, les Allemands ont été encerclés par les Russes. Depuis novembre, les hommes se battaient au corps à corps là-bas, dans les ruines, dans les caves, dans les égouts. C'était la guerre des rats. La ville a brûlé sur 50km. Les Russes, qui connaissaient le terrain, ont muré les accès, miné les usines et dégommé au lance-flamme tout ce qui bougeait. Pas un immeuble n'a résisté aux tirs de mortier. Les Allemands ont crevé de faim et de froid. Ils grelottaient dans leurs bottes en cuir qui prennent l'eau pendant que les Russes étaient bien chaussés et chaudement vêtus. Plus de munitions, plus d'approvisionnement, plus de piste d'atterrissage, des parachutages inutiles, des avions abattus. Brouillard, neige, froid et Hitler dans son nid d'aigle qui refusait la capitulation. Il a fallu interdire les suicides ! Cause toujours mon capitaine ! Mourir pour mourir autant mourir vite. Un sniper ou la prison en Sibérie pour toute perspective, il n'y aura pas beaucoup de maris qui rejoindront leur Greta ! Moi, je suis peinard sur ma paillasse et merde à la guerre. Parfois, je pense que j'aurais pu, comme mon père, mourir dès les premiers mois. Mais, puisque je suis toujours là, autant relever la tête et croire encore en la vie. Tenter de résister. Ou de m'évader. Me faire rapatrier, tiens ! Il y en a qui réussissent à se faire passer pour de grands malades. Les rumeurs courent sur tel ou tel qui a simulé des crises d'épilepsie, pendant des mois, avec convulsions, yeux révulsés, mâchoire bloquée, bave et tout le toutim et qui a fini par rentrer à la maison. En dressant le majeur au moment du départ... Ou sur tel autre qui est resté prostré jour et nuit, assis au bord de son lit, tenant une canne à pêche imaginaire, « ça mord pas » qu'il disait sans arrêt, à rendre fous tous les copains. Et qui leur a envoyé une lettre, une fois libéré, pour dire « ça a mordu ! ». Ceux qui pissent au lit, ceux qui ne se lavent plus, ceux qui ne mangent plus. Les vrais malades. Ceux qui mourront ici. Les pères de cinq enfants ou plus sont libérés ! Tiens, j'aurais dû en parler à Adèle...

Ma pauvre femme, que deviens-tu si loin de moi ? Dans quels bras t'endors-tu le soir ? M'aurais-tu moins oublié si nous avions eu un enfant à chérir ?

Moi, je ne t'oublie pas. Nos années de bonheur restent dans ma mémoire et m'aident à tenir ici. Même si je regarde d'autres femmes et qu'elles me regardent aussi. A la gare, je croise tous les jours la même jeune fille. Elle s'en va travailler derrière son guichet juste au moment où j'arrive. C'est comme un rendez-vous. Je sais qu'elle va me regarder. Elle sait que je vais la regarder. Elle sourit. Elle a des paillettes d'or dans les yeux. Nous n'échangeons jamais un seul mot. C'est juste un petit moment de chaleur, un moment complice, à la *barbe de la guerre trop conne pour comprendre. Mais nous n'irons jamais plus loin. La trouille sans doute. La résignation peut-être. La lassitude.*

Le jour de notre entrée en captivité, on nous a fait signer l'interdiction d'approcher les femmes allemandes. Au pire, c'est la peine de mort qui nous attend. Au mieux, cinq années de forteresse ! Rien que ça... Quant à elles, outre la propagande qui leur présente les Français comme des dégénérés qui ont du sang nègre dans les veines, elles risquent aussi des représailles. Ça fait un peu réfléchir. J'en connais tout de même pas mal qui sont passés à l'acte ! Sans trop de conséquences d'ailleurs. Moi, pour l'instant, je me contente de mon sourire quotidien. Et de la photo d'Adèle dans mon portefeuille. Et de cette chanson qui me trotte dans la tête tout le jour :

Garde-moi ton amour pour toujours

De m'aimer à jamais promets

Ma vie n'est joyeuse, n'est douce que par toi

Je ne suis heureux que si je te vois

Redis-moi tes serments charmants

Redis-les, même si tu mens

Sans ton amour, les jours sont lourds

Garde-moi près de toi toujours.

Depuis la première ivresse que je te dois

Le jour et la nuit sans cesse je pense à toi

Et je rêve à ta tendresse combien de fois

Tu briserais mon seul bonheur

Si tu reprenais ton cœur.

24 Février 43 : l'hiver n'en finit pas. Les étangs sont gelés. On doit déblayer la neige tous les matins à grands coups de pelle pour dégager les abords du camp. J'échangerais bien ma dernière chemise contre une paire de gants.

J'ai reçu un colis de Pouzol avec du tabac et des saucisses sèches. Je mélange le tabac avec de l'armoise grillée pour le faire durer plus longtemps. Il y avait aussi une lettre d'Alphonse avec des mots en patois. La censure a dû se creuser la tête pour comprendre mais rien n'était effacé. J'ai cru comprendre que les choses commencent à s'organiser en France pour agir le moment venu. Mais c'est pour quand bordel de merde !!!

Mai 43 : depuis quelques mois nous voyons arriver au camp des Italiens, des Anglais et même des Américains tombés du ciel ! Leurs avions ont été descendus par la DCA allemande. C'est Byzance lorsqu'ils reçoivent des colis, des tonnes de cigarettes, de la bouffe à gogo. Le marché noir va bon train. Le souci c'est qu'on n'a pas grand-chose à proposer en échange.

Ils nous ont donné des nouvelles du monde. Et le monde n'est pas beau à voir. Un copain qui parle anglais traduisait les phrases de l'Américain au fur et à mesure. On était tous groupés autour d'eux. Chaque mot prononcé était comme une goutte de plomb fondu qui tombait sur nos cervelles et qui se figeait instantanément pour l'engluer à jamais.

A Varsovie, les Juifs enfermés dans le Ghetto se sont révoltés. Il y avait 400 000 personnes enfermées là-dedans depuis trois ans. Des murs, des barbelés, le froid, la faim, le typhus, la tuberculose et la mort par charrettes entières. Pour en finir, les Nazis ont décidé de vider les lieux et d'envoyer les survivants mourir plus vite dans les chambres à gaz au rythme de 6000 par jour ! Les Juifs ont rassemblé leurs dernières forces pour se dresser contre les 2000 soldats allemands, contre les tanks et les lance-flammes. Quatre jours durant, ils ont combattu. Ils savaient que le combat était sans espoir et qu'il s'achèverait par la destruction complète du Ghetto. Plus de synagogue, plus de Juifs à Varsovie.

Je ne me sens plus le droit de me plaindre mais je n'ai pas, non plus, le courage de croire encore en ce monde pourri.

Hambourg, 1943

Depuis plus d'un an, les alertes se sont multipliées sur Hambourg. Maurice sait qu'il est en première ligne avec ses camarades. Les usines d'armement sont particulièrement visées par les bombardements anglais et américains. La nuit, c'est le hurlement des sirènes qui jette les prisonniers en bas des châlits. Ils sont ensuite tenus enfermés à clé, habillés, au pied du lit, gardés par des sentinelles. Pas question de leur procurer des abris. Lorsque le cauchemar cesse, que les avions s'éloignent, ils peuvent tenter de retrouver le sommeil…

Dans la nuit du 24 juillet 1943, le bourdonnement des bombardiers tire Maurice de son sommeil. Cette nuit-là, les sirènes n'ont pas le temps de mugir. Le vacarme des bombes larguées sur la ville éclate soudainement. L'air vibre, meurtrissant les oreilles, la terre tremble pendant une heure. Par les fenêtres on aperçoit les lueurs de l'incendie qui se propage au loin. Les hommes comprennent que le moment tant attendu de la libération est proche. Les Alliés attaquent l'Allemagne. Debout, au garde à vous, la tête rentrée dans les épaules, ils échangent des regards dans lesquels on peut lire le plus grand effroi mais aussi la plus grande espérance.

Le cantonnement ne sera pas touché cette nuit là. Au matin, Maurice sort avec son Kommando. Le camion roule sur la route défoncée, obligé à de larges détours pour éviter les tronçons impraticables. Plus ils approchent du centre de la ville, plus le spectacle est terrifiant : immeubles éventrés où pendent des lambeaux de ferraille tordue, carcasses fumantes des véhicules, maisons ouvertes en plein ciel, gravats partout. Les flèches de la cathédrale émergent encore. L'air est irrespirable. Le silence total.

Les hommes, serrés sur les bancs du camion, se taisent. Leurs regards aimantés par l'horreur ne peuvent s'en détourner. La gare n'a pas été touchée mais les voies ne sont plus que rails dressés vers le ciel et entonnoirs profonds d'où émergent les traverses calcinées. Le Kommando est affecté à dégager tout ce chaos. Des lilliputiens sur l'Himalaya…qui travaillent sans relâche, aiguillonnés par les Kapos, jusqu'à l'après-midi, jusqu'à ce que les sirènes reprennent leurs hurlements.

C'est le deuxième bombardement sur Hambourg et c'est la débandade pour trouver un abri. Prisonniers, civils et sentinelles se précipitent dans la gare pour tenter de se réfugier dans les caves. Les prisonniers sont refoulés à coups de crosse. Pas d'abris disponibles pour eux. Ils devront se contenter de se glisser sous les bancs de la salle d'attente. Trois cent tonnes de bombes tombent sur la ville dans un vacarme assourdissant, larguées par plus de cent bombardiers et forteresses volantes. Maurice se recroqueville, la tête dans les bras, sous un guichet. L'idée qu'on peut sortir vivant de cet enfer lui est inconcevable. Ne plus penser, s'abstraire, se fondre, devenir le marbre du sol ou la pierre des murs, s'effacer de toute chair souple et chaude où circule le sang, faire taire les pensées, plonger dans le gouffre noir de l'oubli. Laisser le temps s'abolir.

Au bout de ce temps impossible à cerner, le vacarme cesse enfin. Il faut maintenant faire face au désastre et sortir, enjamber des corps et des corps, trouver une bouffée d'oxygène respirable dans la nuée de poussière qui recouvre la ville, trouver un chemin parmi les décombres. Pour aller où ?

Des fantômes gris errent au hasard. Maurice tente de retrouver ses copains, un seul au moins, un seul qui lui redonnerait un semblant d'humanité, un qui parlerait sa langue et qui pourrait lui confirmer qu'il est bien vivant. Un pan entier de la gare s'est effondré. Il le contourne à grand peine. Il a la gorge sèche, les yeux qui brûlent, la chiasse …Il erre pendant des heures sans but, glacé malgré la canicule.

Soudain, il aperçoit une silhouette familière. C'est Copéry, blanc de poussière qui vient à sa rencontre. Une longue traînée de sang séché court de son crâne à son cou. Maurice attend une exclamation, un cri de surprise, une accolade. Mais Copéry le regarde les yeux vides.

- Hé ! Robert ! Mon Bob ! Ca va ? On n'est pas mort, tu vois ? Tu es blessé ? Fais voir…

- …

- Ça n 'a pas l'air bien grave. T'as pris un gadin ou quoi ?

- …

- Oh ! Bob ! Tu me reconnais quand même ? Regarde, on n'est pas morts. C'est les Ricains et les English qui arrivent. Tu vas pas me lâcher maintenant ? Hé ! Bob !

-…

- Bob ! On va rentrer à la maison ! Réponds-moi !

- …

- Bon, tu veux pas parler. Pas grave. Tu peux marcher ? Allez, viens on va se planquer quelque part. Ya plus de matons, plus de camions. Il faut qu'on trouve à boire.

Maurice prend Robert par le bras. Au jugé, ils s'éloignent vers le Nord. Le quartier d'Eimbuesttel semble avoir été, en partie, épargné. Au soir, Ils s'abritent dans l'arrière-boutique d'une boulangerie qui, miraculeusement, tient encore debout. Elle est déserte. Robert est toujours muet mais il suit Maurice dans sa cachette et fait main basse, avec lui, sur les miches de pain dur.

Au matin, un nouveau bombardement les jette dans la cave de la boulangerie : vacarme, sifflements, explosions deviennent leur routine. Ils ressortent, encore une fois, sains et saufs de leur abri. La fin de la journée est calme, la nuit suivante aussi. Dans le ciel, c'est l'orage qui gronde à présent, apaisant la canicule qui sévit depuis quelques jours. La pluie débarrasse l'air de la poussière et éteint les incendies qui couvaient ici et là.

Le lendemain, Maurice et Robert pensent que le plus dur est passé même s'ils n'entrevoient pas vraiment comment ils vont pouvoir sortir de ce merdier. Un semblant de vie reprend dans les rues. Des sauveteurs tentent de déblayer les gravats. On part à la recherche de ses proches, on explore les ruines pour retrouver une trace de ce qui fut la vie. Le soleil écrase tout. La température monte dans les rues bordées d'immeubles squelettiques aux portes arrachées.

Robert n'a toujours pas dit un mot. Maurice fait les questions et les réponses. Il décide d'entraîner son ami encore plus loin du centre. Ils marchent avec un seul but : trouver à boire et à manger et aussi un abri pour la nuit. Au soir, ils sont près d'un canal, non loin d'un chantier où ont été entreposées de grosses conduites d'eau. Ils s'y installent, le dos calé sur les tuyaux, contents de voir le soleil se coucher pour profiter de la fraîcheur du soir. Ils s'endorment, épuisés par l'errance et la faim.

A une heure du matin, le vrombissement des forteresses volantes reprend. Des tonnes de bombes explosives descendent du ciel et arrachent ce qui restait de portes, de fenêtres et de toitures, suivies par les bombes incendiaires qui transforment la ville en une mer de flammes. La chaleur du brasier monte à 2000 mètres dans le ciel, aspirant l'oxygène et transformant l'air déplacé en un ouragan qui mugit dans un bruit d'orgue sauvage. Le raz de marée incandescent avance en dévorant tout sur son passage comme un ogre lancé à 200 km/h sur la ville. Les flammes ont la taille des immeubles. Les gens qui essayent de s'enfuir sont des torches vivantes. Ceux qui sont dans les caves périssent d'asphyxie. Les arbres aspirés par les tourbillons s'élèvent, déracinés, dans le ciel rouge. Les canaux, eux-mêmes sont en feu à cause du pétrole répandu par les bateaux éventrés. L'asphalte des rues fond.

Dès le début du bombardement, Maurice et Robert ont plongé dans la plus grosse canalisation. Ils vont y rester trois heures durant, calfeutrés là-dedans comme dans un ventre, serrés l'un contre l'autre, sourds, muets, aveugles, épuisés de chaleur. Tombeau ou abri ? Ils ne le sauront que lorsque la tempête se calmera. Morts ou vivants, éveillés ou endormis, leur conscience oscille entre deux pôles également insupportables. Lorsqu'ils s'extraient enfin de leur cachette, c'est l'odeur de la chair brûlée qui domine leur propre puanteur, pisse, merde, sueur.

Au matin, sont-ils vraiment vivants ceux qui restent dans la ville ? Et qui se remettent à errer. Les mouches vertes ont pris possession des rues. On n'entend plus que leur bourdonnement et le galop précipité des rats surgis des égouts éventrés.

Les deux hommes marchent, tentant de se repérer dans ce chaos. Ils cherchent à en sortir pour rejoindre leur cantonnement où il leur semble qu'un semblant de vie peut encore résister.

La ville est déserte. Les beaux quartiers aux larges rues bordées de jardins sont méconnaissables, réduits à des tas de briques, enchevêtrés de poutres. Des arbres et des pylônes ont été projetés sur les toits. Les rails des tramways s'élèvent droit dans le ciel comme des arbres frappés par la foudre.

Ils marchent tout le jour, la bouche en carton, les pieds meurtris, titubants de fatigue et de faim, avant de retrouver des paysages connus. Le cantonnement a, encore une fois, été épargné. Lorsqu'ils l'aperçoivent au loin, Robert prononce enfin quelques mots.

- Baraques ! Manger…

- Et oui, mon gars. Baraques, manger… Faut qu'on en soit rendu bien bas pour qu'on se réjouisse d'avoir retrouvé notre prison. T'as raison. Tout notre bien : un toit de tôle, une paillasse, une couverture et trois bouquins, des lettres, quelques photos. Bon Dieu qu'on est riche !

Au camp, les sentinelles ouvrent la porte. Personne ne leur pose de questions. Les hommes sont occupés à creuser des tranchées. Ils vont pouvoir s'y réfugier. Il y aura encore deux raids sur Hambourg.

- Tiens, ça serait trop con de mourir maintenant. Et sous les bombes des Ricains en plus !

Maurice et Robert boivent et boivent encore sans que la sensation de soif disparaisse puis ils s'aspergent à grands seaux d'eau et se remplissent la panse de pain.

Maurice reprend son journal.

4 août 1943 : ce que je viens de vivre nul ne pourra l'imaginer. Si je sors vivant, un jour, de cet enfer plus rien ne pourra m'atteindre. Chaque minute de ma vie sera une minute que j'aurai gagnée par miracle. Je ne sais pas si je retrouverai ma femme, ma mère, ma maison. Je ne sais pas si ma raison ne sera pas ébranlée pour toujours. Ce que je viens de vivre est à vous rendre fou. Ma tête déraille. Je me raccroche à mes souvenirs. Dans ma mémoire, flottent encore des bribes du temps où la vie était faite de jours bien réglés, de joies simples, de projets : Que va-t-on faire dimanche ? Et zut, mon pneu est à plat. Et si j'achetais du parfum pour Adèle ?

Mais comment vais-je faire pour reprendre pied dans cette réalité après avoir vécu en enfer ? Comment effacer les images ? Comment oublier les odeurs, les bruits ? La peur qui vous transforme en bête ?

Je ne sais plus si j'ai envie de rentrer ou si je redoute ce jour. Je ne sais plus si je saurai vivre en liberté, si les miens me reconnaîtront. Je suis maigre, j'ai des dents cariées, mes cheveux se font la malle, mon estomac renâcle. Je vis comme une bête attachée à son piquet et, pire, contente d'y être, aujourd'hui, après ces jours abominables. Je deviens enragé d'être là depuis si longtemps et sans nouvelles depuis que tout est désorganisé. Comment tout cela va-t-il finir ? Que se passe-t-il en France ? Des bombardements là-bas aussi ? Les villes en feu ? Et si j'allais rentrer et ne plus retrouver personne ? Peut-être que je ferai mieux de crever ici.

Souzy, 1944

A Souzy, Jules vient de rentrer dans la cour de la ferme. Le soleil étincelle sur une mince couche de neige dure. Il a dû atteler la charrette à vaches pour s'acquitter de sa dernière livraison. D'habitude, il réussit à rejoindre les maquisards avec sa vieille camionnette mais ce jour-là, elle a refusé de démarrer. Quantité de fusils, de mitraillettes et de grenades étaient arrivés la veille, parachutés dans la plaine de l'Ain et acheminés par un groupe de résistants. Il devait les remettre au plus vite au groupe de Julien.

Voilà qui est fait. Il est soulagé. Il s'est tourné et retourné dans son lit toute la nuit en pensant à tout l'attirail qui dormait dans la grange. Qu'adviendrait-il de ses enfants et de sa femme si des voisins le dénonçaient ? Quant aux familles de Juifs cachées en haut du village, il n'ose même pas y penser. Les gendarmes de Saint Laurent ferment les yeux sur tous ces va et vient. Le capitaine informe discrètement Jules des heures de passage de la patrouille et, roule ma poule, les armes arrivent à bon port. Adèle se charge des journaux et des tracts.

L'air est de plus en plus électrique dans toute la région. La Milice a été créée en janvier 43. On ne les a encore jamais vus à Souzy, ces beaux jeunes gens vêtus de noir. Bérets penchés sur la droite, mitraillette au poing, sûrs de leur choix, arrogants parce qu'enfin puissants, ils traquent les Juifs, les résistants, les réfractaires au STO, les maquisards… autant dire tout le village ! S'ils passaient par là, ce serait l'hécatombe !

Jules détèle ses vaches et s'en va boire un bol de chicoré arrosé d'une lampée de bonne gnole. Bien méritée !

Radio-Londres crépite tous les soirs de plus belle dans les maisons et serine à longueurs d'onde de sibyllins messages brouillés par la moulinette. Après le rituel « Radio-Paris ment, Radio-Paris ment, Radio-Paris est allemand » chanté sur l'air de la Cucaracha, on scrute les phrases qui vont annoncer les parachutages ou les regroupements. On apprend ainsi que « Le manchot la serre dans ses bras » ou que « mon petit ours en laine blonde trotte à travers le monde ». On est curieux de savoir que « le fantôme n'est pas bavard » et que « l'abbé est nerveux ». Julien et ses compagnons sont aux aguets des instructions qui passent à travers ces phrases surréalistes. Ils écoutent en rongeant leur frein le discours qui les exhorte à la patience. Ils se sentent prêts à aller en découdre mais le moment n'est pas encore arrivé. Il faut se garder d'être prématuré ordonne la voix. Il faut harceler l'ennemi par des sabotages et des grèves, il faut désobéir, apprendre à décrocher à temps, augmenter les effectifs, apprendre la lenteur et ne pas se découvrir avant l'heure H. Il faut à tout prix éviter les pertes inutiles.

Alors, Julien patiente. La nuit, les couvertures gèlent dans la maison qui leur sert de quartier général. Les hommes dorment tout habillés, serrés les uns contre les autres. Au matin, ils se réchauffent près du poêle, avalent leur ersatz de café et s'en vont lever les couleurs dans la clairière. Ensuite, ils se penchent sur les documents qui détaillent les techniques de sabotage. Ils doivent apprendre à manier les explosifs, à se servir des armes qui sont livrées. Déjà, des camarades ont détruit des voies ferrées, saboté des dépôts de marchandises. Des trains de marchandises ont déraillé à Moutiers, des wagons-citernes ont sauté sur la ligne Macon-Chalons. L'usine SIGMA a explosé à Vénissieux. Tout est bon pour ralentir l'approvisionnement des Allemands. Jacek, un mineur d'origine polonaise est venu les rejoindre. Avec lui, ils vont devenir des experts. Ils patientent. Ils seront fin prêts pour le jour J.

Ils se bouchent les oreilles pour ne pas entendre la propagande vichyste qui tente de leur attribuer la responsabilité de la pénurie alimentaire. Tout le monde crève de faim, à la ville ou à la campagne. Rolande fait des prodiges pour cuisiner rutabagas et topinambours, bat la crème prélevée patiemment sur le lait pour en faire du beurre, invente des recettes à base de petit lait, d'orties, de pain trempé. Jules élève un cochon en cachette, loin de la ferme, dans une cabane dissimulée sous les branchages. Il craint la visite des patrouilles allemandes qui raflent tout. Les poules sont confinées au secret, elles aussi. Les sacs de pomme de terre sont au sec sous les lits. On échange des tickets de chaussures contre des tickets de pain. Lazare retrouve ses talents de cordonnier pour rapetasser toutes les vieilles grôles de la famille avec des morceaux de pneus. Sarah, Adèle, Perla et ses sœurs raccommodent les pantalons, reprisent les chaussettes, décousent et recousent des robes et des tabliers pour les mettre à la taille des enfants qui grandissent. Le petit Daniel galope maintenant. Les bonnes sœurs du pensionnat voisin ont proposé de le déguiser en petite fille pour le mettre à l'abri parmi leurs pensionnaires mais Lazare a refusé. Il veut sa tribu près de lui. Advienne que pourra. Et il continue à sillonner les routes pour vendre son stock sur les marchés des environs. Sarah tremble chaque fois qu'elle voit s'éloigner la voiture.

Le jour est glacé ce 9 février 43 alors qu'il marche vers le siège de l'Union générale des Israélites de France, au 12 de la rue Sainte Catherine. Le gouvernement de Vichy a rendu obligatoire, pour les Juifs, l'adhésion à cette œuvre dont le rôle officiel est de venir en aide aux familles indigentes. Les responsables sont chargés de représenter les Juifs auprès des pouvoirs publics et de répercuter les ordonnances dans un bulletin hebdomadaire. Derrière cette façade légale se cachent des actions clandestines comme celles de Lazare qui s'y rend régulièrement pour organiser des accueils de réfugiés dans des familles des Monts du Lyonnais.

Il avance d'un bon pas. Un petit nuage de vapeur se forme devant sa bouche alors qu'il traverse la Place des Terreaux. Les chevaux de la fontaine, étincelants de givre, se cabrent dans l'eau gelée. Il s'engage dans la petite rue Romarin, tourne le coin de la rue Sainte Catherine. Soudain, il se fige. A une centaine de mètres, des véhicules sont stationnés. Il voit des hommes en civil accompagnés de SS qui pénètrent dans les bureaux de l'association. Il fait aussitôt demi-tour et se poste au coin de la rue pour prévenir toutes ses connaissances de ne pas approcher. Il passera sa journée à alerter des amis qui en alerteront d'autres. Malgré cela, 86 personnes seront arrêtées, emprisonnés au Fort Lamothe avant d'être déportées dans les camps de la mort. Quoi de mieux pour piéger le plus rapidement possible le maximum de gens que cette souricière censée être un espace sanctuarisé ? Lazare rentre à Souzy, épuisé, désespéré, incapable de raconter. Il prend son fils sur les genoux et remercie Dieu de lui avoir laissé encore ce jour à vivre. Il regarde sa belle Sarah et ses trois filles qui bavardent et qui rient. Pour combien de temps encore ?

La vie reprend cahin-caha. L'écharpe de la peur étrangle Lazare et Sarah. Ils perdent le sommeil à guetter, chaque nuit, le moindre bruit. Leur angoisse en invente : un moteur au loin, des pas dans la cour, un chien qui aboie, cauchemar ou réalité ? L'attente et l'incertitude les épuisent autant que la faim. Ils jouent la joie de vivre, le quotidien tranquille, les petits bonheurs des anniversaires et des fêtes mais ce jeu mensonger grignote peu à peu leurs dernières forces.

Un jour, Adèle trouve Perla toute pâlotte

- Que t'arrive-t-il ma petite perle ? Tu es malade ? C'est Monsieur le curé qui t'a encore embêtée ?

- Non, c'est René…

- René ? Ton amoureux ? Il ne t'aime plus ?

- Si… Non… Je ne sais pas, il est parti…

- Parti ? Comment ça parti ?

- L'autre jour, il a reçu une lettre. Il l'a lue puis il a pris son vélo et il est parti à Lyon très vite. Il n'est pas revenu. Cela va faire une semaine. Personne n'a de nouvelles.

Adèle se tait.

- Ses parents pensent qu'il a été arrêté, que la lettre était un piège pour l'attirer.

- Je vais essayer de retrouver sa trace. Je te promets de le ramener très vite.

En prononçant ces paroles, Adèle sait qu'elle ment. Comme tout le monde à Souzy, elle pense, sans oser en parler, que René a été arrêté et interné à Montluc. Des bruits terrifiants courent sur la prison. Personne n'en est jamais sorti pour raconter ce qui se cache derrière les hauts murs qui longent la voie ferrée mais on imagine les interrogatoires, la torture, les exécutions. On entend parfois des rafales de mitraillette sur le chemin de ronde mais, le plus souvent, les condamnés sont emmenés au petit matin sur un ancien champ de tir, à la Doua, pour être fusillés. Les Juifs sont entassés dans « la baraque à Juifs » dans l'enceinte du camp, abomination au sein de l'abomination. La « baraque » doit être régulièrement purgée pour recevoir d'autres « locataires ».

Adèle sait où trouver la réponse à ses questions. La liste des derniers « terroristes » exécutés est placardée sur les murs de l'hôtel Terminus. René en fait bien partie. Il ne rentrera jamais à Souzy. Il est tombé dans le piège que lui a tendu la Gestapo. Dès lors, elle comprend que son village n'est plus un refuge sûr. Elle sait que ses faits et gestes sont sans doute surveillés et qu'elle est, plus que jamais, en danger de mort ainsi que les réfractaires cachés dans les bois. Elle tremble de ne pas retrouver Perla et les siens. Elle tremble en imaginant les représailles qui ne manqueraient pas de tomber sur sa famille si des Juifs étaient découverts à la maison Piot. Et elle tremble pour Julien qu'elle doit prévenir au plus vite.

Ce jour-là, elle ne fera pas le détour pour aller embrasser Perla et les siens. Elle n'a pas le courage d'aller annoncer la nouvelle aux parents de René et aux autres familles. Elle se sent lâche mais aussi tellement fatiguée.

Son cœur est lourd du poids de la mort de ce jeune homme, presque un enfant, si beau, si brun, qui ne deviendra jamais un homme. Comment réussir à écarter un pan de la noirceur de cet hiver ? Comment entrevoir l'issue de ce bourbier ? Chaque jour des rafles, chaque jour la faim, chaque jour la crainte de ne pas voir le lendemain, l'angoisse de ne plus revoir les siens. Julien dans les bois, Hélène terrée dans son appartement, sans nouvelles de son fils et elle qui ne sait plus qui elle est, sa jeunesse broyée, sa vie perdue, son arrestation probable….

Pendant ce temps, Charles Trenet chante « La romance de Paris ». Les folles s'affichent fardées, couvertes de fourrures, les jambes gainées de soie, au bras des officiers nazis. Au cinéma, Madeleine Sologne et Jean Marais meurent de s'aimer d'un amour éternel. Comment enfermer dans le même cercle la vie et la mort ? Adèle se cogne d'un mur à l'autre, se blesse de toutes parts à ce jeu-là, saigne chaque jour d'avoir abandonné Maurice, pleure d'aimer Julien et ne sait pas s'échapper de la fournaise, de l'inextinguible soif de vivre confrontée au danger quotidien. Lames et larmes sans repos.

Le groupe de Julien doit quitter la région. De nuit, on charge les camions. Destination secrète. Une autre forêt, plus loin, du côté de Saint Symphorien sur Coise. Il faut passer entre les patrouilles allemandes et échapper aux miliciens. Julien n'a pas le temps de serrer Adèle dans ses bras une dernière fois.

- Ils sont partis, annonce Rolande, lorsque le dimanche lui ramène sa fille.

Elle s'obstine, Adèle. Elle prend le chemin de la forêt malgré tout. Le sol est gelé. Un fin manchon de givre entoure la moindre brindille. Le soleil se rit de la guerre et de l'absence des hommes.

Elle ouvre la porte de la maison vide. Les cendres sont froides dans la cheminée. Plus un poste de radio sur la table, plus de vêtements aux quatre coins de la pièce, plus de rires et de chahut. Un fantôme d'odeur de garçons tourne et l'enveloppe : tabac froid et Brillantine. Ils sont partis. Une quinzaine seulement : Théo l'élégant, Bernard le discret, Jacques l'intello, Michel et sa guitare, Jacek qui récitait des poèmes en Polonais. Ils sont partis. Julien bien sûr. Les reverra-t-elle un jour ? Elle se laisse tomber sur le banc et pleure silencieusement, la tête dans les bras. Longtemps.

Soudain, deux petits bras entourent ses épaules. Une joue fraîche se pose sur la sienne.

C'est Perla qui l'a suivie de loin et qui a compris ce qui se passait.

- Adèle ? Ne pleure pas. La guerre va bientôt finir. Viens, on va faire griller des châtaignes. Il en reste encore. Et Daniel te réclame en bas.

- Daniel... Perla... Ne restons pas là, tu as raison. Rentrons au chaud.

Elles s'en vont dans le soir qui tombe déjà. Le chemin de la forêt s'obscurcit et les couvre d'une pénombre complice. Leurs mains se joignent, mains de petites vaillantes, promptes à reprendre espoir.

Monts du Lyonnais, 1944

Julien et ses camarades ont rejoint les groupes des Monts du Lyonnais. Une nouvelle ferme les abrite. Dans le courant de l'année précédente, un terrain a été repéré dans le secteur, pour les parachutages. C'est un point sur la carte, à Pluvy, un grand champ isolé qui a servi de terrain de foot à l'équipe locale avant la guerre et qui jouxte le mur d'enceinte du château, dont les coordonnées ont pris le chemin de Londres. Il ne reste plus qu'à attendre le signal. Des mois à écouter les messages brouillés de la BBC ! Les hommes se relaient pour ne pas le manquer.

Un soir de fin novembre, hallucination ou certitude, l'ami Bertrand croit entendre, hachés par la moulinette, les mots tant attendus « Avez-vous le scarabée doré ? ». Toute la nuit, les hommes s'usent les yeux et les oreilles pour accueillir le parachutage mais aucun avion ne passera dans le ciel de Pluvy. Le découragement se fait sentir. De nouveaux jours s'étirent, infiniment longs. Des jours et des jours à guetter le bon message. Une nouvelle phrase est communiquée aux responsables. Cette fois, il s'agit de « Clovis est le gendre de Socrate ».

Enfin, le 12 février 44, à midi, les mots tant attendus arrivent. Aussitôt suivis par la confirmation, à peine voilée : « Clovis apportera ce soir l'héritage à Socrate ».

L'air est glacé, les champs recouverts d'une fine couche de neige, étincellent au soleil.

C'est pour ce soir !

C'est le branlebas de combat. A 23h, l'équipe qui doit réceptionner les armes est au complet. Julien a préparé son poste à ondes ultracourtes dans son sac à dos. Les hommes sont sur place. Il fait froid mais la sueur glisse le long des dos. Enfin, de l'action ! Cela fait si longtemps qu'ils se préparent, si longtemps que les rumeurs terribles des arrestations et des tortures courent la campagne, si longtemps qu'on leur a dit « Plutôt la mort que la torture », qu'ils se sentent comme délivrés de ce poids d'attente et d'angoisse et que, seule, une bonne et saine excitation les envahit alors qu'ils avancent, en silence, à l'orée du champ.

Soudain, un ronronnement se fait entendre dans le lointain. Les quatre hommes, aux quatre coins du champ, allument des lampes de poche voilées de rouge. Un cinquième allume une lampe non voilée pour faire, en morse, le signal convenu. Julien réussit à accrocher le signal radio de l'avion puis le perd. L'appareil s'éloigne au sud puis disparait. Les hommes ne sont plus qu'oreilles, espoir tendu, nerfs à vif…

Le bruit se rapproche à nouveau ! Fracassant la nuit noire, la bête de métal ressurgit au ras de la cime des arbres, bien placé dans l'axe des signaux, il survole le champ quelques secondes et s'enfuit déjà avec un bref clignotement. Aussitôt, le silence recouvre tout, plus profond que jamais. On pourrait croire à une illusion si, dans le ciel, ne se balançaient pas les magnifiques fleurs blanches des parachutes, à peine bercées par le vent, bientôt énormes, bientôt posées sur la neige, languissantes géantes écloses du ventre de l'oiseau nocturne.

Les hommes se précipitent pour délester les parachutes de leurs containers. Il leur faudra toute la nuit pour les transporter et les enterrer dans le remblai en bordure du champ puis, encore une nuit pour les mettre à l'abri, dans un bâtiment abandonné des environs. Le travail est éreintant mais quelle fierté que ce premier parachutage réussi !

De nuits en nuits, Julien et ses camarades s'en vont battre la semelle sous le vent ou sous la pluie. Un émetteur dernier cri tombe du ciel, des fusils mitrailleurs, des révolvers, des munitions assorties d'explications en cinq langues qui doivent permettre, le moment venu, de faire sauter un train ou un pont. Il faut trouver des cachettes sûres, remiser tout ce matériel au nez et à la barbe des Allemands.

Les gares et les usines sautent à intervalles réguliers dans la région pour freiner l'afflux des troupes allemandes vers la Normandie. Les trains de marchandises déraillent. Les wagons citernes s'enflamment. Les voies ferrées sont sabotées. Certaines lignes deviennent inutilisables. Maquisards et cheminots sont unis pour lutter contre l'occupant. Ils se retrouvent le long des voies, aux aiguillages, et savent quelle est leur tâche. Ils murmurent aussi que les « huiles de la direction » sont moins regardantes qu'eux quand il s'agit de collaborer aux déportations de milliers de civils vers les camps de la mort.

Adèle pédale sur les routes, prend des lettres dans une ferme, les remet à Lyon aux adresses qu'on lui donne sans jamais revoir Julien, sans poser de questions.

Julien n'ignore ni les risques ni les représailles qui sévissent à Lyon et dans les environs. Les résistants tombent sous les balles de la Milice à Communay, à Limonest, à Neuville. Comment être sûr d'avoir choisi le bon camp ? Résister c'est aussi mette en péril sa famille et des otages innocents. Comment savoir où est son devoir dans cet imbroglio de fausses nouvelles, de propagande et de vrais drames ?

On s'envoie des slogans comme on s'enverrait des grenades dans la douce France de l'année 1944. La propagande vichyste tente d'attribuer aux saboteurs la responsabilité des pénuries. Les messages de menace sévissent sur RadioParis :

« Essaie de comprendre où est ton devoir…sinon, à notre grand regret, nous n'hésiterons pas à te l'imposer. » A bon entendeur salut ! Mais « RadioParis ment, RadioParis est allemand » continue-t-on à chanter partout sur l'air de la Cucaracha.

Les six bulletins quotidiens de la BBC ne durent qu'un quart d'heure mais ils sont la bouffée d'oxygène que chacun attend. Au maquis, à Lyon, pour Hélène et pour Adèle, à Pouzol et à Souzy, le fil invisible des diffusions relie les êtres et leur donne l'espoir de jours meilleurs. On s'en va au travail en fredonnant « Mon amant de Saint Jean » et en imaginant que, quelque part en France, un ami ou un parent chante lui aussi.

Lyon, 1944

Adèle a quitté le grenier et vit maintenant dans son ancienne chambre, chez la grand-mère d'Odile, place Jean Macé.

Son cœur bat toujours aussi fort lorsqu'elle transporte des tracts ou des journaux mais, pour rien au monde, elle ne céderait sa place.

En décembre de l'année précédente, quel pied de nez aux collabos, elle a participé à distribuer de faux « Nouvellistes » dans tous les kiosques de la ville. A la Une s'étalait l'exploit des résistants du Maquis de l'Ain qui avaient défilé le 11 novembre dans les rues d'Oyonnax pour l'anniversaire de la Victoire de 1918. Pour une fois, le journal pro-allemand s'est vendu comme des petits pains. Et pas seulement aux collabos !

Elle est consciente des rafles qui suivent ces exploits et des exécutions qui s'en suivent. En mars 1943, à Villeurbanne, trois cents hommes ont été raflés et déportés, en représailles contre les réfractaires au STO. En juin, Jean Moulin a été arrêté, torturé. Il est mort dans le train qui l'emmenait en Allemagne.

Les V de la victoire et les Croix de Lorraine fleurissent sur les murs. Un bistrotier insolent a écrit sur sa devanture « Vin à Vendre à Volonté » ! On voit aussi, affichées, destinées à dissuader les Résistants, les photos des gens qui ont été torturés. On lit cette phrase placardée : « Tuer un Juif c'est sauver un soldat ! » Des amis disparaissent. On n'entend plus jamais parler d'eux. On se méfie de tout, « Les murs ont des oreilles ».

Les sirènes hurlent, parfois en pleine nuit. Il faut alors se précipiter dans les abris et se terrer jusqu'à la fin de l'alerte. Les rumeurs de débarquement se font de plus en plus nombreuses.

Mais en ce vendredi 26 mai, Il fait un temps magnifique. Adèle est derrière son guichet. Elle étrenne une jupe neuve, une jupe-crayon qui met en valeur ses jambes, et surtout un chemisier en soie d'une douceur incomparable. La soie de parachute ne manque pas pour qui a de bonnes relations ! Des mètres et des mètres dont toutes les femmes raffolent. Il suffit de bien laver le tissu et de le teindre de couleurs tendres ou vives pour réaliser ensuite des chefs- d'œuvre. Hélène est à la tâche, ravie de coudre une étoffe aussi précieuse !

A 9h40, les sirènes se mettent à hurler. Employés et clients de la poste se dirigent en maugréant dans l'abri de l'immeuble voisin. Adèle entraîne ses deux jeunes collègues.

- Un bombardement en plein jour ? Sûrement une fausse alerte !

- Oui, sûrement, les Anglais ne bombardent que de nuit.

On se serre tout de même dans la cave. Chacun y va de son histoire et patiente dans le silence et la fraîcheur. Adèle regrette de ne pas avoir pris son gilet. Quelqu'un a apporté une bouteille thermo pleine d'un breuvage qui se veut du café. Les gobelets circulent.

A 10h40, les sirènes annoncent la fin de l'alerte. Tout le monde est soulagé. Adèle s'engage dans l'escalier qui monte à l'air libre, heureuse de retrouver le soleil.

A 10h41, les sirènes d'alerte hurlent à nouveau. Certains qui ont déjà atteint la rue décident de continuer leur chemin. Une heure dans la cave, ça suffit ! D'autres refluent par le passage étroit qui conduit à l'abri. Les cris et les exclamations de colère se succèdent. Il y a des pieds écrasés, des protestations, des insultes…Adèle entraînée par le flot n'a pas vraiment choisi de redescendre mais elle se retrouve à nouveau en bas lorsqu'à 10h 43 un déluge de bombes tombe sur la ville.

Les murs tremblent. Dans l'abri, tout le monde est muet, pétrifié d'effroi. Sans qu'il y ait eu besoin de se concerter, les mains se sont rapprochées, les épaules se sont trouvées. Le groupe forme une seule masse compacte, illusoire rempart contre les murs qui s'écroulent et les flammes qui dévorent la ville. Les explosions se succèdent sans répit. Chacune d'elles semble être la dernière qu'il leur sera donné d'entendre. L'électricité a été coupée mais la cave s'allume en permanence des lueurs d'incendie qui passent par le soupirail. Le bruit envahit tout l'espace, privant les cerveaux de pensées, réduisant les individus à un misérable tas d'humains décérébrés attendant la mort.

Quatre cents avions survolent la ville dans un vrombissement incessant. Lâchées de 7000m d'altitude par les avions de l'US Air force, mille cinq cents bombes explosent en continu : bombes explosives, bombes incendiaires, bombes à retardement. Les baguettes au phosphore tourbillonnent dans l'air et vont mettre le feu aux immeubles. La notion de temps s'abolit. Pas une plainte, pas un cri dans l'abri. Juste la sidération aux portes de la mort. Vingt-cinq minutes de sidération au bout desquelles les sirènes retentissent à nouveau. C'est la fin de l'alerte. Les bras qui étaient restés crochetés les uns aux autres se dénouent lentement. Les regards se retrouvent. Dans chacun d'eux on lit la même terreur et la même interrogation : « Nous sommes toujours en vie mais qu'allons-nous trouver au-dehors ? »

Adèle et ses compagnes montent les marches de l'abri. Heureusement, la porte n'est pas obstruée. Elle s'ouvre sur un brouillard de poussière et de fumée. L'avenue Berthelot est en feu. Les langues de flamme s'élancent de chaque fenêtre des immeubles bombardés dont il ne reste que les carcasses vides. Des façades s'élèvent, creuses comme des décors de théâtre, surmontées de cheminées incongrues. On voit une volée de marches suspendue dans le vide. Elles ne mèneront plus à cet appartement éventré qui montre les naïves tapisseries fleuries des chambres à coucher et l'évier de la cuisine perché au bord du gouffre. Certains immeubles s'écroulent subitement dans un fracas de poutres et de pierres. D'autres demeurent debout, privés de leurs toitures calcinées, creusés comme des termitières géantes. La poste n'est plus qu'un amas d'éboulis fumants.

Adèle, hébétée, ne sait ou se diriger. Elle s'en va seule, tire un mouchoir de son sac pour se couvrir la bouche. Elle enjambe les gravats, s'écarte des incendies, évite les cratères. Les sirènes des véhicules de secours déchirent l'air. L'odeur des feux domine tout. Elle progresse lentement, en somnambule, jusqu'au cimetière de la Guillotière. Le cauchemar l'atteint lorsqu'elle lève les yeux vers les arbres. Les beaux arbres de mai couverts de feuilles tendres sont couverts de cendre. Ils ont reçu dans leurs branches les hideuses breloques des squelettes soulevés des tombes par le souffle des bombes. Une onde glacée parcourt son corps. Elle s'enfuit au hasard, le cœur au bord des lèvres. Vite, quitter ce lieu. Vite, trouver un coin de ciel bleu, un verre d'eau fraîche, quelqu'un à qui parler. Les passants gris de poussière se hâtent comme elle. Chacun tente de courir vers les siens au risque de découvrir une vérité insoutenable.

La place Jean Macé est un champ de ruines. Les arbres sont couchés parmi les gravats. L'immeuble de sa logeuse n'existe plus. La grand-mère d'Odile avait l'habitude de se rire des alertes. Elle refusait de se rendre aux abris. « Mes pauvres jambes ne me portent plus. Advienne que pourra. Je reste chez moi » disait-elle lorsqu'Adèle l'exhortait à la prudence. Ce jour-là a donc été son dernier jour. Comme celui des plus de sept cents Lyonnais morts sous les bombes américaines.

Sur la place, le tram 23 est éventré et ses passagers sont pris au piège dans l'abri où ils se sont réfugiés, au début de l'alerte, et qui n'a pas résisté. Les sauveteurs se hâtent de dégager les corps. Il n'y a pas de survivants.

Adèle continue son errance dans cette cité fantôme. L'Ecole de Santé Militaire, siège de la Gestapo où sévit Barbie, a été bombardée elle aussi. Les dignitaires nazis sont sous les décombres ! Piètre consolation…Plus loin, des corps projetés par le souffle des bombes flottent dans le Rhône. Un géant aveugle a piétiné la ville.

Adèle, épuisée, se réfugie dans l'appartement de Julien dont la concierge lui donne la clé. Elle arrache ses vêtements, son beau corsage de soie, sa jupe crayon, et se lave pendant des heures. Debout dans le tub en zinc, elle se frotte jusqu'au sang avec un gant rêche, sacrifiant le dernier morceau de savon qui reste. Elle s'arrose et dégouline de larmes et de morve. L'eau froide ruisselle de ses cheveux à ses épaules sans la guérir des visions d'épouvante qui habitent son esprit. Elle tombe enfin sur le lit, ce lit où son corps a rencontré celui de Julien pour la première fois. Elle est glacée, recroquevillée sous les couvertures, douloureuse jusqu'aux os et finit par s'endormir d'un noir sommeil où les cauchemars n'ont plus de place.

Les incendies dureront plusieurs jours. Trois cent quatre vingt huit cercueils seront exposés sur la Place Saint Jean. Une fosse collective sera ouverte au cimetière de Loyasse. Des prisonniers juifs seront employés à déblayer les décombres de l'Ecole de Santé avant d'être fusillés.

Les hôpitaux débordent de blessés, cages thoraciques écrasées, fractures multiples et organes compressés.

La gare de Perrache est détruite comme celle de Vaise.

La propagande de Vichy ne manque pas de désigner les coupables. Le Maréchal Pétain déplore : « l'attitude de nos anciens alliés, ils se conduisent comme des adversaires qui sans hésiter massacrent des villes et leurs habitants dans une France sans défense. On peut écraser le pays, mais on n'écrasera pas l'âme de la France »

Adèle va rester prostrée pendant trois jours, sursautant au moindre bruit. Elle ouvre les yeux sur le ciel bleu découpé à l'angle de la fenêtre. Ce ciel tranquille qui ne transportait que de bénins nuages boursouflés de bonne pluie n'est plus qu'une menace, une gueule monstrueuse d'où peut s'échapper à tout instant l'abject dégueulis des bombes. Elle ferme à nouveau les yeux mais c'est pour retrouver les images des corps déchiquetés et des squelettes agrippés aux branches dans des poses indécentes. Yeux ouverts, yeux fermés, elle tourne sans issue dans sa cage, insomniaque la nuit, plongeant dans des puits de sommeil sans fond le jour, elle grelotte de faim et de soif. Ses mains courent sur son corps. Plus de seins, des hanches dures comme des couteaux, des coudes et des genoux qui percent sa peau.

Elle se traîne à la salle de bains pour boire et se laver encore et encore.

Un matin, elle croit entendre un léger frottement derrière la porte. On frappe, oui, on frappe. Elle s'enroule dans une serviette et va coller son œil au judas. Elle ne voit que les cerises du chapeau de paille noire. Qui oserait encore porter un chapeau ornée de cerises sinon Hélène ?

Hélène qui a compris que Maurice ne retrouverait pas cette petite en rentrant mais qui ne la juge pas, malgré sa tristesse. Hélène qui a su, il y a des années, ce que c'était que d'attendre un homme si longtemps, tout en ayant la certitude qu'il ne reviendrait pas. Hélène qui se souvient qu'elle, elle avait un enfant à chérir. Hélène qui n'est pas sûre que cet enfant lui sera rendu. Alors, il lui faut prendre cette maigriotte dans ses bras, il lui faut recueillir cet oiselle blessée quel que soit le nid où elle s'est réfugiée.

Adèle ouvre la porte et s'effondre en larmes dans ses bras.

- Là, ce n'est rien. Pleure mon petit, pleure…

- Je ne savais pas où aller, hoquète Adèle. C'était tellement horrible. Les rues, les maisons qui tombaient, les gens, les morts…

- Oui, je sais, c'est terrible, la ville a beaucoup souffert.

- Mes parents ?

- Tes parents vont bien. Il n'y a pas eu de bombardements ailleurs que sur Lyon mais ils s'inquiètent. Ton père est venu me voir. Il ne savait où te chercher.

- Je vais aller les voir.

- Oui, tu dois aller les rassurer mais, auparavant, tu dois reprendre des forces.

- J'ai faim…

- Viens, je connais un endroit. J'ai des tickets. Je vais t'aider à t'habiller.

Les deux femmes s'en vont à la Brasserie Jutard, à la Croix-Rousse. Hélène soutient Adèle au bord de l'évanouissement.

- Mange tranquillement mon petit. Prends ton temps. Ce soir tu viendras dormir à la maison. Je vais te soigner.

- Pourquoi êtes-vous si bonne avec moi, Hélène ?

- Mais tu es ma fille n'est-ce pas ?

- ...

- Maurice va revenir, j'en suis sûre. Il doit te retrouver en pleine forme. Il aura besoin de toi.

- Oui, Maurice va revenir...

Lyon, juin - août, 1944

Adèle a repris son travail à la poste dans des bâtiments provisoires. Pour sa pause de midi, elle s'en va retrouver Hélène qui s'évertue à imaginer des plats consistants avec ce qu'elle a pu trouver. A 13h, c'est un rituel, les deux femmes écoutent religieusement le bulletin de Radio-Londres. Les habituels messages personnels de ce jour-là resteront gravés dans leurs mémoires : « La fortune vient en dormant » « Heureux qui comme Ulysse a fait un beau voyage » « Un ami viendra ce soir » Ces mots sont des promesses ! Vite confirmées par la voix du speaker qui annonce le débarquement de Normandie ! Les alliés ont débarqué en Normandie ! On est le 6 juin 1944. Adèle et Hélène sont d'abord figées sur leurs chaises. Elles se regardent, incrédules, puis se lèvent, s'enlacent, s'embrassent les joues mouillées. La nouvelle se répand dans les rues de Lyon. On marche plus vite, on parle aux inconnus, on se voit déjà libre ! Les résistants de la dernière heure affichent ostensiblement leur joie. Dans les maisons, on décroche les derniers portraits du Maréchal. Les Allemands vont s'enfuir la queue entre les jambes, on en est sûr ! En est-on vraiment sûr ?

Les jours qui vont suivre égrènent leurs sinistres nouvelles. La division « Das Reich », qui doit remonter de toute urgence du sud vers la Normandie, va semer la terreur tout le long de sa route. De Tulle où 99 résistants sont pendus aux réverbères jusqu' à Oradour où les Nazis enferment femmes et enfants dans l'église avant de l'incendier.

A Lyon aussi, comme ce 27 juillet 44. Adèle est dans le tramway N°2 qui s'approche de la Place Bellecour. Elle serre son habituel livre bleu contre elle.

Le soleil est radieux. Adèle regarde sa ville par les vitres du tram, cette Place Bellecour où elle buvait de la limonade sous les marronniers avec Odile, Maurice et Julien. Ce temps a-t-il réellement existé ? Tout est si lointain, si brouillé dans sa mémoire. Les événements qu'elle vit quotidiennement ont une densité qui efface toute la banalité du temps d'avant-guerre. A présent, elle vit au jour le jour, avec pour seul projet la lettre à transmettre, l'adresse à trouver. Avec pour seule crainte l'arrestation au coin de la rue et la mort à Montluc.

Elle n'a pas remarqué les soldats de la Gestapo qui attendent, mitraillette au poing.

Soudain, le tram s'arrête. Un camion allemand bloque la circulation. Cinq hommes sont poussés à bas du camion, de très jeunes gens, silencieux, dignes. La fusillade est immédiate. Ils sont projetés sur le trottoir, à l'angle de la rue Gasparin.

Tout le monde détourne les yeux dans le tram. Adèle est pâle. Au cri de stupeur a succédé un silence pesant. Le camion démarre, laissant les corps sous le soleil de juillet. Le tram reprend sa route. On murmure qu'il s'agit là de représailles. Le café du Moulin à Vent qui se trouve à deux pas était très fréquenté par les Allemands. Il a été détruit la veille par un attentat, sans toutefois faire de victimes. Les seules victimes seront ces cinq là …

Au soir, lorsqu'Adèle rentre, les corps sont toujours là, exposés aux regards.

Est-ce un poison de crainte ou un puissant venin de vengeance que cette barbarie instille dans les cœurs ? Oseront-ils encore résister ou se coucheront-ils comme des chiens dociles tous ces Français témoins du pire ? Les discours du Général de Gaulle sont boursouflés de patriotisme exhortant à combattre par tous les moyens lorsque l'heure sera venue. Oseront-ils ? Sont-ils prêts ?

Ce soir-là, Adèle décide de quitter Lyon pour rejoindre Julien. L'image des corps des cinq jeunes gens ne la quitte pas alors qu'elle s'en va vers Pollionnay. Elle franchit à vélo les kilomètres sans savoir vers quel avenir elle se dirige. Elle sait qu'elle est au seuil de jours décisifs mais seront-ils des jours de liesse ou de deuil ? A-t-elle un rôle dans ce vaste embrasement que sera, sans doute, la Libération ? Julien sera-t-il heureux de la retrouver ? Ils ne se sont pas revus depuis l'hiver, lorsqu'il a quitté Souzy.

A Pollionnay, elle se rend à la ferme où elle prend habituellement les messages. Elle doit laisser son vélo et continuer son chemin, à pied, jusqu'au Col de la Croix du Ban où le groupe s'est installé.

La nuit tombe lorsqu'elle arrive au col. Les cabanes de branchages sont tellement bien dissimulées qu'elle doit se laisser guider par l'odeur du feu de bois pour les trouver. Une faible lueur au loin, quelques escarbilles qui éclairent le ciel bientôt noir lui indiquent la direction à prendre. Enfin, ils sont là, une dizaine de garçons qui vont et viennent. Elle s'arrête, observe de loin les silhouettes qui se détachent sur la lumière orangée des flammes. Elle prend le temps de suspendre le temps, de songer encore à ce vertige qui est devant elle. Soudain, son regard se fige. Oui, c'est bien Julien qui est là, assis à quelques mètres. Ecouteurs sur les oreilles, il prend des notes. Elle doit se décider à approcher. Elle attend qu'il ait terminé sa transmission avant de faire le pas qui la fera entrer dans le cercle de feu. Au craquement des feuilles mortes sous ses pieds, les garçons se retournent, la main à la ceinture.

- Hé ! Qui va là ?

- Adèle. Je suis Adèle, l'amie de Julien.

Julien sursaute, se lève, reste pétrifié un instant.

- Adèle ! Mais que viens-tu faire ici, bon sang ?

- ...

- Tu veux apprendre à te servir d'une mitraillette ? Il n'y avait pas assez de danger à courir les routes avec les messages ? Tu es complètement folle ! Est-ce que quelqu'un sait où tu es ?

- Non, non, personne je te le jure ! Je suis partie sans réfléchir. Je voulais être avec toi pour ...

- Pour mourir ? Tu veux mourir ?

- Non, non, Julien. Je veux combattre avec toi, avec vous. Si tu savais ...

- Je sais, je sais, ma plume ... Allons viens me raconter. Voyons ce que tu pourras faire ici.

Julien l'entoure de ses bras alors qu'elle éclate en sanglots.

- Quel bon petit soldat nous arrive, n'est-ce pas les copains ?

Les garçons sourient et s'empressent autour d'elle. Ils ont du vin à lui offrir, des pommes de terre qui cuisent sous la cendre. Ils parlent longtemps avant d'aller dormir dans les cabanes. Adèle sera logée pour la nuit entre Julien et un autre garçon. Les yeux grands ouverts dans l'obscurité, elle écoute les bruits de la nuit, les frémissements dans le sous-bois, le dialogue des chouettes hulottes, hululements graves du mâle et réponses aigües de la femelle. Elle se sent à sa place malgré l'étrangeté de la situation. Elle n'a plus peur.

De jour en jour, elle sait se faire adopter par ces jeunes gens de plus en plus nombreux à venir les rejoindre de tous les villages environnants. Les pompiers de Mornant, des policiers, des déserteurs des groupes mobiles de réserves créés par Pétain et même des déserteurs allemands viennent grossir les rangs du Maquis de la Croix du Ban. Certains sont fiers d'arborer le blouson de cuir et le béret qu'ils ont détournés des Chantiers de Jeunesse mais la plupart sont vêtus comme des paysans ou des ouvriers pour mieux se fondre dans le paysage.

Le mois d'août s'étire avec son lot de meurtres sordides partout dans Lyon.

Le 17 et 18 août, les internés de la « Baraque aux Juifs » sont conduits à Bron pour un voyage sans retour.

Le 20 août, 120 prisonniers, hommes et femmes, sont extraits de leurs cellules de la prison Montluc sur ordre de Klaus Barbie. Ils sont conduits en car, au fort de Saint Genis Laval. Attachés deux par deux, ils sont poussés par groupes, au premier étage de la maison du gardien. Là, ils sont aussitôt abattus. Les suivants doivent monter sur les corps de leurs camarades tombés au sol avant d'être fusillés à leur tour. Le massacre dure une heure. Les cadavres entassés sont arrosés d'essence. La maison est dynamitée. Elle explose. Le feu ravage tout pendant plus de trois heures. L'odeur de la chair grillée pénètre les mémoires des habitants du voisinage. Il ne reste que des gravats.

Le 21 août, ce sont des otages qui prennent la direction de Bron avec des miliciens. Dernier voyage pour eux aussi. Le Père Benoît et son équipe trouveront 109 corps au soleil brûlant du mois d'août.

Le 24 août, les mitrailleuses allemandes se déchaînent pendant de longues minutes sur un attroupement à l'angle de la rue Tronchet et de l'avenue Garibaldi. Des infirmières étaient en train de distribuer de la nourriture laissée par les soldats en fuite. On relèvera 60 morts, des enfants, des vieillards achevés d'une balle dans la tête.

Ce même 24 août, les rues de Villeurbanne se couvrent de barricades. Les fenêtres s'ouvrent, les maisons sont pavoisées. Les résistants sont acclamés. Des civils se joignent spontanément à eux. Le temps d'œuvrer à la libération est arrivé ! Mais les responsables sont inquiets. Les moyens sont dérisoires, quelques fusils et de l'enthousiasme ne feront pas le poids face aux mitrailleuses allemandes. Des émissaires sont envoyés au Col de la Croix du Ban pour demander aux Maquisards de les rejoindre au plus vite.

Adèle et Julien sont du nombre. Ils quittent la cabane qui les abritait. L'excitation, l'impatience, la joie de pouvoir enfin en découdre avec l'ennemi se lit sur les visages. Adèle se tient droite sur la banquette du camion qui les emporte vers la ville avec leurs camarades. Elle veut imprimer ce moment dans sa mémoire. Les jours qui viennent seront-ils l'épilogue de ces années étranges ? Elle n'a pas peur de la mort mais elle craint de voir mourir ceux qu'elle aime. Julien est tendu, silencieux, fermé comme un bloc. Un pistolet 6.35 gonfle sa taille. Il tient fermement son pistolet-mitrailleur, attentif aux secousses. L'engin est capricieux. Il y en a une bonne réserve à l'avant du camion mais quel poids feront-il face à des tanks allemands ? Il emporte aussi son matériel de transmission.

Le 25 août, les barricades s'élèvent dans tout Villeurbanne, Place Grand-Clément et Cours Emile Zola ainsi que dans de nombreux quartiers de Lyon jusqu'à Monplaisir, à Bron, à Vaulx en Velin. Adèle transporte les vieux matelas, les chaises bancales et les meubles qui dormaient dans les caves. Ils s'amoncellent maintenant dans les rues. Elle aide à basculer de vieilles carcasses de voiture. Dérisoire rempart ! Et curieuse façon de faire la guerre, se dit Adèle... Julien est au PC de l'Hôtel de Ville de Villeurbanne, casque sur les oreilles. Il suit la progression de l'armée de de Lattre de Tassigny. Depuis le 15 août, jour du débarquement de Provence, les soldats français et américains remontent vers Lyon. Digne, Gap, Grenoble ont été libérés. « Ils » arrivent ! C'est sûr maintenant. Ne serait-il pas plus raisonnable d'attendre plutôt que de risquer un bain de sang ?

Le 26 août, les Allemands qui observaient ces rodomontades d'un œil indifférent, décident de mettre fin à l'insurrection. Les blindés remontent le cours Emile Zola, détruisent un pâté de maisons Place de la Bascule et abattent les civils qui se trouvent sur leur passage. Les obus pleuvent sur la ville. On range les drapeaux bleu-blanc-rouge. A Oullins, les grenades explosent, les rafales de mitrailleuses crépitent, une dizaine de maisons sont incendiées. Toute la nuit, les gens se terrent dans les caves d'où ils entendent les vibrations des convois allemands en fuite.

A Villeurbanne, l'ordre a été donné par les Maquisards de démolir les barricades pour éviter de graves représailles. Adèle remporte les chaises bancales et les vieux matelas. Julien et ses amis n'ont pas tiré un seul coup de feu. Il faudra attendre les Américains pour finir de libérer la ville.

Toute la journée du 31 l'armada allemande défile en bon ordre dans la ville déserte : des chars « Tigres » de 50 tonnes, des chars « Panthères », des centaines de camions, des canons autotractés, des motos. Personne ne bouge. Les Boches s'en vont ! Enfin…

Certaines fuites sont moins glorieuses ! Des officiers volent des bicyclettes, détroussent les rares passants et filent vers l'Allemagne en pédalant. D'autres utilisent des femmes comme bouclier à l'avant des camions.

Il est frustrant de les regarder partir sans broncher, ces hommes honnis depuis des années, mais il serait stupide de risquer la destruction de la ville. Des explosions rappellent que l'ennemi est encore puissant : c'est l'Arsenal de la rue Bichat qui vient de sauter. Les forts Saint Irénée et de Sainte Foy sont encore occupés.

Le lendemain, Adèle et Julien prennent le risque d'aller dormir « chez eux », dans l'appartement du quai. Ils traversent la ville morte par les petites rues et retrouvent le lit en désordre tel que l'avait laissé Adèle ce matin de mai où Hélène est venue la chercher.

Quelle étrange sensation que celle de ce temps suspendu où rien n'est abouti, où tout peut changer à tout moment. Et pourtant, la lumière est la même qui filtre à travers les volets, mouvante au rythme des ombres lorsque le vent agite les feuilles des platanes. Les odeurs sont les mêmes, souvenirs d'un temps révolu : le Chanel N°5 au fond du flacon, les Gauloises sans filtre, l'alcool de prune, les fourrures de Rose-Marie dans l'armoire…Adèle flâne d'une pièce à l'autre, ouvre un tiroir, froisse une étoffe, se nourrit de son passé, rebâtit un univers qui la comblait de paix.

Elle quitte son uniforme bricolé, un pantalon large et une chemisette beige, qui devait lui donner l'illusion d'être une guerrière. Elle fait chauffer de l'eau sur la gazinière, beaucoup d'eau pour elle et pour Julien. Ils se lavent. Les ruisseaux gris coulent et emportent leur fatigue et leur peur. Ils s'enlacent, peaux mouillées, chair brûlante et s'aiment debout, ils s'abreuvent, se mordent, absorbent leurs sucs jusqu'à plus soif. Ils tombent, enfin repus, et s'endorment.

A six heures du matin, le fracas des explosions les jette au bas du lit. Ils se précipitent à la fenêtre. Une colonne de fumée s'élève. Le pont Gallieni vient de sauter. Le Pont de l'Université puis le pont de la Guillotière, le pont Lafayette et le pont Morand, le pont de la Boucle sautent à leur tour. Les vitres des fenêtres volent en éclat, les cloisons se lézardent. Le Pont Wilson est, en partie, épargné grâce à Jacques Thomas et ses amis résistants qui ont réussi à rejoindre Lyon depuis le Maquis du Vercors. Ils se sont glissé à plat ventre jusqu'au parapet du quai et, malgré le feu des sentinelles allemandes, ont réussi à neutraliser les artificiers. L'Arsenal de la Mouche et la Gare des Brotteaux brûlent.

Dans l'après-midi ce sont les ponts de la Saône qui sautent. Pour traverser, il ne reste que la passerelle Saint Vincent et le pont de l'Homme de la Roche. Toute la ville sent la poudre mais tout le monde, sur la rive gauche, est dehors pour acclamer les premiers chars américains qui arrivent à 18 heures. Adèle et Julien grimpent à Fourvière. De là-haut, ils voient toute la ville, les piles des ponts encore fumantes, les tabliers écroulés qui plongent dans l'eau du fleuve. Ils aperçoivent le drapeau à Croix de Lorraine qui vient d'être hissé sur la Préfecture.

Ils décident de rejoindre Tassin, où ils ont un contact, pour y passer la nuit. Nuit blanche où coule dans leurs veines l'alcool le plus fort, celui de l'impatience. Ainsi, le jour est arrivé !

Au petit matin, la rumeur de la foule enfle sur la place de l'Horloge. Les jeeps ornées de l'étoile blanche, les « Tractions Avant » aux portières marquées des lettres F.F.I et du V de la victoire avec les Maquisards couchés sur les garde-boues, fusil à l'épaule, doigt sur la gâchette, les motos, foncent en direction de Lyon. Julien et Adèle ont mis leur brassard bleu blanc rouge décoré de la Croix de Lorraine. Un ami les reconnait et les prend à bord de son véhicule. A Vaise, des centaines de personnes les acclament. Ils rejoignent les Partisans des Maquis de l'Azergue et les FFL pour traverser le Pont de l'homme de la Roche et pour remonter le quai. Place Tolozan, ils voient leur première estafette de fusiliers marins puis, très vite, les chars américains. Ils n'en croient pas leurs yeux. Cette réalité tant attendue devient tangible. Tant d'années, tant de questions, tant de dangers, la mort qui rôdait partout, les trahisons, les doutes…sont-ils enfin derrière eux ?

- Pince-moi !, réclame Adèle.

- J'ai mieux ! s'exclame Julien en l'étreignant.

La presqu'île est vide d'Allemands, mais elle se remplit d'une foule immense. Les gens courent le long des voitures, grimpent sur les marchepieds, embrassent les Résistants. Les façades sont couvertes de drapeaux. La Place des Terreaux est noire de monde lorsque, soudain, éclatent des tirs. Ce sont des miliciens embusqués qui tentent le combat de la dernière chance mais rien n'empêchera la liesse populaire.

Il fait un temps magnifique. La foule se presse Place Carnot où des jeunes gens ont escaladé la statue de la République avec des drapeaux bleu-blanc-rouge. Place Bellecour, des grappes de jeunes filles grimpent sur les chars, les transformant en un vivant bouquet fleuri de toutes leurs robes de cotonnade. Il faut avoir touché un Américain ! Il faut l'avoir embrassé ! Des mères leur mettent des enfants dans les bras. On les photographie, on leur offre des fleurs. La Marseillaise surgit spontanément, enfle comme une vague et s'en va courir d'un bout à l'autre de la ville. Des bals s'organisent on ne sait comment. Adèle la bouche barbouillée de chocolat embrasse Julien pour partager. Ils découvrent les chewing-gums et les cigarettes blondes. Lyon est libéré.

Lyon, septembre 1944

Le 3 septembre, la foule est à nouveau dans les rues du centre de Lyon. Un besoin irrépressible de se toucher, de marcher ensemble, de rire pour rien, de parler à tout le monde anime chacun.

Adèle et Julien tentent de rejoindre la rue de la République lorsqu'éclatent des détonations. Les passants se collent aux immeubles, tentent de trouver un abri. Personne ne sait d'où viennent les coups de feu. Très vite, une nouvelle fusillade se fait entendre, beaucoup plus nourrie, les coups secs de la DCA américaine. Ils sont tirés depuis l'autre côté du Rhône pour neutraliser quelques obstinés qui ont à cœur de livrer le combat de la dernière heure. Lorsque le silence revient, Adèle et Julien aperçoivent la fumée qui s'élève de l'Hôtel-Dieu. Ils s'approchent. Les tourbillons noirs s'intensifient. Soudain, une explosion sourde libère les flammes. Tout s'embrase. Le crépitement des vieilles poutres emplit l'air. Les fumées deviennent ocres. Le ciel s'obscurcit. Aux cris des spectateurs succède un murmure de tristesse qui court d'une bouche à l'autre. En quelques minutes le dôme s'écroule dans un fracas titanesque. Une vague de clameurs désespérées s'élève dans la foule suivie d'une stupeur silencieuse.

- La guerre n'est pas finie, je crois, dit Julien.

- Elle est finie pour nous, n'est-ce pas ? interroge Adèle.

Julien hésite, regarde sa frêle compagne, mesure son besoin de protection. Il connait son courage. Elle qui a porté sans relâche les messages, qui a même, à son insu souvent, transporté des armes, elle qui l'a rejoint au fond des bois, comment lui dire, au moment où elle semble tellement sûre que tout est fini…Comment lui dire qu'il va partir ?

- Non, je dois retrouver les camarades. Il faut continuer tant que la France n'est pas libre. Je pars demain, je ne sais pas encore où je dois aller.

Une gangue glacée se referme sur Adèle. Les larmes gèlent derrière ses yeux. Les mots qu'elle voudrait dire se figent dans l'espace restreint qui va de son cerveau à sa bouche. Ils explosent, se pulvérisent en poussières mordantes, l'écorchent comme les éclats d'un miroir tandis que les étincelles de l'incendie montent dans le ciel et que la chaleur gagne la rue.

Elle lâche la main de Julien, resserre son gilet autour de sa taille, incapable de parler, empêchée de parler, glacée, glacée, malgré le feu.

Julien tente de la prendre dans ses bras mais elle se fait glissante et s'échappe.

- Tu ne peux pas venir avec moi, c'est une affaire d'hommes.

- Je ne veux pas venir avec toi ! Je veux juste que tu restes ! Je n'en peux plus de la peur, de la mort, de l'absence…réussit-elle à articuler.

La glace fond et s'échappe maintenant en cataractes de cris et de larmes.

- Je ne veux pas que tu t'en ailles mourir !

- Maurice va rentrer, tu dois l'attendre.

- Attendre, toujours attendre, je ne veux plus attendre. Je veux vivre, tu comprends, enfin vivre, sans avoir faim, sans avoir peur …et avec toi.

- Je dois partir Adèle. Je me sentirais traitre à moi-même si je ne continuais pas.

- Traitre ? Ah! Oui, le joli mot ! Qui a trahi dans cette histoire ? Toi, moi, nous avons trahi Maurice tu le sais bien.

- Ne mélange pas tout. La France a besoin de moi.

- La France ? Mais je me fous de la France. C'est toi que je veux. Mais tu ne m'aimes pas. Tu ne m'as jamais aimée. Je ne suis qu'une fille parmi toutes celles qui sont passées dans ton lit.

- Adèle, non, je t'en prie. Ne dis pas ça.

- C'est la vérité. Je n'avais pas le courage de la regarder en face. Ça m'arrangeait bien de croire en toi. Allez, va faire la guerre. Va t'en mourir. Je suis trop fatiguée pour continuer à me battre. Pars. Je te déteste !

- Adèle…encore un mensonge. Tu ne me détestes pas. Tu es juste en colère. Je pars, oui, mais qui sait la fin de l'histoire ?

Julien est calme. Il a pris sa décision depuis plusieurs jours déjà. Les rues se sont à nouveau remplies de monde. Les pompiers sont à l'œuvre pour éteindre l'incendie. Adèle est partie. Il la regarde qui s'en va, minuscule parmi la foule.

Elle s'en va, les yeux brouillés de larmes, le cœur dans les tenailles du chagrin, par les rues en fête de ce qui aurait dû être un beau jour. Elle rejoint le grenier qu'elle a quitté depuis longtemps et s'y calfeutre loin des cris de joie. Elle ne saura rien des défilés victorieux, ni de la visite du Général de Gaulle le 14 septembre, ni des femmes tondues et exhibées à la vindicte populaire, ni des miliciens exécutés contre les murs des immeubles. Sa jeunesse a sombré près de cet Hôtel-Dieu en flammes comme y avait sombré son espoir d'enfant.

Elle s'enclot dans la pénombre et le silence du grenier. Les bruits du jour rencontrent ceux de la nuit. Elle maigrit. Elle attend.

C'est Hélène, encore une fois, qui frappe à sa porte et l'oblige à sortir de sa torpeur. Elle l'oblige à se laver, à s'habiller, à se nourrir. Sans poser de questions.

- Maurice va rentrer. Il faut te préparer. Tu dois l'accueillir.

- Maurice...Je ne mérite pas son retour. Tout a été si long, si dangereux. Nous ne saurons pas retrouver notre vie d'avant.

- Ce ne sera pas la même vie Adèle. Mais une belle vie peut-être. Allez, debout !

Jour après jour, Adèle accepte de renouer avec le quotidien. Les chantiers de déblaiement et de reconstruction s'ouvrent partout. Elle retrouve les difficultés, la pénurie. Il faut encore patienter devant les magasins, les tickets de rationnement n'ont pas disparu. Les règlements de compte vont bon train mais elle avance encore un peu Adèle, sans plus penser à demain. A Souzy, la Maison Piot a retrouvé sa solitude. Perla et les siens sont rentrés chez eux en promettant d'écrire et de revenir.

L'hiver 45 s'étire sans fin, glacial et sombre, sans aucun retour de prisonniers. En janvier, on se bat encore dans les Ardennes. Il faut attendre le printemps pour que les Alliés entrent en Allemagne et les Russes en Pologne, puis à Berlin. Elle avance encore un peu, Adèle, obstinée à survivre. Ses semelles s'engluent autant dans la boue des chantiers que dans l'horreur et l'incrédulité, lorsqu'elle découvre les premiers reportages sur les camps. Auschwitz, Buchenwald, Ravensbrück...Tous ces noms qu'elle ne connaissait pas s'impriment en une ronde macabre dans son esprit. Personne ne peut croire, personne ne peut imaginer l'inimaginable, ils exagèrent, ce n'est pas possible...

Et pourtant, au joli mois de mai, alors qu'on voudrait déjà oublier, lorsqu'on aura applaudi au suicide d'Hitler et de Goebbels, lorsqu'on sera resté indifférent à la mort de leurs femmes et même à celle de leurs enfants, lorsqu'on aura vu les images de Mussolini pendu par les pieds sur une place de Milan, il faudra bien regarder encore. Il lui faudra bien accepter l'idée : qui étaient ces bourreaux monstrueux capables du crime gigantesque de millions d'êtres humains, qui étaient-ils sinon des hommes de la même espèce que la sienne ? Et comment s'en remettre ? Et comment vivre légèrement, aller danser, espérer encore des retrouvailles.

Adèle comprend, avec son ventre plus qu'avec son esprit, que ce qui va l'éloigner de Maurice ce ne sont pas seulement ces cinq années de séparation ou son aventure avec Julien. Ce qui va les éloigner pour toujours, c'est ce qu'ils ont vu et qu'il sera impossible de partager. Partager, raconter, ce serait se charger de la souffrance de l'autre et Adèle ne se sent pas prête à supporter ce fardeau jour après jour. Oublier sera la seule solution. S'en aller. Vivre avec, enfouir les bassesses et les ignominies. Quitte à s'en étouffer.

Oui, Maurice va rentrer. Oui, elle va l'attendre. Mais ce sera seulement pour lui dire adieu.

Allemagne - France, 1944/1945

Journal de Maurice

Juin 44 : « Radio-stalag » *nous a appris que Lyon avait été bombardé par les Américains. Il paraît que ce n'était pas beau à voir. Heureusement le centre-ville a été épargné. Ma mère m'écrit que tout va bien et qu'elle s'occupe d'Adèle qui a beaucoup maigri. Mais pourquoi ne m'écrit-elle pas elle-même ?*

Juillet 44 : *Je travaille au chantier naval de Brême. Un brave type nous refile des patates cuites. On s'en bourre les poches et on se goinfre dès qu'on peut. Il nous donne aussi des nouvelles du front. Les Alliés avancent. Ils ont débarqué le 6 juin en Normandie et le 15 août en Provence. En France, les Nazis se font la malle en dégommant le plus de braves gens possible. Ils pendent, ils fusillent et foutent le feu aux femmes et aux enfants enfermés dans les églises. Reste-t-il une once d'humanité dans ces caboches vert de gris ?*

15 Septembre 44 : *le même brave Allemand nous a apporté un tract qui a été lancé d'un avion anglais. La libération est en marche ! Il faut tenir le coup. Nous logeons dans des hangars près du chantier en priant pour que les bombardements aériens ne touchent pas les baraques parce qu'ici il n'y a pas de place pour nous dans les abris. Abris qu'on a creusés nous-mêmes à la pelle et à la pioche !*

20 septembre 44 : Lyon est libéré ! Sans gros dégâts d'après ce qu'on en a su. Juste les 22 ponts dynamités. Les Allemands se barrent. On va les recevoir quand ils rentreront à la maison ! J'ai eu des nouvelles par ma mère. Elle me dit qu'Adèle est allée se reposer à la campagne après le bombardement du 26 mai. Comme elle a dû avoir peur ma brindille !

21 septembre 44 : le port a été bombardé toute la nuit par la RAF. Nous étions dehors, planqués sous un wagon. Je suis sourd mais vivant. Assez vivant pout déblayer les décombres.

Octobre 44 : si je sors d'ici en vie, c'est que j'aurais eu de la chance. Ce serait tout de même terrible de mourir sous les bombes des libérateurs après être resté cinq ans à faire l'esclave pour les Boches. Les bombardements sont insensés, de jour et de nuit. On ne dort plus. Les forteresses volantes grondent dans le ciel en permanence pour aller lâcher leurs bombes sur l'Allemagne. Les populations civiles continuent à fuir à mesure que le front progresse vers le nord. Avec toujours ces pauvres mômes paumés dans tout ce grand bordel.

Noël 44 au stalag XB à Sandbostel : encore un Noël en Allemagne. Comme cadeau, nous aurons le froid, la faim, la fatigue et la violence. Comme décor, les marais gelés et la boue, les ornières glacées, les arbres noirs. Comme compagnons, des ombres vivantes venues de tous les pays d'Europe. Depuis que l'Italie a déclaré la guerre à l'Allemagne, il y a des prisonniers italiens dans les baraques voisines. Les SS ne leur pardonnent pas leur « trahison » et leur font payer cher. Les coups pleuvent sur leurs dos pour un oui pour un non.

Pour la bouffe ils doivent se contenter de celle du camp. La Croix-Rouge ne leur envoie pas de colis.

    Malgré tout, et ça m'épate de voir à quel point l'homme peut résister au pire, ils sont en train de préparer un spectacle de Noël. On les entend répéter dans le froid. Arthuro est à l'accordéon. Il a écrit la musique et son copain Giovanni les paroles, d'une histoire un peu dingue qui parle d'objets magiques, de champignons bavards et d'une poule patriote. Une histoire avec trois muses : la Faim, le Froid et la Nostalgie. Ils ont fait le tour des baraques pour trouver un hautbois, deux clarinettes et un ocarina, quelques violons français. Les cordes des violons cassent à cause du froid, les voix s'enrouent mais ils continuent. Ce soir, ils seront prêts à nous faire oublier un peu notre misère. Ils disent que le vent emportera leurs chansons par-dessus les montagnes pour aller chanter Noël aux oreilles de leurs mères et de leurs enfants. Sacrés Italiens !

    Janvier 45 : je crois que cette fois, c'est la fin. Je vais crever ici. Le camp déborde. Nous sommes 30 000 entassés dans les baraques. On n'a plus qu'une soupe par jour et du pain noir avec un dé de margarine. Plus de colis, plus de popote.

    Chaque jour nous voyons arriver des hordes de squelettes ambulants. Les SS les trimballent sur les routes des jours et des jours, les font avancer à coups de nerfs de bœuf. Ceux qui tombent sont pour les corbeaux. Ils espèrent les planquer pour éviter qu'ils témoignent si les Alliés les découvrent dans les camps de la mort. Mais le camp de la mort, il est là aussi. Il paraît que les Russes se bouffent les uns les autres. Le typhus emporte des centaines d'homme par jour.

    19 Avril 45 : cette nuit, il y a eu une révolte au Stalag. Des prisonniers ont tenté d'attaquer les cuisines pour voler de la nourriture. On a entendu les coups de mitraillette et les cris pendant une heure. Au matin, il y avait des centaines de corps allongés sur le sol de la cour. Il a fallu creuser la fosse pour les enterrer.

Les SS continuent d'évacuer le camp pour effacer les traces de leur abomination. Mais notre mémoire ne s'effacera pas.

Mai 45 : nous sommes libres ! Enfin, officiellement. Parce que comme seule liberté, nous avons celle de marcher sur les routes, un peu au hasard. Nous errons de camps de rapatriement en camps de rapatriement. Quelle pagaille ! C'est la débrouille pour réussir à manger en pillant les maisons éventrées et pour se loger au gré des pérégrinations dans les mêmes maisons. Des civils se mêlent à nous. D'anciens SS, subitement convertis, s'infiltrent pour échapper aux arrestations. Ils n'ont pas intérêt à être reconnus. Il n'y a pas de quartier pour eux. Des hommes profitent aussi de la situation pour se servir des femmes. Quand on a transformé les humains en bêtes féroces et affamés de tout on peut s'attendre au pire.

Le stalag a été libéré le 29 avril par les British. Ils ont dû se bagarrer ferme pour approcher. On était autonome depuis huit jours, depuis que le commandant avait compris que les carottes étaient cuites et qu'il s'était barré. Après avoir signé un papier officiel cependant ! Ach ! Disziplin! Naturlïch !

Ils n'ont pas été déçus les Anglais quand ils ont ouvert les portes de la partie concentrationnaire. Des cadavres au milieu des ordures et des déjections, voilà ce qu'ils ont trouvé. Ils ont réquisitionné des civils allemands pour faire le ménage et pour mettre sur des brancards ce qui respirait encore puis ils ont foutu le feu aux baraquements pour désinfecter la zone.

Nous, ils nous ont demandé de prendre notre barda et de filer plus loin, direction incertaine. Une gare, un aéroport, un bateau ? Pour l'instant, nos deux jambes tant qu'elles nous portent encore.

Pour transporter leurs précieux bagages, certains ont fabriqué des chariots ou des civières. Je me demande ce qu'ils peuvent bien avoir à emporter. Moi, si je pouvais tout laisser ici et même mes *souvenirs je me sentirais plus léger. J'ai enroulé ma couverture serrée par un ceinturon et j'ai pris ma boîte de peinture, un bouquin, ma pipe et mon rasoir, ma gamelle, mes lettres, des chaussettes et des caleçons. Mon journal sera du voyage, évidemment.*

15 Juin 45 : ça y est on est parti. On voit du pays et c'est pas beau à voir. Les belles fermes fleuries ressemblent à des taudis. Il n'y a pas un paysan dans les champs. Nous, on n'est pas jolis, jolis non plus. Nous avons perdu l'habitude de marcher depuis le temps qu'on était rivé à nos machines ou qu'on remuait des gravats. Les godasses rendent l'âme, les chaussettes aussi, les pieds c'est pour bientôt. On ne sait pas où on va mais on y va, encadrés par les Angliches. Depuis qu'on a quitté Sandbostel, ils ne nous adressent pas la parole. Il n'y a pas de panneaux indicateurs, juste des panneaux qui indiquent que le coin est miné. Il suffit de suivre le copain qui marche devant. Direction Nord-est apparemment. A la pause, on s'écroule le dos sur le talus et on libère nos pinceaux pour un moment.

L'autre jour, des avions américains ont plongé pas loin. Nous avons vu des lueurs d'incendie. La libération ! Ou la mort...

Ce soir, on est dans la cour d'une ferme. Il va falloir s'arranger pour dormir à la belle étoile. Heureusement, il fait beau. J'ai dégoté une botte de paille que j'ai partagée avec Bob. On est bien installé tous les deux. En fermant les yeux et en écoutant les grillons j'aurais presque l'impression d'être chez moi, à Pouzol, un beau soir d'été. Nous avons eu droit à un bol de lait ! J'ai encore le goût dans la bouche.

17 juin : deux jours qu'on marche. Sans ravitaillement ou presque. Il faut se débrouiller avec les provisions qu'on a pu emporter et pour améliorer l'ordinaire on se sert sur place, dans les fermes et les boutiques qu'on croise sur le chemin. Hier j'ai pu dénicher des œufs. Trois ! Avec un reste de patates qu'on a fait cuire à l'eau. Quel repas !

Dans le campement de ce soir, il y a des femmes russes et des Polonaises. Elles se vendent pour un demi-saucisson ou un paquet de cigarettes. Le commerce va bon train : Faut pas craindre la bléno…

20 juin : c'en est fini de la marche. Je m'y habituais presque. Il fait beau et la campagne nous sourit. Sauf quand les avions canadiens survolent la route. Ils passent très bas et on ne sait jamais quand ils vont lâcher les pruneaux. Par contre, il n'y a jamais de réponse de DCA. C'est à croire que tous les Chleuhs sont partis en vacances !

Nous avons traversé Lubeck. C'est une belle ville pas trop amochée par les bombardements. On y entre par une porte fortifiée. Si j'avais le temps, je ferais bien un croquis de quelques places entourées de maisons à tourelles. Mais pour le tourisme, il faudra repasser ! L'impatience grandit dans les rangs car le bruit court que c'est de là que nous allons quitter l'Allemagne.

Nous sommes cantonnés dans une caserne immense. Immense et grouillante de monde. Il paraît qu'on est 80 000. De toutes les nationalités : des Tchèques, des Suédois, des Serbes, des Hollandais. Des prisonniers et des travailleurs civils. Des hommes et des femmes.

21 juin : Désillusion, une fois de plus. Pour sortir d'ici, c'est la foire d'empoigne. Rien n'est organisé. Les camions anglais font des rotations régulières, encore faut-il arriver à grimper dans un camion.

En attendant, il faut aussi trouver à becter et un coin pour dormir. Il n'y a plus de lits. Bien contents si on trouve une paillasse. Et gare à celui qui laissera traîner son sac, il est sûr de ne pas le retrouver. Je m'organise avec Bob pour pouvoir circuler un peu pendant qu'il surveille nos affaires et notre paillasse.

30 juin : ça va faire dix jours qu'on est là, plus prisonniers que jamais. Tous les jours c'est le même cirque. On se réveille à quatre heures du matin pour aller faire la queue aux camions. Mais dès que les camions arrivent, il n'y a plus de queue qui tienne. Tout le monde se met sur la gueule pour monter. Les femmes, pareil ! Elles griffent et cognent comme les autres. On est mille à vouloir grimper dans ces foutus camions. Pour moi, ce ne sera encore pas pour aujourd'hui. J'ai un cafard noir, l'impression d'être engluée dans un magma d'êtres qui n'ont plus rien d'humain. Je ne rêve que de silence et de solitude tandis que, dès la nuit tombée, le charivari recommence dans les cours de la caserne. Des feux sont allumés. Les accordéons se mettent en branle et c'est parti pour l'orgie nocturne. Ça saute et ça danse et ça baise. On enjambe des couples qui s'agitent dans tous les coins. Si je reste là un jour de plus je vais devenir maboul.

Tant pis, demain matin, je tuerai quelqu'un s'il le faut mais je monterai dans un camion.

1er juillet : Sünlingen ! Un camp, encore un ! Pourvu que ce soit le dernier. On devrait prendre le train pour la Hollande dès demain. Le périple en camion a duré trois heures mais trois heures mémorables ! Au début, j'étais tellement heureux d'avoir pu grimper dans le camion que je ne pensais à rien d'autre. J'avais pu me caler avec mon sac entre les jambes. J'ai fait un signe à Bob qui n'avait pas encore réussi à partir et, « Raust, Schnell » nous voilà en route. Le vent dans les cheveux, la tête dans les épaules pour éviter les branches basses, nous avons retraversé Lubeck à bonne allure et toutes sirènes hurlantes. Mais ce n'était que l'apéro ! Dès qu'il a senti la route sous ses roues notre chauffeur s'est élancé à cent à l'heure. Nous étions accrochés les uns aux autres pour ne pas passer par-dessus bord dans les virages qu'il prenait sans ralentir. On gueulait là-dedans comme des putois. Nous avons eu un petit moment pour souffler lorsque nous avons traversé l'Elbe sur un pont de bateaux et puis c'est reparti comme en 40. J'étais pressé de rentrer mais pas à ce point. Je ne mettrai plus jamais en doute le talent des Anglais au volant !

A part ça, ma paillasse était pleine de punaises. Je vais rentrer à la maison couleur écrevisse.

3 juillet : *faut pas se plaindre tout le temps mais quand même…Le camion allait trop vite mais le train est trop lent ! Train de marchandises où on s'est installé comme on a pu. Nous roulons péniblement à 20 à l'heure ce qui fait qu'on a tout le temps d'admirer le paysage. Et, encore une fois, ce n'est pas beau à voir. Des ruines et des ruines. Des villages écrasés dont il ne reste que des pans de murs et parfois un clocher. A Osnabrück, des montagnes de ferraille tordue qui devaient être des trains et des voies, une ville pulvérisée.*

On s'emmerde ferme. La nuit va tomber et nous sommes dans ce wagon depuis midi. Je ne connais personne. Finalement, nous partageons quelques provisions. Il y a eu une pause dans une gare où nous attendaient des infirmières de la Croix-Rouge qui nous ont distribué du café et de la soupe. Françaises les infirmières ! Et bien jolies avec leurs tabliers propres et leur fichu.

Minuit passé : nous traversons le Rhin sur un pont de bateaux. Là aussi, on dirait bien que tous les ponts ont sauté. Bravo les Angliches tout de même, c'est bath d'être venu nous chercher.

4 juillet : *nous sommes stationnés depuis la nuit dans une gare. Le temps est long. Je ne vois pas tourner les aiguilles. J'essaye de m'imaginer ce que sera mon arrivée à Perrache. Bien sûr personne ne sera là pour m'attendre. En France, la vie a dû reprendre son cours comme si rien ne s'était passé. Encore faudra-t-il s'estimer heureux si on ne nous traite pas de dégonflés qui ont perdu la guerre et de collabos qui ont travaillé pour l'Allemagne. Et mon Adèle ? J'ai bien peur qu'elle ne m'ait pas attendu. Bon sang, ça fait cinq ans que je suis parti. Il ne me restera plus que les yeux pour pleurer. Est-ce que je vais retrouver mon grenier ? Mon quartier a peut-être été rasé comme ceux que je vois par la fenêtre du train. Ma mère ne m'a rien dit de semblable mais c'est peut-être pour me préserver.*

Avec les autres on fait des plans pour décider de ce qu'on fera en priorité en arrivant. Ça occupe…Chacun y va de son projet.

- Moi, j'irai voir mes vaches !

– Moi, je prendrai mes gaules et je partirai pêcher.

– Moi, j'irai au cimetière, ma mère est morte en 41.

– Et moi, j'irai me saouler la gueule.

Mais tous ne rêvent que d'aller embrasser une femme et de dormir dans ses bras. Moi le premier…

5 juillet : finalement, après une nuit dans le train à l'arrêt, on nous a débarqués dans une petite ville que les bombardements ont épargnée. Là, il nous faut attendre et encore attendre. Nous sommes dans une école. Tous les bureaux ont été poussés au fond des classes pour pouvoir étaler de la paille au sol, signe que nous allons dormir là, sans doute. Des femmes sont venues nous apporter du pain et des fayots. Des Allemandes. Elles ont été reçues avec les acclamations d'usage. J'ai trouvé une boîte de craies de couleur. Du coup, ça m'a bien passé le temps, j'ai dessiné au tableau un grand paysage, celui que je voyais par la fenêtre, une place avec des maisons de briques rouges, des frontons en forme d'accolade et de multiples fenêtres à petits carreaux. Un ciel d'un bleu pur, des pavés gris. Lorsque je dessine, le temps disparait. La bestiole de l'attente, cette triste salope, cesse de me ronger le cerveau avec ses minuscules coups de dents acérées et qui durent, qui durent à vous rendre fou.

7 juillet : adieu l'Allemagne ! Cette fois, c'est sûr, nous sommes en Belgique. Nous roulons depuis ce matin, toujours entassés mais on supporterait n'importe quoi pour rentrer. Les sourires s'épanouissent sur tous les visages. Aux arrêts, dans les gares, nous sommes attendus par des femmes avec des brocs de café. Nous passons les quarts par la fenêtre et ils reviennent remplis. Elles sont joyeuses les petites Belges ! Nous aussi ! On s'envoie des baisers au départ du train. Elles courent le long des rails pour nous dire encore au-revoir ! A Bruxelles, chocolat, bonbons et cigarettes à gogo ! Ah ! On a bien fait de rentrer ! Vive la Belgique !

8 juillet : *la France est moins joyeuse. Nous voici parqués dans une caserne, à Valenciennes. Mare des casernes ! Noire de monde, bien sûr et chacun pressé de rentrer à la maison. Ça resquille, ça se faufile, plus personne ne connait personne. Il faut attendre et encore attendre pour passer à la douche. Nos vêtements vont à la désinfection, des fois qu'on rapporterait des microbes allemands. C'est donc nus comme des vers qu'on se présente devant les dactylos qui en ont vu d'autres. Elles notent notre nom, notre date de naissance, le numéro de notre régiment et notre numéro de prisonnier et, roule ma poule, on circule pour se rhabiller.*

J'ai touché 1700 francs, comme tous les autres. Est-ce que la vie aurait tellement augmenté depuis cinq ans ? Ou alors, est-ce-que l'Etat Français nous dédommage de notre brillante campagne de guerre ? Je crois qu'il faut plutôt opter pour la première solution. J'envoie un télégramme à ma mère pour lui annoncer mon retour. Je n'ose pas en envoyer un à Adèle.

9 juillet : le train arrive en gare de Perrache.

Lyon, 1945

Le 9 septembre 1945

Mon cher Bob,

Me voici rentré « à la maison ». J'espère que tu as fini par embarquer dans ce foutu camion, que tu es bien arrivé chez toi et que tu as retrouvé ta femme et ton garçon.

Moi, j'ai été reçu comme un chien dans un jeu de quilles. A quoi je m'attendais ? Des colliers de fleurs peut-être ?

Adèle, je ne l'ai pas reconnue tout de suite, tellement elle est pâle et fatiguée. Elle m'attendait à la gare. Ma mère l'avait avertie de mon arrivée. On s'est dit bonjour comme des étrangers puis on a pris le tram. C'était sinistre, on ne se décrochait pas un mot. Elle faisait une gueule d'enterrement. Moi, j'étais complètement sonné, je ne reconnaissais rien de ma ville.

Le plus dur, ça a été à l'appartement. On n'osait ni se parler, ni se toucher. On tournait en rond. J'ai quand même accroché ma capote derrière la porte d'entrée et je me suis changé. Je flotte dans tous mes pantalons !

Elle a fini par me dire qu'elle avait quelqu'un d'autre dans sa vie. Qu'est ce que tu voulais que je réponde ? On va quand même pas faire ménage à trois. Je n'ai pas réussi à lui faire dire qui c'était. Elle pleurait et, con comme je suis, j'avais envie de la consoler.

Le soir, je suis allé dormir chez ma mère. Elle a bien vieilli, elle aussi, mais, bon sang, que c'était bon de l'embrasser. Et de retrouver son gigot trop cuit et sa salade mal assaisonnée !

Je rigole mais, crois-moi, je suis bien triste et complètement dégoûté. Quand je pense à tout ce qu'on a enduré là-bas, surtout les derniers temps. Enfin, ça nous a soutenus de penser qu'on nous attendait. Ici aussi, les gens ont souffert.

Ma mère m'a raconté les privations, la lutte clandestine. Il paraît qu'Adèle a beaucoup travaillé pour la Résistance. Elle tapait des tracts à la machine et faisait passer des courriers aux Maquisards. Elle a dû rencontrer un jeunot qui l'a fait grimper au ciel…

Qu'est-ce que tu veux, c'est la vie. Par moments, je ne suis pas sûr de lui en vouloir. Il y a bien des copains qui sont tombés amoureux là-bas et même certains qui ont eu des gosses avec leur gretchen. Remarque, depuis le temps qu'elle ne m'écrivait plus, j'avais bien fini par comprendre. Ma mère s'en doutait aussi. Elle est triste pour moi et me dit de tourner la page.

Je te salue mon camarade des mauvais jours. Des bons jours aussi. Il y en a eu où on se marrait bien quand même. J'espère qu'on se reverra. Donne-moi vite de tes nouvelles. Meilleures que les miennes !

Ton fidèle Maurice.

PS : je vais partir me refaire une santé à Pouzol. L'administration française m'a proposé 15 jours de convalescence pour « asthénie » ! En bon français : flagada, au bout du rouleau…

20 octobre 45

Salut mon Bob !

Merci pour tes nouvelles. Je vois que tu as retrouvé ta place parmi les tiens. J'en suis très heureux pour toi.

Pour ma part, après un bon mois à Pouzol et à Sassac chez mon cousin Alphonse, j'ai repris du poil de la bête. J'ai été gavé de saucisses, de lard et de fromage à n'en plus pouvoir. Puis, il a fallu rentrer.

Adèle a ramassé ses frusques et a quitté l'appartement. C'était tout ce qu'elle avait à faire. J'ai décidé de demander le divorce. Il paraît qu'on l'obtient sans peine et très rapidement par les temps qui courent. Il semblerait bien que je ne sois pas le seul mari cocu du pays !

Il faut aussi que je retrouve du travail. Ce ne sont pas les emplois qui manquent avec tout ce qu'il y a à reconstruire en France. Routes, ponts et immeubles sont en chantier. Le problème c'est que je ne suis pas du bâtiment. Je préférerais retrouver ma forge mais elle a disparu. On me propose un poste à l'Arsenal de Lyon. Je dois dire que j'hésite à accepter. La perspective d'aller fabriquer des armes ne m'emballe pas. Mais il faudra bien que je m'y mette. Le pécule généreux de l'Etat ne va pas me nourrir longtemps.

Bien à toi, mon pote. Mes amitiés à ta femme et à ton fils.

Ton vieux Maurice.

Lyon le 26 novembre

Mon cher Robert,

Je suis pressé de t'écrire. Figure-toi qu'hier, c'était la Sainte Catherine. Je traînais mes guêtres dans le centre de Lyon. En passant au pied d'un immeuble chic de la rue du Président Herriot, j'ai entendu une musique. J'ai levé les yeux. Il y avait des mines réjouies à la fenêtre, des femmes bien folles qui riaient et chantaient à tue-tête « Mon Amant de Saint Jean ». Elles me faisaient signe de monter.

Ma foi, je me suis dit, pourquoi pas ? C'était la fête là-haut ! Un atelier de couturières. Elles étaient en train de coiffer des collègues de chapeaux farfelus, jaunes et verts, surmontés de bateaux, de maisons et de toutes sortes d'accessoires bizarres. Ah ! ça rigolait ! Moi, les chapeaux et les couturières, ça me connait. Tu sais que ma mère était modiste. Je me suis senti tout de suite à l'aise. Il y avait du mousseux et des gâteaux. J'ai invité à danser quelques Catherinettes, un peu mûres à mon goût et qui m'écrasaient les pieds. Et puis, d'un seul coup, j'ai aperçu une petite souris grise toute triste qui se cachait dans un coin de la pièce. Je suis allée la chercher et je ne l'ai plus lâchée de la soirée.

Mon vieux Bob, j'ai rajeuni de dix ans en une nuit. Je suis amoureux ! Mais il faut que j'y aille doucement, elle est timide.

Bon, je te tiens au courant !
Amitiés. Maurice.

Sources/bibliographie

Sources : Les Poilus Pierre Miquel Terre Humaine Plon

Le Progrès 39-45 Témoignages

Musée de l'histoire militaire de Lyon et de la région Rhône-Alpes

Les années noires. Vivre sous l'occupation. Henry Rousso. Editions Gallimard.

Les Français sous Vichy. Pierre Laborie. Editions Milan

W-G Sebald. De la destruction comme élément de l'Histoire Naturelle. Actes Sud.

Prisonnier de guerre dans les Stalags, les Oflags et les Kommandos. Pierre Durand. Hachette Littératures

La drôle de guerre et mémoire de 5 ans de captivité au Stalag XVIIA François Claudel. Société des écrivains

Moi René Tardi Prisonnier au Stalag IIB

Chronique des années sombres Joseph Besson-Bertrand

Paroles de l'ombre. J.P Guéno/Jérôme Pecnard. Edition Les Arènes

Archives BBC

Le Maestro. A la recherche de la musique des camps. Stock

Traces de la vie quotidienne des prisonniers de guerre. Helga Bories-Sauala

Les copains de Hambourg. Louis Gerriet

Bande-son

Prés de toi ma brune/ Léon Raiter

Tout va très bien Madame la Marquise.

Ça vaut mieux que d'attraper la scarlatine / Homez-Misraki

Amusez-vous/ A. Préjean

Félicie aussi/ Fernandel

La Java Bleue/Fréhel

Garde moi ton amour/ Guy Berry

La Romance de Paris/ Charles Trenet

Mon amant de Saint-Jean/Lucienne Delyle

La plus bath des Javas/Georgius

Comme de bien entendu/G.Van Parys- J. Boyer

Beaux soirs d'Espagne/Rogers

Merci à Louis, à Perla, à Lucien pour la confiance qu'ils m'ont accordée en me livrant leurs souvenirs.

Merci à Corine, à Cécile et à Denise mes premières lectrices, pour leurs remarques avisées.

Merci à Michel pour sa patience, son soutien et son travail de mise en page.